소슈 Sousyu
Illustration : 사메가미

탑을 관리 3
해보자

코우히

아리사

코스케

미츠키

원리

세실

플로리아

알렉

탑을 관리 ◈3◈
해보자

소슈 **Sousyu**

Illustration : 사메가미

CONTENTS

CHARACTER

코스케

평범한 회사원이었지만 교통사고를 당해 영혼이 이세계로 날아오고 말았다. 여신 아수라나 에리스의 보호를 받아 이전 기억을 유지한 채로 새로운 인생을 시작하게 된다. 전투 능력은 떨어지지만, 대상의 스테이터스를 확인하는 능력을 아수라에게 받았다. 원래 세계의 지식이나 상식, 감각을 살려 탑을 관리하며 다양한 도구를 발명. 외모도 성격도 매우 평범하지만, 만나는 미녀의 마음을 속속 사로잡아 탑에서 미녀의 비율이 급상승 중.

코우히

코스케를 서포트하기 위해 아수라가 창조한, 세 쌍의 하얀 날개를 지닌 금발금안의 미녀. 치트급 전투 능력을 보유해서 코스케를 모든 위험에서 지키려고 한다. 성실하고 융통성이 없는 구석이 있지만, 아무튼 주인인 코스케가 제일. 코스케를 위해서라면 뭐든 하지만, 요리가 서툴다는 일면도 있다. 미츠키와 비교하면 청소가 특기.

미츠키

코스케의 영혼이 날아온 세계, 아스가르드를 관리하는 여신. 윤회에서 벗어난 코스케의 영혼을 한발 먼저 알아채고는 에리스를 보내 보호했다. 그 이후로 코스케의 생활을 지켜보며, 그 존재와 행동이 세계에 새로운 무언가를 불러오는 것을 기대하고 있다.

아수라

코우히와 마찬가지로 코스케를 위해 아수라가 창조한, 세 쌍의 검은 날개를 지닌 은발은안의 미녀. 코우히보다는 처세술에 능한 구석이 있고, 주인인 코스케에게는 일부러 코우히와 달리 편한 태도로 접하고 있다. 치트급 전투 능력을 보유하고 있으며, 코스케 지상주의인 것은 코우히와 동일하다. 요리는 잘하지만, 코우히가 특기로 삼은 청소는 서툴다.

에리스

아스가르드에서는 삼대신 중 하나인 여신 에리사미르로 숭배받고 있다. 다른 두 신, 스피카와 자미르는 동생에 해당한다. 아수라의 명으로 이세계에 날아온 코스케의 영혼을 맞이하고, 아수라와 마찬가지로 코스케를 지켜보고 있다.

실비아

콜레트와 같은 파티로 활동한 휴먼 미녀. 과거 신전에 있는 무녀였지만, 빼어난 미모가 화근이 되어 트러블에 말려들면서 신전을 떠났다. 현재도 여신 에리사미르의 경건한 신자로, 코스케와 만난 것을 계기로 에리스의 무녀가 된다.

콜레트

미츠키가 소환한 버밀리니아 일족의 수장인 흡혈공주. 고풍스러운 어조가 인상적인 백발적안의 미녀로, 코스케와 피의 계약을 맺었다. 코스케의 피와 상성이 좋은지, 더없이 맛있게 느껴지는 모양. 탑 안에 설치된 버밀리니아 성의 주인.

슈레인 버밀리니아

실비아의 파티 동료인 엘프 미녀. 본인의 미모가 주위에서 주목받고, 그 시선 때문에 때로는 식사도 제대로 하지 못해서 지긋지긋해했다. 코스케의 동료가 되어 찾아온 탑에서 [세계수의 묘목]의 존재를 알게 되었고, 그 화신인 에세나의 무녀가 되었다.

원리

탑에 설치된 〈세계수의 묘목〉에 깃든 요정. 세계수의 성장과 함께 외견이 변하며, 현재는 초등학생 정도의 미소녀. 약간 혀짤배기지만, 말도 할 수 있다.

에세나

코스케가 설치한 소환진에서 소환된 요호의 리더격 존재. 다른 요호와는 다른 성장을 하고 있다.

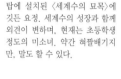

나나

코스케가 설치한 소환진에서 소환된 회색 늑대의 리더격 존재. 원리와 마찬가지로, 다른 회색 늑대와는 다른 성장을 보이고 있다.

지금까지의 이야기

퇴근길에 교통사고를 당해 영혼이 이세계로 날아간 코스케는 이를 보호해 준 여신 아수라와 에리스의 도움을 받아 아스가르드에서 살아가기로 결심한다. 여섯 날개와 치트급 전투 능력을 가진 최강 미녀 코우히와 미츠키를 거느리게 된 코스케는 지금까지 아무도 제패하지 못했던 센트럴 대륙 중앙 탑을, 주로 코우히와 미츠키의 활약으로 공략. 거주 환경의 정비, 마물 소환진 설치, 탑 외부 마을과 통하는 전이문 설치 등등 탑의 관리자로 바쁜 나날을 보내게 되었다——.

오프닝

자기 방 안에서 어떤 것을 확인하던 스피카는 작은 한숨을 내쉬었다.

"……상황은, 별로 좋지 않아."

스피카는 그렇게 말하면서 자신이 가호를 내린 파트너를 관찰했다. 단, 관찰이라고 해도 가호를 내린 상대를 스토커처럼 지켜보는 건 아니다. 정확하게는, 주변에서 일어날 법한 일을 미리 읽는 거다. 그리고 여신인 스피카는 자신의 가호를 받은 자의 주변 상황이 좋지 않다는 걸 확인했다. 아무리 여신이라도 하나의 정해진 미래가 보이는 건 아니다. 그러나, 그 어떤 미래를 보더라도 그녀에게 그리 좋지 않은 인생이 기다리고 있다는 건 확정적이었다.

스피카는 가호를 내린 자가 그에 어울리는 생활을 보내 줬으면 했다. 그러나 주변 상황이 그걸 용납하지 않고, 일부 좋지 않은 일이 일어나리라는 것도 확실했다. 가능하다면 스피카 자신이 손을 내밀어서 보호하고 싶지만, 그럴 수 없는 사정도 있다. 가호를 내린 상대는 가호가 없는 자보다는 조건이 조금 완화되어 있지만, 신들에게는 신들의 룰이 있는지라 제멋대로 간섭할 수는 없으니까.

어찌할 수 없는 상황에 무심코 한숨을 내쉰 스피카에게 말을 건 사람이 있었다.

"웬일로 한숨을 쉬고 있네. 어쩐 일이야, 스피카 언니?"

"자르?"

"노크해도 반응이 없고, 문도 잠겨 있지 않아서 들어와 봤는데 크게 한숨을 내쉬고 있잖아. 나도 모르게 말을 걸어 버렸는데, 방해됐어?"

"아니. 괜찮아."

어차피 이대로 혼자 생각해 봤자 소용없기에, 스피카는 고개를 좌우로 흔들며 대답했다.

자르는 그런 스피카를 가만히 응시하며 단호하게 물었다.

"그래서? 뭐가 고민인데?"

"그건⋯⋯."

대답해야 할지 순간 고민하던 스피카는 숨겨 봤자 소용없다고 생각해서 조금 전까지 고민하던 일을 자르에게 밝혔다. 눈앞에 있는 여동생 신은 때때로 자신이나 에리스 이상의 해답을 끌어내니까.

그리고, 자르는 스피카의 기대에 어긋나지 않게 곧장 어떤 해답을 꺼냈다.

스피카와 자르가 할 말이 있다고 해서 모이게 된 아수라의 방에서, 에리스가 찌푸린 표정을 보였다.

두 사람에게 이야기를 들은 에리스는 반사적으로 안 된다고 말하려고 했지만, 거기에 아수라가 끼어들며 말했다.

"어머, 재미있어 보이네. 해 보는 게 어떨까?"

"아수라 님?"

저도 모르게 되묻은 에리스의 말이 약간 가시 돋쳐 있는 건 어쩔 수 없는 일이다. 아스가르드에 대한 신들의 간섭은 엄격하게 제한되어 있다. 지금 스피카와 자르가 제안한 내용은 그 룰에 저촉될 수도 있는 것이었다.

그러나, 아수라는 그런 에리스에게 미소를 보였다.

"상관없잖아. 스피카는 어디까지나 신탁을 내릴 뿐. 그거라면 언제나 하는 일이니까. 그 후에 어떻게 판단할지는 그녀에게 달렸어."

그렇게 단언한 아수라를 보자 에리스는 한숨을 내쉬었다. 아수라가 이렇게 말한 이상, 자신이 뭐라 반론해도 소용없다는 건 지금까지의 경험으로 잘 알고 있었으니까.

제1장 탑의 멤버와 교류하자 제2탄

(1) 성의 성장

자미르 신이 토라지자, 코스케는 황급히 제47층에 인원을 배치하면서 그 인물이 살기 위한 거주지도 설치했다. [달의 제단]을 관리하기만 하면 되므로 인원은 한 명이면 충분하다.

코스케가 실비아에게 성직에 종사하는 지인이 없는지 물어보자, 신전의 권력 투쟁이 지긋지긋해져서 신전 전속 신관을 그만둔 진이라는 휴먼을 소개해 줬다. 진은 초로에 접어든 남성으로, 항상 부드러운 표정을 짓고 있는 인물이다.

진은 남은 인생을 은거하며 보낼 예정이었지만, 실비아가 찾아와 설득하자 탑에 오는 것을 수락했다. 코스케가 직접 이야기를 들어 보니, 누구도 신경 쓰지 않고 지낼 수 있다는 게 좋아서 받아들였다고 했다. 게다가 [달의 제단]은 자미르 신과 교신할 수 있는 곳이다. 신관이라는 입장에서 생각해 봐도 상당히 매력적이었다고 한다.

코스케와 실비아는 상의 끝에, 진의 나이를 고려해 고아였던 남자아이를 한 명 붙이기로 했다. 기왕 이렇게 되었으니 후계자로 삼는 것도 좋지 않을까 생각한 것이다.

그런 수배를 마친 뒤 실비아와 함께 관리층으로 돌아온 코스케는 쉬려고 거실로 향하다가 슈레인에게 붙잡혔다.

"코스케 공. 잠시 나와 어울려 주지 않겠느냐?"

"어? 상관은 없는데, 어쩐 일이야?"

"뭐. 잠시라도 좋으니 성에, 아니 보옥이 있는 곳에 와 줬으면 좋겠구나."

슈레인의 갑작스러운 제안에 코스케는 약간 고개를 갸웃했지만, 바로 수긍했다.

"좋아."

"그래. 그거 다행이구나!"

어째서인지 슈레인은 묘하게 기뻐했고, 이렇게나 기뻐하는 이유를 짐작하지 못한 코스케는 다시 고개를 갸웃할 수밖에 없었다.

생각해 보면, 코스케가 버밀리니아 성에 오는 건 오랜만이다.

이주는 뱀파이어에게 맡겼고, 직접 만날 용건도 거의 없었다. 처음에는 크라운 상인 부문과의 중재도 했지만 그것도 몇 번뿐이었고, 이후에는 끼어들지 않게 되었다. 하물며 전이문이 생기고 나서는 직접 제76층에 올 용건도 없었다. 슈레인이 제76층을 확실하게 관리해 주고 있기에 코스케가 일부러 끼어들 필요도 없었다.

그런 이유로 상당히 시간이 흐른 방문이 되었지만, 오랜만에 버밀리니아 성을 보게 된 코스케는 입을 쩍 벌리게 되었다.

원래부터 상당한 크기를 자랑했던 버밀리니아 성이, 말도 안 될 정도로 확장되었기 때문이다. 그건 이미 확장이라는 레벨이 아니라 다른 성이라도 해도 좋을 만큼 변해 있었다.

"…………이거, 뭐야?"

"코스케 공의 잘못 아니냐? 이 층에는 거의 들르지 않았으니."

아연실색한 코스케를 본 슈레인이 조금 토라진 듯 말했다.

"……아니, 미안. 그 보옥에 관해서는 거의 끼어들 일이 없었으니까……. 아니, 이건 변명이 안 되나."

"아아……. 아니, 미안. 딱히 책망하는 건 아니니라."

코스케가 혼자서 반성하기 시작하자, 슈레인이 약간 당황했다. 애초에 두 사람은 거의 매일 만나고 있다. 그때마다 보고도 해 왔는데, 성에 관해선 이야기하지 않았으니까 슈레인에게도 잘못은 있었다. 그걸 생각하면 결국 피장파장이었다.

"전에도 조금 이야기했지만, 버밀리니아 성은 보옥의 격에 맞춰서 변하는 성질이 있어서 말이다. 보옥의 격이 순조롭게 성장했기에 성도 이렇게 커진 것이야."

"그렇구나."

"……남 일처럼 말하고 있는데, 코스케 공도 관여하고 있느니라."

슈레인이 조금 장난스러운 미소를 짓자, 코스케는 고개를 갸웃했다.

"……어? 그랬어?"

코스케는 버밀리니아 보옥에 관한 건 완전히 슈레인에게 맡겼고, 전혀 관여하고 있지 않다고 봐도 좋았다.

슈레인에게 부탁받아서 소환진이나 약간의 자연물을 설치하기는 했지만, 그것 자체는 대단한 PT도 들지 않는다.

　그것이 보옥의 성장에 관여하고 있었다고는 생각하지 않았다.

　"음, 물론 그것도 있기는 하다. 하지만 상상한 대로 그것들이 대단한 영향을 끼친 건 아니니라. 이렇게나 성장할 수 있었던 건, 전에도 말했듯이 나와의 밤일 덕분이지."

　"……뭐? 그, 그랬어?!"

　"이런 것에 거짓말해서 어쩌려고? 게다가 전에도 말하지 않았느냐?"

　확실히 전에도 코스케와 꽁냥대는 것이 보옥의 성장에 관여한다고 듣기는 했다. 그러나 그건 신력이랄까, 보옥의【격】에 관한 것이지 성 자체가 성장한다고는 생각하지 못했다.

　"아니, 그렇긴 한데……. 이건 너무 예상 밖이라서."

　"뭐, 솔직히 말해서 코스케 공의 정(精)은 나에게는 피를 마시는 것과 다름없거나, 어쩌면 그 이상으로 힘이 되는 모양이라서 말이다. 그에 맞춰서 보옥의 격도 올라간 것이야."

　슈레인의 힘 자체라고 할 수 있는 버밀리니아 보옥은 그 소유주^(슈레인)의 힘이 올라가면 당연히 그에 맞춰【격】도 올라간다. 그래서 성의【격】도 올라가고, 성 자체도 이렇게 성장(?)하게 된 것이다. 덧붙이자면, 보옥의【격】이 올라간다는 건 슈레인의 힘이 올라간다는 뜻도 된다.

　"……으으음. 그건, 그거를 한 덕분에 슈레인의 힘도 올라갔다는 거?"

그거란 물론 밤일을 말한다.

"그런 뜻이지."

약간 쑥스러워하는 코스케와는 달리 슈레인은 딱히 쑥스러워하지 않고 대답했다.

그리고, 그걸 본 코스케는 왠지 불길한 예감이 들었다.

"저기……. 혹시, 일족 여러분은, 그걸……?"

"물론 알고 있다만?"

슈레인이 태연하게 단언하자, 코스케는 도망치려고 몸을 돌렸다……. 그러나 누군가가 그런 코스케를 붙잡았다.

"하하하. 여기까지 오셨는데 도망치는 건 용납할 수 없습니다. 단념해 주시죠."

어느새 슈레인의 측근 중 한 명인 제네트가 나타나 코스케의 팔을 잡았다.

"…………봐주실 수 있을까요?"

"죄송합니다. 다들 당신을 만나는 걸 기대하고 있어서요. 단념하고 접대를 받아주시죠."

코스케는 도움을 요청하고자 슈레인을 봤지만, 그녀는 양손을 맞대며 이쪽을 보고 있었다. 다음으로 같이 온 미츠키를 봤지만, 이쪽은 완전히 재미난 걸 보는 표정이었다. 도움을 요청할 수 없다는 걸 깨달은 코스케는 포기하고 한숨을 내쉬었다.

"……알겠습니다. 이제 도망치지 않을 테니까 놔주세요."

그래도 제네트는 여전히 코스케의 옷을 붙잡고 있었다.

"어라. 이거 실례했습니다."

"뭐, 코스케 공이 생각하는 일은 일어나지 않을 것이야. 다들 단순히 코스케 공에게 감사하고 싶을 뿐이니까."

"……감사?"

코스케는 그렇게까지 감사받을 일을 한 기억이 없다.

"무슨 소리냐. 뿔뿔이 흩어졌던 일족이 이렇게 모일 수 있게 된 건 틀림없는 코스케 공 덕분이라고?"

슈레인의 말을 들은 제네트도 동의하듯 끄덕였다.

"하물며 이만한 성을 가지게 되었으니까요. 역대 왕 중에서도 톱을 다투겠죠."

"흐응……. 그렇구나. ……아니, 그러고 보니 접대라면 요리 같은 것도 나와?"

"물론 준비했습니다."

"……그렇다면, 다른 멤버도 부르고 싶네."

"그거라면 내가 불러오마. 제네트는 코스케 공과 미츠키 공의 안내를 부탁하마."

"알겠습니다. 코스케 님, 미츠키 님. 이리로 오시죠."

제네트는 슈레인에게 정중하게 고개를 숙이고는 두 사람을 환영 파티장으로 안내했다.

환영 파티장은 버밀리니아 성의 어느 방으로, 뱀파이어와 이그리드 중에서도 일부 사람이 와 있었다. 각각 자기 자리에 앉아 있는 건 일족 중에서도 어느 정도 지위가 있는 사람들이다. 한편, 코스케와 관리자 멤버는 코우히, 미츠키, 실비아, 콜레트, 피치까지 전원이 모여 있다.

　슈레인과 미츠키, 코우히를 제외한 관리자 멤버는 다양한 이들에게 얽혀서 이야기를 나누고 있다. 전원이 모였을 때 탑의 관리자 멤버라고 전했으니 관심이 집중된 것이리라.

　물론 코스케도 예외는 아니다. 처음에는 다른 멤버보다도 먼저 코스케에게 말을 걸어오는 이들이 많았다. 지금은 그것도 진정되어서 다른 멤버 쪽으로 간 것이다. 코스케는 그다지 사교적이지 않지만, 주변 사람들도 그걸 간파했는지 무난한 인사 정도만 하고 대화를 마쳤다.

　그리고 지금 코스케 주변에 있는 건 슈레인, 미츠키, 코우히, 그리고 버밀리니아 일족의 몇 명과 이그리드 족의 몇 명이다.

　"……………그렇다면, 역시 여러분도 버밀리니아 보옥은 만들지 못하는 건가요?"

　"만들 수 있느냐 없느냐, 그 이전의 문제지. 애초에 어떤 재질로 되어 있는지도 짐작조차 가지 않아서."

　지금의 화제는 버밀리니아 보옥에 관해서다. 처음에는 성 이야기를 하고 있었지만, 이그리드족 사람이 보옥을 본 적이 있다고 해서 코스케가 그걸 만들 수 있는지를 물어본 거다.

　"으~음. 그런가."

　코스케가 팔짱을 끼고 고민에 잠기자, 슈레인이 끼어들었다.

　"……뭐냐, 코스케 공. 보옥에 흥미가 있었느냐?"

　"흥미라기보다는, 똑같은 게 있으면 다른 계층에서 쓸 수 있겠다고 생각했을 뿐인데?"

"아, 과연. 그런 거였나. 하지만, 그런 거라면 나도 힘이 되어 줄 수는 없겠구나."

"……그래?"

원래 버밀리니아 일족에게 전해지는 보물이다. 어떤 경위로 입수하게 되었는지 정도는 전해지더라도 이상하지 않다고 생각했었다.

"그래. 그 보옥은 뱀파이어라는 종족의 선조가 태어났을 때 일족에게 내려졌다고 전해지고 있느니라."

"뱀파이어가 태어났을 때라니, 그런 옛날에 대체 누가?"

"뭐, 신 중 누군가겠지. 그게 누구인지는 너무 오래되어서 전해지지 않지만 말이다. ……어쩌면, 이미 없는 신일지도 모르겠구나."

아스가르드에는 많은 신이 존재하기에, 오랜 세월이 지나 이름이 전해지지 않게 된 신도 있다.

그러나 바로 그 점에서 코스케는 그 이야기에 위화감을 느꼈다.

"……으~음. 그건 뭔가 이상하지 않아?"

"이상한가? 미안하지만, 나는 모르겠구나."

어린 시절부터 들었던 이야기다. 그게 당연하다고 믿고 있던 슈레인은 코스케처럼 의문을 느끼지 못했다.

"그치만 종족 하나가 태어나는 것에 관여한 신인데, 다른 종족이라면 몰라도 뱀파이어 일족에게 그 신의 이름이 전해지지 않는다는 건 이상하지 않아?"

"흠. 듣고 보니 확실히. ……아니, 하지만 다른 종족, 예를 들어 휴먼도 창조한 신이 있을 텐데 그 이름은 전해지지 않는다만?"

만약 있다면, 휴먼들이 일신교의 신으로 전하더라도 이상하지 않다.

그러나 실제로 이 세계에서 신의 대우는 어디까지나 무언가를 관장하는 존재다. 예를 들어 에리사미르 신은 태양, 자미르 신은 달인 것처럼.

"으~음. ……뭐, 그건 지금 생각해도 별수 없지. 정말로 알고 싶다면 실비아에게라도 물어 보면 될 거고."

누구에게 묻는지는 말할 것도 없다.

"뭐, 그렇겠지. 그분이라면 대답하기 곤란한 일은 대답하지 않으실 테니 말이다."

실비아와 에리스가 나누는 교신의 상황을 아는 슈레인과 코스케는 함께 쓴웃음을 지었다.

"이야기가 꽤 옆길로 샜네. 그래서 결국, 어떻게 만드는 건지는 알 수 없는 건가……."

"아니. 오해하게 만들었나 보군? 원래 소재는 모르지만, 어떤 힘으로 이루어져 있는지는 어느 정도 추측할 수 있다고?"

"……응? 무슨 뜻이야?"

"요컨대 세계수와 똑같은 거다. 세계수는 지맥의 힘을 근원으로 삼아 성장하지만, 보옥도 비슷한 힘을 근원으로 삼아 성장하지."

"비슷한 힘?"

코스케는 슈레인의 말에 고개를 갸웃했다.

"지맥의 힘이 성력의 흐름이라면, 그 대극이 되는 힘은 무엇이냐?"

"······마력?"

슈레인은 코스케의 대답에 만족하며 끄덕였다.

"음. 정답이니라."

두 사람의 대화를 듣고 이그리드족 한 명이 다급히 끼어들었다.

"자, 잠깐. 그 보옥이 마력 덩어리라면, 상당한 마력을 넣어야만 할 텐데?"

"음. 그렇지. 그러니 성이 이런 단시간에 이 정도까지 성장한 건 틀림없는 코스케 공 덕분이니라. 나의 힘만으로는 도저히, 도저히 무리야."

"······그러고 보니, 아까도 그런 말을 했었지."

코스케는 뭔가 이야기 흐름이 곤란해지는 걸 느꼈다.

"음. 물론 그 행위 덕분이기도 하지만, 그것 말고도 때때로 피를 받았던 게 컸겠지."

"··········뭐?"

지금까지 몇 번 슈레인의 요청을 받아서 피를 준 적은 있었다.

그러나 그게 성의 성장에 힘을 보태고 있을 줄은 몰랐다. 예전에 슈레인에게 뱀파이어 일족이 피를 마시는 건 기호품이라고 들었기 때문이다.

"······어라? 그런 말을 했었던가?"

"아니, 처음 말했느니라."

슈레인이 태연하게 말하자, 코스케는 저도 모르게 눈을 게슴츠레 떴다.

심경은, 어째서 그런 중요한 말을 하지 않았느냐는 거다.

"그런 표정 짓지 말거라. 걱정하지 않아도 필요할 때, 필요한 양은 받았느니라. 게다가 그대에게 말했다면 쓸데없이 신경을 썼겠지?"

"그건……. 뭐, 그렇겠지?"

"나도 그런 일로 코우히 공이나 미츠키 공의 차가운 시선을 받고 싶지는 않았으니까."

슈레인은 그렇게 말하며 옆에 있는 미츠키에게 웃어 줬다.

"어머. 나도 코스케 님의 생활에 영향을 주지 않는 정도라면 막지 않았을걸?"

"알고 있느니라. 그렇기에 이 성이 여기까지 성장한 거니까."

슈레인은 감사하고 있다며 고개를 숙였다.

그 모습을 보자 코스케는 당황했다.

"아니, 잠깐잠깐. 여기서 고개를 숙이는 건 이상하잖아. 애초에 성…… 아니, 보옥의 성장은 탑에게도 필요한 일이었으니까."

"그러게. 감사할 필요는 없어."

"음. ……뭐, 그렇기는 하지만. 그래도 나에게 그대의 피를 받는 건 크나큰 이득이었으니 말이다."

슈레인은 코스케의 피를 받을 때마다 언제나 자신에게 그의 피는 극상품이라고 말한다. 참고로 최근 코스케는 슈레인에게 피를 빨리는 것에 거의 저항감이 없어졌다.

"……맞아요~. 슈레인 님만 치사해요~."

"맞아~."

코스케와 슈레인의 대화에 뱀파이어 여성들이 난데없이 끼어들었다.

"………… 으으음?"

코스케는 영문도 모른 채 고개를 갸웃했다.

"너희……."

반면 슈레인은 찌푸린 표정을 보였다. 말을 걸어온 여성들은 취기가 많이 돈 모습이었다.

"저희는 이야기만 들었지, 슈레인 님만 코스케 님의 피를 독점하고 있다고요."

"저희도 지보(至寶)의 피를 맛보고 싶어요."

"저희한테도 코스케 님의 피를~."

입을 모아 그렇게 말하는 뱀파이어들을 본 코스케는 황급히 그 자리에서 떠날 수밖에 없었다.

(2) 통신 기능

코스케는 책상에 앉아 오로지 작업에 몰두하고 있었다. 그리고 그 옆에는 이스나니가 마찬가지로 작업하고 있다. 두 사람은 때때로 투덜투덜 중얼거리기만 할 뿐이어서, 아무것도 모르는 사람이 보면 약간 기겁할 광경이 펼쳐지고 있었다.

그러나, 그 상태가 느닷없이 이스나니에 의해 깨졌다.

"………………………………다 됐다아아아아아!!"

"와악……?! 깜짝 놀랐네!"

갑자기 이스나니가 크게 외치자, 코스케는 하마터면 의자에서 벌떡 뛰어오를 뻔했다. 놀란 나머지 양손에 들고 있던 도구를 책상 위로 떨어뜨리고 말았다.

"아…… . 죄, 죄송합니다."

"아냐, 괜찮아. 들고 있던 게 액체가 아니라 다행이지."

만약 액체가 든 병을 엎어 버리기라도 했다가는 대참사가 날 뻔했다.

"그래서? 뭐가 다 됐어?"

코스케가 묻자, 이스나니는 씨익 웃었다.

"통신 기능이요!"

이스나니의 그 대답을 듣자, 코스케는 순간 멍해지고 말았다.

"………… ."

"……어라?"

"…………거짓말?!"

"늦잖아요!"

코스케가 잠깐도 아니고 무려 10초 정도 지나서 반응하자, 이스나니는 무심코 태클을 걸었다.

그러나 코스케는 그걸 아랑곳하지 않고 이스나니에게 따졌다.

"정말로? 정말로 완성했어?! 어떤 식으로? 얼마나 쓸 수 있어?"

"왓……?! 조, 조금 진정하세요. 제대로 설명할 테니까요. ……워워워."

코스케가 마구 들이대자, 이스나니는 양 손바닥을 들며 말렸다.

"아, 아아. ……미안미안."

약간 기겁한 기색인 이스나니를 본 코스케도 겨우 차분함을 되찾았다. 그래도 이건 겉으로 보이는 태도뿐이고, 마음은 들떠 있었다. 꼭 갖고 싶었던 기능이라 기대감에 가슴을 부풀렸다.

 이스나니도 그 마음은 이해하고 있었기에 조금은 들뜬 기색으로 설명을 시작했다. 그 후에는 몇 가지 문제점을 발견해서 서로 개량법을 찾았고, 겨우 어느 정도 만족스러운 결과가 나온 건 그로부터 일주일 뒤의 일이었다.

◆

 "……이건, 또…… 터무니없는 걸 만들었네."

 크라운 본부 회의실에서는 주요 인물들이 모두 모여 있었다. 신기한 건 탑 관리자 멤버도 모여 있다는 것이다. 덤이라는 듯 크라운의 톱 멤버도 전원 모였다.

 그들에게 이스나니가 실물을 써서 간단히 설명하자, 가제란이 이렇게 말한 것이다. 그나마 말로 반응한 가제란은 나은 편이고 슈미트와 다레스는 말을 잃었다. 다른 관리자 멤버 여성진도 충격받은 건 비슷비슷했다.

 전원의 시선이 이스나니가 든 두 장의 카드로 모였다. 그 카드에는 얼마 전 이스나니가 완성하고, 그 후에 문제점을 수정한 개량판 통신 기능이 설치되어 있었다.

 원거리 통신 기능이 빈곤한 이 세계에서는 매우 획기적인 물건이다. 그러나 유감스럽게도, 아득히 멀리 떨어진 곳까지 쓸 수 있는 건 아니다. 동시에 쓸 수 있는 인원도 제한적이라, 1파티(6인)까지다.

그렇지만, 때때로 6인 전원이 달려들어야 하는 전투 때 요긴하게 쓰일 것은 틀림없다. 원래 관습으로 파티 멤버가 6인으로 정해졌을 뿐인지라, 인원 제한이 있다는 것을 반대로 이용해서 그 파티 안에서만 통화할 수 있게 했다. 전쟁처럼 대규모로 전개되는 전투에서는 쓸 곳이 제한되겠지만, 소규모 전투가 기본인 모험가들이라면 원하는 사람이 쇄도할 도구다.

참고로 일반적으로 유통되는 통신구는 매우 비싸서 쉽게 손댈 수 있는 물건이 아니다. 움직이는 힘도 신력이 아니라 마력이다. 그리고 가장 큰 차이는, 지금까지의 통신구는 일회용 아이템이라는 것이다. 한 번 기동하면 마력을 마지막까지 모두 써 버리게 되니까 한 번만 사용할 수 있다. 그러나 이번에 이스나니가 개발한 통신 기능은 일회용이 아니라 몇 번이고 쓸 수 있다. 그것도 모두를 놀라게 만든 요인 중 하나였다.

"……원거리에서 통화하는 건, 불가능하겠죠?"

이스나니에게 얼추 설명을 들은 슈미트가 확인을 위해 질문했다. 슈미트 옆에 앉은 공예 부문장 다레스는 여전히 멍해져 있다. 전문 담당 분야라서 그런지 받은 충격도 큰 것이다.

"이론상으로는, 불가능하지는 않아요."

"…………네?"

예상 밖의 대답이어서 슈미트도 저도 모르게 그대로 되묻고 말았다.

조금 전 설명에서는, 통화할 수 있는 범위가 그리 넓지 않다고 말했으니까.

"무슨 뜻이야?"

가제란도 똑같이 의문이 들었는지 이스나니를 바라봤다. 두 사람만이 아니라 이스나니와 코스케를 제외한 멤버도 똑같이 생각했는지 각각 의문의 표정을 보였다.

"간단한 일이야. 크라운 카드 정도의 크기로 줄이면 닿는 거리가 짧아질 뿐. 반대로 말하면, 크기에 집착하지 않는다면 거리를 늘리는 것도 가능해."

"덧붙이자면, 도중에 고정된 중계점을 만든다면 거리는 얼마든지 늘릴 수 있어요."

"그런 짓을 해 봐야 채산이 안 맞으니까 실행할 의미는 없겠지만."

코스케는 쓴웃음을 지으며 말했다.

그것에 의견을 낸 건 역시 슈미트였다.

"아뇨. 거리만 늘릴 수 있다면 마을과 마을 사이를 연결할 수 있습니다. 그러면 사용하는 인원도 늘어날 테니……."

설치할 의미가 있다고 말을 이으려던 슈미트를 코스케가 무례한 걸 각오하고 가로막았다.

"미안. 지금 시점에서는 중계점을 만들어 봐야 6인분 한정이니까."

코스케의 그 말을 듣자, 슈미트는 노골적으로 어깨를 떨궜다. 고작 여섯 명이 쓰기 위해 마을 사이에 중계점을 만드는 건 채산이 맞고 안 맞고 이전의 문제다. 그야말로 무의미하다.

"뭐, 그쪽은 향후의 개량을 기다려야 하나?"

"하지만, 그래도 상관없으니 만들어 달라는 녀석이 나오지 않겠느냐? 주로 지배층이."

슈레인의 그 말을 듣자, 코스케와 이스나니도 진지하게 수긍했다.

"아. 그렇다면야 만들어 줄 수도 있다고 생각해. 뭐, 그것 때문에 파산해도 된다면야."

코스케의 그 말에 뭔가 깨달은 슈레인은 어이없다는 표정을 지었다.

"……참고로 묻겠는데, 마을 사이에 중계점을 설치한다면 금액이 얼마나 들겠느냐?"

슈레인의 두 번째 질문이 나오자, 이번에는 이스나니가 한숨을 내쉬며 대답했다.

"희소 금속이나 희소 소재를 물 쓰듯이 써야만 하니까, 온 대륙의 금화를 긁어모아도 부족하겠죠."

그 대답을 듣자 이 자리에 모인 전원이 쓴웃음을 지었다. 채산이 안 맞는다는 수준이 아니다. 코스케와 이스나니가 이론상이라고 말한 의미를 잘 알 수 있었다.

"그래서? 맥이라면 크라운 카드에 이 기능을 집어넣을 생각이겠지?"

"그럴 생각입니다."

시기를 정해서 신규로 멤버 등록한 사람에게는 처음부터 통신 기능을 탑재한 크라운 카드를 주기로 했다. 이전에 카드를 받은 사람은 희망자부터 순서대로 새로운 크라운 카드로 교환해 준다. 크라운 카드의 발행 수는 파악하고 있기에, 새로운 카드를 어느 정도 만들어 두면 혼란도 최소한으로 억누를 수 있다고 보고 있다.

"그런가. 뭐, 그쪽은 어떻게든 해야겠지."

가제란의 말에는 슈미트와 다레스도 수긍했다.

모험가들만큼 혜택을 받지는 않겠지만, 상인 부문이나 공예 부문도 용도는 얼마든지 있다. 또한, 이로써 크라운 멤버가 또 늘어나겠지.

부문장 세 명은 최근 겨우 진정세를 보인 접수 창구가 또 비명을 지르게 되리라 예상하고 있었다.

(3) 신탁

통신 기능이 첨부된 크라운 카드를 공개한 다음 그대로 같은 방에서 식사 모임을 열었다. 마침 적당한 시간이 된 데다 모처럼 모였으니 관리자 멤버와 교류를 하고 싶다고 가제란이 제안했기 때문이다.

코스케도 거절할 이유는 없었고, 멤버들도 딱히 반대 의견이 나오지 않았기에 그대로 식사 모임을 시작했다. 인원이 많아서 전원의 식사가 완성되려면 시간이 걸리기에, 식사가 올 때까지는 잡담을 나누며 보냈다. 식사가 시작되고 나서도 주로 크라운 이야기 등을 하고 있었는데, 도중에 갑자기 실비아가 코스케에게 다가왔다.

"……응? 왜 그래?"

코스케가 고개를 갸웃하자, 실비아는 그의 귓가에 입을 가져가서 작은 목소리로 속삭였다.

"네. 신탁을 받았어요."

누구의 신탁인지는 말할 것도 없다.

지금의 실비아가 자유롭게 받을 수 있는 신탁은 에리스에게서 온 것뿐이다. 그리고 에리스는 너무 자유롭지 않은가 하는 생각이 들 만큼 아무래도 좋은 내용의 신탁을 코스케에게 보내기도 하기에, 군이 실비아를 경유해서 메시지를 보내는 일이 더 드물다.

그걸 알고 있기에 코스케도 진지한 표정을 보였다.

"어떤 내용이야?"

"그게……. 지금부터 오는 분을 똑똑히 보고 판단해 주셨으면 한다고……."

"…………뭐??"

생각지도 못한 내용이었기에 코스케는 놀랐다.

지금까지 에리스는 코스케의 행동에 간섭하는 말은 한 번도 하지 않았다. 실비아가 주변 사람들에게 들리지 않게 작은 목소리로 신탁 내용을 전한 것도 에리스의 배려이리라.

그만큼 중요한 사람이 여기로 오는 건가. 코스케의 표정에 긴장감이 스쳤다. 코스케의 그런 변화를 알아챘는지, 주변에 있던 코우히나 다른 사람들이 이쪽을 엿보듯 바라봤다. 그러나 그 표정을 본 실비아는 키득 웃었다.

"그렇게 긴장할 필요는 없다고 하셨어요."

역시 에리스라고 해야 할까. 코스케의 마음이 어떻게 움직이는지는 다 아는 모양이다. 그렇지만 굳이 신탁으로 전해 왔으니, 뭔가 있다고 짐작해 볼 수는 있다. 에리스가 실비아를 통해서 말을 전했기에, 코스케도 적절한 긴장감을 가질 수 있게 되었다. 어쩌면 에리스는 이런 걸 내다보고 신탁이라는 형태로 전한 걸지도 모른다.

이렇게 코스케는 생각 못 한 형태로 손님의 존재를 알게 되었지만, 중요한 그 인물은 금방 오지 않았다. 식사 모임도 거의 끝날 때까지 시간이 지난 무렵, 와히드 곁으로 한 직원이 왔다. 와히드는 손님이 왔다는 걸 알리는 직원에게 나중에 오라고 전하려 했지만, 그걸 알아챈 코스케가 제지했다.

"와히드. 잠깐만. 그쪽 관련 손님?"

"네? ……네. 행정관 후보 희망자가 왔습니다만……."

크라운에서는 현재 제5층의 행정관을 모집하고 있었다. 큰 마을이라고 부를 수 있는 규모가 되었기에, 와히드 일행만으로는 운영하지 못하게 된 것이다. 관료 조직을 세우는 건 급선무가 되었다.

"오늘 희망자는 그 사람 한 명뿐?"

"그렇습니다. 딱히 만날 예정도 없으니까요."

"그래. 그럼 지금부터 그 사람을 만나 보자."

"네?! 코스케 님도 동석하시려는 겁니까?"

"응. ……조금 이유가 있어서. 나중에 이야기해 줄게."

아무리 그래도 공개적으로 말할 내용은 아닌데 여기는 사람이 너무 많다. 에리스에 대한 것이 딱히 비밀은 아니지만, 공언한 것도 아니다. 믹센 신전의 낌새를 봤던 코스케는 되도록 퍼뜨리지 않는 게 낫다고 생각하고 있었다.

현재 실비아가 에리스에게 편하게 신탁을 받고 있다는 걸 아는 사람은 평소 관리층에 있는 멤버 말고는 없다. 그 멤버는 군이 이런 걸 남에게 말하지 않기에, 여기서 더 퍼지지는 않는다. 지금 코스케가 한 말로는 거기까지 알 리가 없는 와히드도 뭔가를 짐작했는지 바로 수긍했다.

"……알겠습니다. 바로 준비할 테니 잠시 기다려 주세요."

와히드는 그렇게 말하며 손님이 온 걸 알린 직원을 데리고 방을 나갔다.

다급한 모습을 보이는 와히드를 보자 크라운 관계자들도 제지할 수는 없었다. 코스케와의 대화를 들은 건 아니지만, 지금 크라운에서 행정관을 모집하는 건 알고 있다. 그 후보자 선정이 그리 순조롭지 않다는 것도 포함해서.

행정관 정도가 되면 상당한 권력을 맡겨야 하는지라, 인원 선정에는 상당히 고심하고 있었다. 지금까지 입후보한 이들은 모두 대륙에 있는 마을 유력자들의 입김이 들어간 이들이었으니 어쩔 도리가 없다. 표면적으로 탑에 있는 마을은 제5층밖에 없다고 되어 있다고는 해도, 내부에서 지배하려는 꿍꿍이가 너무 뻔하게 보였다. 그렇기에 행정관 선정은 신중해질 수밖에 없었다. 참고로 지금까지 왔던 후보자에 대해서 표면적인 정보는 모험가들의 소문으로 모으고 뒤에서는 데프레이야 일족이 조사했다.

행정관으로 입후보한 건 40대 정도의 댄디한 남성이었다. 지금은 풍성한 수염을 기르고 있지만, 젊은 시절에는 굉장한 미남이었으리라는 걸 알 수 있었다. 남자다운 매력이 올라간 만큼 지금이 좋다는 여성도 많으리라.

그런 감상을 품은 코스케를 제쳐놓은 채, 와히드와 알렉 도리아라고 소개한 남성의 대화가 이어졌다.

코스케가 이야기를 들어 보니 능력적으로는 딱히 문제없어 보였다. 문제가 있다면, 코스케가 왼쪽 눈의 힘으로 스테이터스를 봤을 때 나온 칭호다.

【플로레스 왕국 제3왕자】.

이걸 봤을 때 코스케의 감상은, '왕자님이라는 건 칭호가 되는 건가.' 였다. 그런 생각으로 무심코 현실 도피하고 있었지만, 몇 번을 봐도 칭호는 사라지지 않았다. 만약 국가에 소속된 관료였다면 탑의 현재 상황을 탐색하러 왔다고 생각해 볼 수 있겠지만, 굳이 왕자가 직접 온 의미를 모르겠다. 무엇보다, 센트럴 대륙에는 왕국이 존재하지 않는다. 이 시점에서 다른 대륙의 왕국이라는 걸 알 수 있다.

코스케가 그런 생각을 하는 사이, 와히드와 알렉의 대화는 계속 진행되었다.

성격도 능력도 문제없어 보이지만, 평범한(?) 젊은이인 코스케에게 이런 단시간에 모든 걸 간파할 힘이 있을 리 없다. 그러나 알렉은, 자기소개에서는 플로레스 왕국 사람이라는 걸 숨기고 다른 대륙의 다른 나라에서 왔다고 말했다. 참고로 이름은 그대로 본명을 댔다. 왕족인데 가문명을 대지 않아도 되는가 싶었시만, 이 세계에서의 가문명 법칙은 잘 모르기에 판단할 수 없다. 이 시점에서 한없이 수상하지만, 조금 전 신탁도 있다. 오히려 신탁이 없었다면 처음부터 의심했을지도 모른다.

와히드는 이미 물어볼 게 없어졌는지 코스케를 힐끔 바라봤다. 질문이 있으면 하라는 뜻이겠지.

자, 어떻게 할까. 고민하던 코스케는 풍파를 한 번 일으켜 보기로 했다.

"플로레스 왕국의 제3왕자이신 모양인데, 왕국에서 간섭해 오면 곤란한지라, 그 문제는 어떻게 해야 할까요?"

코스케의 갑작스러운 발언에 이 자리의 분위기가 딱딱해졌다.

◆

알렉을 만나기 직전, 코스케는 제47층 [달의 제단]을 찾았다.

목적은 자르와 교신하기 위해서다. 실비아에게 에리스의 신탁을 들은 뒤에 그녀에게 꼭 확인하고 싶은 게 생겼다. 실비아가 가진 교신구는 현재 그녀 전용이기에 코스케가 쓸 수는 없다. 일단은 실비아를 통해 확인해 보려 했지만, 에리스는 바쁜지 대답하지 않았다.

그래서 자르와 교신한 것이다.

『흐~응. 나는 두 번째라는 거야?』

[달의 보석]을 만져서 교신하려는 순간 첫마디가 그랬다.

『……좀 봐 줘. 실비아의 교신구를 통하는 게 더 빠르니까 어쩔 수 없잖아? ……안 그래?』

자르가 불쾌한 기색을 보이는 걸 느낀 코스케는 소극적으로 나서면서도 일단 그렇게 대답했다.

『뿌우~. 나한테 쓸 교신구를 만드는 걸 희망합니다! 물론 나 전용으로.』

『……가볍게 말하지 말라고.』

『어머. 무슨 소리야? 지금의 당신이라면 그 정도는 간단히 만들 수 있잖아?』

『……뭐?』

코스케는 자르의 말을 듣고 놀랐다.

『…………혹시, 눈치 못 챘어?』

『………………예……….』

『……뭐랄까, 얼빠진 구석도 있네…….』

『…………면목이 없습니다.』

이건 코스케도 시무룩해질 수밖에 없었다. 그런 편리한 걸 만들 수 있었다면 바로 만들었으리라. 만약 만들었다면 일부러 여기까지 오지 않아도 됐다.

『그건 넘어가고, 시간이 없지 않아?』

『아, 그랬지. ……이번 일은 역시 어느 신이 얽혀 있나?』

『……어째서 그렇게 생각해?』

『…………감?』

코스케는 그렇게 말하면서도 고개를 갸웃했다.

논리에 따른 건 아니다. 물론 에리스가 저렇게 변칙적인 방법으로 전달한 점이 묘하긴 했다. 그러나 그 신탁이 결정타냐고 묻는다면 고개를 갸웃하게 된다. 애초에 그런 말로 신이 뒤에 있다고 연결하는 건 힌트가 너무 적다. 그렇지만 에리스의 신탁을 들은 순간 왠지 모르게 떠오른 것도 사실이다. 그렇기에 일부러 여기까지 확인하러 온 거다.

『……감, 이라……. 흐~응……. ……뭐, 좋아. 일단 그 감은 정답이야. 하지만 그 이상은 가르쳐 줄 수 없어.』

『그렇구나. 그것만 들으면 충분해. 고마워.』

『천만의 말씀. 답례는 아까 말한 교신구면 충분해.』

『노력하겠습니다.』

『뿌뿌~. 관료적 발언은 안 됩니다. 나는 언니와 달리 한가하니까, 최대한 빨리 만들어 줘.』

코스케가 대답하려던 순간, 다른 목소리가 끼어들었다.

『……한가하다면, 이쪽을 꼭 도와 줬으면 좋겠네요.』

『으갹……?! 에, 에리스 언니?! 어째서 이런 곳에?!』

『그야 물론, 농땡이를 부리는 당신을 찾으러 왔죠. 그러니 실례지만 코스케 님, 여기까지입니다.』

『아, 응. 그럼 또 보자.』

『참고로, 제 몫의 교신용 신구도 희망합니다.』

『…………뭐?!』

언제부터 듣고 있었는지 의문이었지만, 그때는 이미 두 사람의 기척은 사라져 버렸다.

코스케도 언제까지 이곳에 있을 수는 없었기에 바로 제5층 크라운 본부로 향하게 되었다.

◆

역시 대단하다고 해야 할까. 알렉은 딱딱해진 분위기에서 한발 먼저 회복했다. 바로 미소를 보이면서 코스케에게 말했다.

"……무슨 의미입니까?"

"말 그대로의 의미인데요……. 아, 먼저 설명하도록 하죠."

알렉은 말을 이으려 했지만, 코스케는 그걸 막으면서 설명했다.

"일단 여쭤 보겠는데요. 크라운 카드의 스테이터스에 관해서는 아시나요?"

코스케가 질문하자, 알렉은 고개를 끄덕였다.

"네. 물론이죠."

"그건 원래 제가 가진 스킬을 근원으로 해서 만들었습니다. 솔직하게 말씀드리면, 저는 신능 각인기가 없어도 타인의 스테이터스를 읽을 수 있어요."

코스케의 말을 듣자 알렉은 침묵했다. 표정을 보니, 이 말이 사실인지 아닌지 계산해 보는 것처럼 보였다.

코스케는 알렉의 낌새는 신경 쓰지 않고 말을 이었다.

"저도 왕족과 직접 만나는 건 처음이지만, 플로레스 왕국 제3왕자라는 게 또렷하게 나오던데, 어떤가요? 만약 이게 틀렸다면 이 능력 자체를 의심해야 하는데요……."

코스케는 의심한 적이 한 번도 없고, 현재도 의심하지 않지만,

알렉에게는 군이 이렇게 말했다.

한동안 코스케를 바라보던 알렉이 표정을 갑자기 확 풀었다.

"······하나 물어보고 싶은데, 그건 이 카드에도 나오는 건가?"

말투도 태도도, 조금 전까지와는 달라졌다. 단순히 거만해진 게 아니다. 몸에 두르는 분위기가 명백하게 사람 위에 서는 것에 익숙한 사람이 되었다. 질문을 받은 코스케도 그것까지는 알 수 없었기에 와히드를 바라봤다.

"······지금까지 왕족이 등록하러 온 적은 없었기에 확인하지 못했습니다."

"그렇군."

그렇게 맞장구를 친 알렉이 고개를 끄덕였다.

"······그래서, 왕자인 나에게 행정관은 무리라는 건가?"

"모집 요강에 나온 그대로죠. 이 탑은 하나의 조직, 이 경우는 나라지만, 그곳에 속박될 생각은 없습니다."

이미 신분을 숨길 생각도 없어졌는지, 알렉 왕자는 단호하게 말한 코스케를 가만히 응시했다.

"풋풋한 발상이군."

"그럴까요?"

코스케는 고개를 갸웃했지만, 알렉 왕자는 그의 말에 퇴짜를 놓지는 않았다. 자신이 생각하는 것은 코스케도 이미 알고 있다는 걸 알아챈 거다. 이 탑이 있는 곳은 발견한 이래 한 번도 공략된 적이 없는 땅이다. 탑 안에 마을이 생긴 건 어디까지나 전이문의 혜택이다.

지금 당장 코스케가 전이문을 닫겠다고 결단한다면, 그의 말대로 외부의 영향을 없애는 건 간단하다. 물론 전이문을 없애기 전에 희망하는 자는 마을에 남길 수도 있다. 지금처럼 급격한 변화는 바랄 수 없지만, 그래도 탑만 가지고도 천천히 성장하는 건 가능하다.

　지금으로서는 실제로 할 생각이 없지만, 하는 게 가능하다는 사실이 중요한 거다.

　"…………진심인가?"

　깊이 들어간다면, 코스케가 목표로 삼는 건 탑을 중심으로 국가 하나를 만드는 거나 다름없다.

　"그 말씀은?"

　"진심으로 나라를 만들 생각인가?"

　"글쎄요. 어떨까요? 국가 같은 건 필요 없다는 폭언을 내뱉으려는 건 아니지만, 적어도 지금으로서는 만들 의미가 없다는 생각도 드는데요."

　국가라는 건 외적(주로 다른 나라)에게서 백성이나 재산을 지키는 게 하나의 역할이다. 그러나 현재 탑은 타국의 침공을 받을 일이 없다. 애초에 센트럴 대륙에는 국가가 존재하지 않는 데다, 다른 대륙의 국가가 일부러 여기까지 발을 뻗는 것도 생각하기 힘들다. 왜냐하면, 억지로 전이해 온다고 해도 전이문 자체를 닫는 건 당장에라도 가능하기 때문이다.

　"……어째서?"

　"국가라는 건 지켜야 할 문화나 백성이 있어야 처음으로 성립되죠. 명확한 적이 없는 현재는 외부 세력에게서 백성이나 재산을 지킬 필요성이 없고, 역사가 없는 문화를 지키려고 해 봐야 의미가 거의 없잖아요?"

"그런가? 적어도 선언하는 의미는 있다고 생각하는데?"

"그걸 하는 건 너무 시기상조네요. 적어도 도시 국가를 자칭할 정도로는 인구가 좀 더 늘어야겠죠. 선언해 봐야 웃음거리가 되고 끝나지 않을까요?"

코스케의 그런 질문을 듣고 그의 눈을 똑바로 응시한 알렉은, 코스케가 진심으로 그렇게 생각하고 있다는 걸 알았다. 왕족의 일원으로서 지금까지 다양한 인간을 봐 왔다고 자부한다. 그런 자신이 보더라도, 코스케 같은 인간은 만난 적이 없었다. 진심으로 즐겁다는 감정이 솟구쳤다.

"큭큭큭큭."

코스케는 갑자기 웃기 시작한 알렉을 그저 멍하니 바라볼 수밖에 없었다.

"그대, 대체 누구냐."

알렉은 웃음을 거두고 코스케에게 물었다.

"……누구냐고 말씀하셔도……. 탑의 관리자인데요?"

코스케는 그렇게 대답했지만, 알렉은 고개를 내저었다.

"그런 뜻이 아니야. 평범한 일반인이 그런 생각을 할 수 있을 리 없잖나?"

아스가르드라는 세계에는 학교 같은 교육기관이 존재하지 않는다. 귀족이나 왕족이라면 가정교사를 고용해서 학문을 배울 수 있지만, 평범한 신분은 애초에 교육을 받을 기회가 거의 없다. 있다면, 직업에 종사하기 위해 누군가의 제자로 들어갈 때 정도다. 그것 말고는 경험을 쌓으면서 살아가는 방법을 배운다.

그러나 조금 전에 코스케가 한 말은 아무리 생각해도 어느 정도 교육을 받지 않았다면 나오지 않을 발언이다. 그리고, 코스케가 귀족이나 왕족의 일원이었다면 소문이 돌지 않을 리가 없었다. 귀족이나 왕족에 속하는 자가 탑을 공략했다면 일족에게 막대한 이익을 가져오게 되니까. 공략한 시점에서 공표해야겠다고 생각하는 게 일반적이다.

하지만 왕족인 알렉의 귀에 그런 이야기는 들어오지 않았다. 또한, 다른 대륙의 귀족이나 왕족이 탑을 공략했다는 이야기도 듣지 못했다.

알렉은 코스케를 가만히 관찰하며 대답을 기다렸다.

그런 알렉의 시선을 알아챈 코스케도 태연하게 답했다.

"딱히 대단한 사람은 아니에요. 그저 이른 시기부터 교육을 받았을 뿐이죠."

"……뭐라고?"

예상 밖의 대답이라 알렉은 어안이 벙벙해졌다. 그리고, 의문을 입에 담기 전에 또다시 예상 밖의 질문을 받게 되었다.

"어라? 그에 관해서는 신탁을 받지 않았었나요?"

알렉의 입이 멍하니 벌어졌다. 일찍이 없었을 정도의 경악에 물들어 신음할 수밖에 없었다.

"……어떻게 안 거지?"

알렉이 신음하는 목소리로 묻자, 코스케는 고개를 갸웃했다.

"신탁 말인가요?"

알렉은 그것 말고 뭐가 있느냐며 시선만 보내서 답했다.

"신탁을 받았다는 걸 알고 있던 건 아니고요. 그저 뒤에서 신이 움직이고 있다는 걸 들었으니까 거기서 상상했을 뿐이죠."

"……뭐라고?! 누구에게 들었지?!"

알렉은 이 탑까지 오면서 다양한 루트를 지났다. 물론 그건 자신이 왕자 신분이라는 걸 감추기 위해서다. 여기에 있는 건 고향 사람에게도 숨겼기에, 알렉이 신탁을 받아 여기에 있는 걸 아는 사람은 극히 한 줌의 사람들뿐이다. 그들에게서 정보가 누설되었다면 큰 문제…… 정도가 아니다.

"아뇨. 아마 착각하시는 것 같은데요? 딱히 당신 나라 사람에게 들은 건 아니에요."

"……그럼, 어째서 알게 된 거지?"

"신은 한 명이 아니잖아요?"

알렉은 코스케가 하고 싶은 말을 바로 알아챘다. 그리고, 그렇기에 저도 모르게 머리를 감싸 쥐게 되었다. 상식 밖의 존재란 바로 이렇다는 것을 깨닫게 된 거다.

"뭐냐. 다시 말해서, 그대도 신탁을 받았다는 거냐…………?"

"그게 신탁이라면 그렇게 되겠죠."

코스케의 미묘한 말 돌리기에 알렉은 눈살을 찌푸렸다.

"무슨 뜻이냐?"

"그야, 당신의 뒤에 신이 있느냐고 물었더니 평범하게 대답해 준 거라서요."

코스케가 태연하게 고백한 그 진실을 듣자, 알렉은 드디어 참지 못하고 웃음을 터뜨렸다.

애초에 신탁이라는 건 손쉽게 받을 수 있는 게 아니다. 그건 설령 고위 성직자라도 마찬가지다. 그러나 역사에는 그 신탁을 빈번하게 받을 수 있던 사람이 몇 명 확인되어 있다. 그런 이들은 각각 신의 가호를 받았다고 여겨져 왔다. 그리고, 그렇기에 신에게 가호를 받았다고 인정받은 자는 권력자에게 이용당하는 게 일상이었다. 때로는 국가 간의 분쟁으로 발전하거나, 혹은 신전의 권위를 위해 이용당하기도 했다. 그렇기에 최근에는 설령 가호를 받았다는 걸 알게 되더라도 그걸 최대한 숨기는 게 주류다.

저잣거리에서 태어난 경우에는 이윽고 신전에 맡겨지거나, 혹은 국가들의 협의로 대우가 정해지게 된다. 그러나 만약 귀족이나 왕족 같은 신분이라면 달라진다.

최대한 앞 무대에 나오지 않게 숨긴다. 물론, 본인이 원하는 경우에는 다르지만, 기본적으로 가호를 얻은 자가 앞 무대에 나설 일은 없다. 그 작업은 국가적으로 이루어진다. 이유는 단순한데, 그런 사람은 최대한 자국에 포섭하고 싶다는 국가적인 이유 때문이다.

또 하나, 가호를 가진 자가 귀족이나 왕족일 경우에는 저잣거리 사람처럼 많은 나라나 신전에서 신병을 좌지우지할 수 없다. 왜냐하면, 그 나라나 주변 나라의 파워 밸런스를 무너뜨리는 것으로 이어질 수 있으니까. 몰락 직전의 귀족이라면 몰라도, 일정 이상의 힘을 가진 귀족이나 왕족이라면 나라에 확실한 영향력을 행사할 수 있다. 과거에 그런 사건이 일어난 걸 계기로, 귀족이나 왕족 중에서 가호를 가진 자가 태어나면 숨기게 된 것이다.

알렉에게 이야기를 들은 코스케는 고개를 끄덕였다.

"…………그렇다면, 당신의 따님이 가호 보유자인 건가요?"

"그렇게 되지."

코스케가 신탁을 받은 적이 있는 사람이라는 걸 알자 믿게 되었는지, 알렉은 바로 자신의 사정을 이야기하기 시작했다.

"……조금 전 들은 이야기에 따르면, 왕족이 가호 보유자라는 게 주변 나라에 들키면 곤란해지지 않나요?"

코스케가 의문을 던지자, 알렉은 크게 수긍했다.

"그래, 곤란하다는 수준이 아니지. 실제로 주변 나라에 전해지고 만 현재는 구혼 서류만으로도 방 하나가 가득 메워질 정도야."

명색이 계승권을 가진 왕자가 사는 저택이다. 그 넓은 방을 가득 메울 정도의 서류를 상상하자 코스케는 골치가 아파졌다.

"그것만이라면 몰라도, 최근에는 조금 위험한 움직임도 있지. 섣불리 건드렸다가는 군대조차도 움직일 수 있게 되었어."

알렉의 말을 들은 코스케는 한숨을 내쉬었다.

"그 정도의 사태가 되었나요."

"그래. 뭐, 마음은 이해하지. 우리나라도 다른 나라에 신탁을 받은 왕족이 태어났다면 그런 수단을 쓸 수도 있었을 테니."

신탁의 이름 아래 타국을 침공하는 정도라면 그나마 나은 편이다. 그 전쟁에서 실제로 신이 개입한다면 어떻게 되는지 고민하는 것이 국가다. 그리고, 실제로 과거에는 그런 생각을 근거로 해서 전쟁이 벌어진 적도 있다.

"다행히 우리나라는 대국이라 불릴 정도의 국력이 있으니, 즉시 전쟁이 벌어지지는 않겠지만 말이지."

알렉은 그래도 지금의 상태가 이어지면 시간문제라면서 말을 이었다.

역시 여기까지 이야기를 듣자, 알렉이 일부러 신분을 감추면서까지 행정관 면접을 보러 온 이유를 알 수 있었다.

"……요컨대, 그 왕녀를 이 탑에 숨겨 줬으면 좋겠다는 건가요?"

"이해력이 빨라서 좋군."

조금 전 코스케가 말했듯이, 군사적으로 탑을 공격하는 건 거의 불가능하다. 그렇기에 절호의 은신처(?)가 될 수 있다. 설령 왕녀가 탑에 있다는 것을 각국이 알아내더라도.

코스케가 그런 사정을 간파했다는 걸 알아챘는지, 알렉은 웃으면서 대답했다.

"……무슨 이야기인지는 알겠는데, 저희는 역시 제3왕자로서의 당신은 받아들이기 힘든데요?"

"알고 있다. 설마 스테이터스라는 것에서 그런 게 나올 줄은 몰랐지. 나는 원래 왕자의 신분 같은 건 버릴 작정으로 여기에 왔다."

"…………예?!"

놀라는 코스케를 본 알렉이 웃으며 답했다.

"뭐야, 애초에 이런 조건을 내야 하는 건 그쪽 아닌가?"

"아뇨, 그건 그런데요……."

설마 왕자라는 신분을 버리면서까지 이제야 큰 마을이 되려고 하는 곳의 행정관이 되려고 할 줄이야. 코스케는 생각지도 못했다.

"나에게는 왕자의 신분보다는 딸이 더 소중하니까. 다행히 현재 플로레스 왕국은 후계자 후보도 곤란하지 않지. 내가 빠진다고 해도 큰일은 없을 거다."

알렉은 태연하게 계승권 포기를 암시했다. 그리고 곤란하게도, 코스케는 이게 농담으로 보이지 않았다.

코스케는 왕자의 지위보다 딸이 더 중요하다는 왕족이 있어도 되느냐는 느낌을 받았지만, 그걸 물어보자 알렉은 태연하게 고개를 끄덕였다.

"상관없겠지. 아니, 오히려 내가 계승권을 포기한다고 공표하는 편이 정치적으로도 의미가 커."

가호 보유자가 왕족에 있다는 건 그만큼 주변에 막대한 영향을 준다.

"아무도 말리지 않을 거다. 그보다, 오히려 권하는 사람이 있을 정도지."

지금의 왕에게는 아들이 세 명 있으며, 전원 건재하고, 게다가 제1왕자와 제2왕자는 이미 성인이 된 아들도 있다. 제3왕자인 알렉에게는 딸이 한 명 있을 뿐이라서, 알렉이 계승권을 포기하더라도 아무런 문제가 없다는 걸 알려 주고 있었다. 물론 지금까지의 지위나 속박도 있지만, 그것도 탑에 틀어박히면 거의 상관없어진다는 것이 알렉의 설명이었다. 애초에 다른 대륙의 국가는 표면상

센트럴 대륙에 군사적으로 간섭하지 않는다는 입장을 보이고 있다. 그렇기에 알렉은 탑에서 행정관을 모집한다는 이야기를 들었을 때 굳이 신분을 감추고 직접 확인한 것이다. 결과는 상상 이상, 아니 예상 밖이었다면서 즐겁게 웃었다.

"설마 딸 말고도 가호 보유자가 있을 줄은 몰랐지. 아니, 오히려 그렇기에 난공불락의 탑을 공략할 수 있었던 건가?"

"아뇨, 그건 아닌데요. 적어도 저는 가호가 없다고요? 탑을 공략했을 때의 멤버 중에도 없었고요."

"…………그건 그것대로 놀라운데……?"

"아무리 그래도 외부인에게 이 이상은 말씀드릴 수 없어요."

코스케가 거절하자, 알렉은 훗 하고 웃었다.

"그건 그렇겠지. 지금의 나는 아직 외부인이니까."

"아……. 역시 오실 생각이 가득한가요?"

"당연하지. 지금의 나는 이보다 조건이 좋은 곳이 떠오르지 않아."

알렉이 확실하게 단언하자, 코스케는 한숨을 내쉬며 와히드를 바라봤다.

코스케의 시선을 받은 와히드는 고개를 끄덕였다.

"그런가요……. 그럼, 새로운 조건을 내도록 하죠. 그래도 괜찮으시다면, 당신을 행정관으로 고용해도 괜찮을까요?"

"그래. 그게 좋겠지."

지금의 알렉은 지위가 지위인 만큼 그대로 즉시 고용할 수는 없다. 그렇기에 세세한 조건을 설정하기로 했다.

그 결과, 여러 세부 사항을 조정한 뒤에 알렉을 행정관으로 고용하게 되었다.

먼저 계승권 포기를 국내외에 명확하게 공표할 것.
그리고 탑에 오는 건 상관없지만, 어디에 몸을 의탁하는지는 공표하지 않을 것(이건 알렉의 제안).
필요한 부하는 데려와도 좋지만, 몇 명 정도로 한정할 것.
당연하지만 그들도 플로레스 왕국과의 연결은 완전히 끊을 것 등등…….

이런저런 논의를 거쳐서 조건을 정한 뒤, 알렉은 코우히와 함께 플로레스 왕국으로 향했다. 물론 코우히가 따라간 것은 이동 시간 단축을 위해서다. 예전에 데프레이야 일족 때와 마찬가지로 몇 번 전이를 반복해서 목적지로 향하고, 돌아올 때는 원거리 전이로 단번에 돌아오는 방법을 쓰기로 했다.
그리고 일주일 뒤.
코우히는 알렉과 몇 명의 부하, 그리고 소녀 한 명을 데리고 탑으로 돌아왔다. 부하들은 가족을 데리고 왔다. 당연하지만 이제 플로레스 왕국으로 돌아갈 수 있으리라 생각하지는 말라고 못을 박았다는 게 알렉의 설명이었다. 참고로 코스케가 나중에 코우히에게 물어봤는데, 실제로는 함께 오기를 희망한 사람이 더 있었다고 한다. 그러나 그렇게 많은 숫자를 데려올 수는 없다면서 알렉이 지금 멤버로 줄인 것이다.

그리고, 알렉의 본래 목적인 그의 딸은 플로리아 도리아라고 소개하고는 코스케에게 고개를 숙였다.

"플로리아 도리아라고 한다. 앞으로 잘 부탁한다."

그렇게 말한 플로리아는 코스케를 가만히 응시했다.

"뭐…… 뭔데?"

"아니, 그게. 탑을 공략했다는 것치고는 전혀 강해 보이지 않아서."

"하하하. 그건 그렇지. 난 전투는 거의 하지 않았으니까. 코우히의 뒤를 따라다녔을 뿐이야."

코스케는 그렇게 말하며 어깨를 으쓱했다.

"뭐야. 겉모습 그대로 나약한 자였나."

플로리아는 노골적으로 낙담했지만, 코스케는 딱히 신경 쓰지 않았다. 실제로도 그러니까 반론해 봤자 별수 없다고 생각했으니까.

그러나, 이 자리에 있는 한 명이 플로리아의 그 말을 용납하지 않고 행동에 옮겼다.

"……뭣?! 무슨 짓이냐?"

정신이 들었을 때는, 코우히가 플로리아의 목덜미에 검을 들이밀고 있었다. 이 자리에 있는 모두가 움직이지 못했을 만큼 빨랐다.

"당신의 허리에 차고 있는 검은, 그냥 장식입니까?"

"…………뭐?"

"이 정도의 움직임도 따라오지 못하는 나약한 당신이, 저의 주인님에게 용케도 그런 오만한 말을 늘어놓았군요?"

코우히는 플로리아의 말을 역으로 써서 도발했다.

"…………뭣?!"

플로리아는 검이 겨눠진 상황에서도 코우히를 노려봤다.

일촉즉발인 두 사람 사이에 알렉이 끼어들었다.

"리아, 그만두지 못하겠느냐!"

"……하지만!"

항의하는 딸을 무시한 알렉이 코우히에게 고개를 숙였다.

"코우히 공. 미안하다. 리아는 나중에 엄하게 꾸짖으마."

"…………다음은, 없습니다?"

"……그래. 알고 있다."

알렉은 그런 한마디와 함께 검을 내린 코우히에게 고개를 끄덕였다.

한편, 플로리아는 변함없이 코우히를 노려보고 있었지만 이 이상 뭔가 말하지는 않았다. 아버지인 알렉의 태도를 보고 뭔가 생각하는 바가 있었던 걸까, 아니면 다른 이유가 있는 걸까. 옆에서 상황을 지켜보기만 하던 코스케는 아쉽게도 알 수 없었다.

그리고 알렉은 코스케에게도 고개를 숙였다.

"코스케 공에게도 미안하다."

"아뇨아뇨. 제가 나약하게 보이는 건 자각하고 있으니까요."

코스케는 그렇게 말하며 웃었지만, 알렉은 고개를 좌우로 흔들었다.

"하지만 코스케 공이 탑을 관리하고 있는 건 사실이지. ……딸에게는 겉모습만으로 남을 판단하지 말라고 옛날부터 신신당부하고 있지만……."

알렉은 그렇게 말하고는 쓴웃음을 지으면서 플로리아를 바라봤다. 아버지의 시선을 받은 그녀는 고개를 홱 돌려 버렸다. 꽤 성깔 있어 보이는 공주님이었지만, 아버지에게는 약하다는 것은 코스케도 분위기로 알 수 있었다.

코스케가 플로리아의 스테이터스를 몰래 확인하자,【성신(星神)의 가호】라는 칭호가 있었다. 일국의 공주님치고는 높은 검술 스킬도 있지만, 유감스럽다고 해야 할지, 당연하게도 코우히의 발끝에도 미치지 못한다. 애초에 비교하는 게 잘못이겠지만.

도리아 부녀(알렉의 미인 아내도 따라왔다)와 그 부하들의 가족은 이미 살 곳이 정해졌다. 일단 이곳은 해산하기로 하고, 각자 살 곳으로 향하게 되었다.

본격적인 업무 시작은 며칠이 지나서 하게 되었다. 그때까지 가구나 생활용품 등을 구하면 된다.

이렇게 알렉과 그 부하가 오게 되어서 제5층의 작은 마을 이상, 큰 마을 미만에도 겨우 정식 행정 기관이 생기게 되었다.

(4) 플로리아

플로리아는 자신에게 주어진 방 침대 위에서 침울해하고 있었다.

이유는 간단하다. 바로 조금 전까지 코스케에 대한 태도에 관해서 알렉에게 꾸지람을 들었기 때문이다. 만약 다른 사람이 그곳에서 보고 있었다면 이게 설교?라며 고개를 갸웃했겠지만, 알렉과 플로리아에게는 틀림없이 설교였다. 실제로 플로리아는 침대 위에서 반성하고 있다.

"…………아~, 정말. 난 대체 뭘 하고 있는 걸까."

플로리아가 이렇게 반성하고 있는 건, 코스케를 나약하다고 생각한 게 아니다. 그걸 부주의하게 말로 꺼냈다는 거다. 그게 계기가 되어 코우히라는 호랑이 꼬리를 밟고 말았다.

생각한 걸 바로 말로 꺼내는 건 플로리아의 좋은 점이기도 하지만, 결점이기도 하다. 조금 전에도 그게 발단이 되어 자칫하면 목숨이 위험한 사태가 벌어졌을지도 모른다며 알렉에게 설교 겸 지적을 받았다.

플로리아 자신도 자기 성격을 알고는 있지만, 좀처럼 고칠 수가 없었다. 애초에 가호 보유자라는 입장을 빼더라도 태어났을 때부터 지금까지 플로레스 왕국의 왕족으로 살아왔다. 조금 전 코우히처럼 직접적으로 충돌하는 사람은 없었다.

"…………그건 그렇고……."

문득, 조금 전 코우히의 움직임을 떠올린 플로리아는 몸을 부르르 떨었다.

정확하게 떠오르는 건, 검을 뽑기 전의 모습과 자신에게 검을 들이밀 때의 모습이다. 어느새 움직여서 목덜미에 검을 들이밀고 있었다. 언제 검을 뽑았는지, 어떻게 검을 들이밀었는지 전혀 볼 수가 없었다. 플로리아도 검 실력에는 그런대로 자신이 있지만, 코우히에게는 상대도 되지 않으리라는 건 검이 겨눠진 그 순간 알 수 있었다.

다음에 떠오른 감정은, 동경이나 선망 같은 것이었다. 반사적으로 그런 말을 꺼내버렸지만, 마음속으로는 그 한순간에 코우히에게 매료되었다. 자신의 검이 지향해야 하는 건 바로 그곳이다. 어느새 플로리아의 머릿속을 차지하는 건 코우히의 그 아름다운 모습이었고, 조금 전까지의 반성은 어딘가로 날아가 버리고 말았다.

다음 날.

미츠키가 플로리아를 찾아 제5층 저택까지 왔다. 코우히에게 어제 이야기를 듣고는 조금 생각하는 바가 있었는지 일부러 코스케에게 양해를 구하고 만나러 온 거다.

그리고 미츠키를 처음으로 본 플로리아는 눈을 휘둥그레 떴다. 코우히를 봤을 때도 그랬지만, 이보다 더할 수 없을 아름다움에 시선을 빼앗긴 거다. 설마 코우히와 나란히 견줄 미모를 가진 사람이 있을 줄은 몰랐다. 약간 동요하던 마음을 진정시킨 플로리아는 미츠키를 응시하며 말했다.

"나에게 용건이 있다고 하던데?"

"응. 크라운의 건물까지 잠깐 와 줬으면 해서."

"............응?"

무엇을 위해? 플로리아는 그런 생각이 들었다.

현재 크라운 건물은 크라운 본부 말고도 행정 기관의 역할도 겸하고 있다. 당연히 플로리아의 아버지인 알렉도 그 건물에서 일할 예정이라, 오늘도 그 사전 준비를 위해 갔으리라. 그러나 자신이 굳이 거기에 갈 이유가 떠오르지 않았다.

플로리아가 고개를 갸웃하자, 미츠키는 키득 웃으며 말했다.

"잠깐 대련이나 해 볼까 해서. 하지만 눈에 띄는 곳에서 하다가 당신이 약하다고 착각당하는 건 좋지 않잖아? 그러니까 인적이 드문 곳에 와 줬으면 해서."

미츠키의 알기 쉬운 도발을 듣자, 플로리아는 험악한 표정을 보였다.

"…………호오. 내가 약하다고 생각할 만큼 당할 거다?"

"코우히의 움직임에 전혀 반응하지 못했으면서, 반론할 수 있어?"

미츠키의 그 말에 격양하려던 플로리아는 냉정을 되찾았다.

"…………뭐라고?"

"어머. 코우히와의 실력 차이를 이해할 만큼의 머리는 있나 보네."

여기에 코스케가 있었다면 평소의 미츠키와의 차이에 당혹스러웠으리라. 미츠키는 어딜 봐도 플로리아를 일부러 도발하고 있었다. 미츠키는 이런 일은 거의 하지 않는다.

"…………좋다. 너의 도발을 받아주지."

플로리아는 미츠키를 노려봤지만, 그녀는 그걸 나 몰라라 받아 넘겼다.

"그래. 그럼 가 보자."

미츠키는 그렇게 말하고는 플로리아를 데리고 크라운 본부로 향했다.

크라운 본부 지하에는 일반인에게는 알려지지 않은 방이 있다.

원래 모험가들의 훈련을 위해 추가로 몇 군데를 만든 건데, 그 방의 일부는 일반에 공개하지 않았다. 지하에 있는 방은 모두 강력한 마법에도 견딜 수 있게 만들었지만, 일반에 공개하지 않는 그 방은 그중에서도 제일 튼튼하다. 코우히나 미츠키가 어느 정도 힘을 해방하더라도 괜찮게 하려는 목적으로 만들었기 때문이다. 참고로, 당연하지만 그 방조차도 두 사람이 능력을 완전 해방했을 때 견딜 수 있는 강도는 아니다. 그리고 코우히와 미츠키 모두 코스케의 곁을 떠나는 일이 거의 없기에 지금까지 그 방을 쓴 적은 없었다.

그 방이 겨우 빛을 보게 된 것이다. 하지만 굳이 미츠키가 그 방을 쓰기로 한 건, 강도 문제라기보다는 남들 눈을 피하려는 이유가 크다.

지금 그 방에는 미츠키와 플로리아, 알렉과 실비아가 있었다. 실비아는 심판이라는 명목으로 대치하는 두 사람 사이에 있었다. 알렉은 미츠키가 플로리아를 데리고 오는 동안 실비아가 불렀다.

"그럼 시작할게요."

실비아가 그렇게 말하며 방구석에 있는 장치를 기동했다. 그러자 미츠키와 플로리아를 둘러싸듯이 결계가 기동했다. 이로써 실비아가 허가할 때까지 결계 안에 있는 미츠키와 플로리아에게는 아무도 간섭할 수 없다. 참고로 결계를 치는 기술과 장치는 그리 드물지 않다. 돈만 내면 어느 정도의 물건은 만들 수 있다. 그래도 지금 친 규모 정도라면 극단적으로 적지만.

"이러면, 적어도 당신은 전력을 내더라도 주변에 영향을 줄 수 없어요. 마음껏 힘을 써 보세요."

실비아는 그렇게 말하며 플로리아를 바라봤다.

그리고 이어서 미츠키를 봤다.

"미츠키는 부탁이니까, 힘을 확실히 억눌러 주세요. 제발 이 위에 있는 건물을 날려 버리지 않도록 부탁드려요."

"알고 있어."

실비아가 신신당부하자, 미츠키는 웃음을 참으며 대답했다.

"근데 치료에 관해서는 기대해도 되겠지?"

"할 수 있는 것과 못 하는 게 있어요."

"그것도 알고 있어."

"그럼 괜찮아요."

미츠키와 실비아의 대화를 듣던 플로리아와 알렉의 머릿속에는 의문이 떠올랐지만, 유감스럽게도 질문하는 건 허락되지 않았다.

두 사람의 대화 뒤, 바로 실비아가 시작 호령을 내렸기 때문이다.

"그럼, 시작해 주세요!"

실비아의 구령과 동시에 플로리아가 움직였다.

오른손에 든 한손검으로 상대의 오른 어깨에서 좌하단 겨드랑이를 긋는 대각선 베기를 날렸다. 그리고 즉시 좌하단으로 내려간 검으로 허리를 후려치듯이 왼쪽에서 오른쪽으로 휘둘렀다. 이어서 우하단 복부에서 왼쪽 어깨를 향해 역 대각선 베기를 역방향에서 올려 치고, 거기에 목을 날려 버릴 기세로 왼쪽에서 오른쪽으로 휘둘렀다. 이어서 또다시 오른쪽 어깨에서 좌하단 겨드랑이를 긋는 대각선 베기를 날렸다.

"호오. 생각한 것보다 꽤 제법이지 않느냐?"

"그러게요~."

실비아가 시작 구령을 외치자마자 바로 움직인 플로리아를 본 슈레인과 피치의 감상이었다. 그러나, 그 감상을 바로 옆에서 듣던 알렉은 답변할 수 없었다. 슈레인과 피치는 어느새 알렉을 사이에 끼우고 서 있었으니까. 미츠키와 플로리아에게 정신이 팔려 있었다고는 해도, 이렇게까지 접근했는데 눈치채지 못하다니. 알렉에게는 처음 있는 일이었다.

알렉의 경계 레벨이 순간적으로 올라갔지만, 그것도 당연했다.

처음 보는 얼굴인 데다, 검을 들면 바로 몸에 꽂힐 만큼 가까웠으니까. 무엇보다, 그걸 전혀 눈치채지 못했다는 게 경계심에 박차를 가했다. 그런 알렉의 내심은 아랑곳하지 않은 채 슈레인과 피치의 대화가 이어졌다.

"전형적인 기사 타입인가. ……그런 것치고는, 마법이 한 번도 안 나오는군."

"조금 전부터 검격이 안 통하고 있으니까, 슬슬 나오지 않을까요~."

피치의 그 말에 맞추려는 듯, 지금까지 검만으로 공격하던 플로리아가 잠깐 거리를 벌려서 마법을 날렸다.

"바라는 것은 강대한 불꽃, 염격(炎激)!"

그 주문에 맞춰 미츠키의 눈앞에서 폭염이 일어났다.

그러나, 그때 이미 미츠키는 그곳에 없었다.

지금까지 보여 준 회피를 보고 피할 걸 읽고 있었는지, 플로리아는 개의치 않고 계속해서 미츠키를 향해 마법을 날렸다.

"검이 안 통하는 걸 보고 마법 주체로 전환했나?"

"그것보다는, 낌새를 보고 있는 거겠죠~."

"흠. 저런 레벨이라면, 굳이 마법과 검격의 간격을 비울 필요도 없나."

"네. 그렇죠~."

""그런데…….""

슈레인과 피치가 동시에 알렉을 봤다.

"언제까지 신경을 곤두세우고 있을 테냐?"

"딱히 당신에게 해를 끼칠 생각은, 지금으로서는 없거든요~?"

슈레인과 피치의 『말 공격』을 받자, 알렉은 어깨의 힘을 확 풀었다. 두 사람의 말을 듣자, 생각보다 더 힘을 주고 있었다는 걸 알아챘기 때문이다.

"…………그런가. 그래서, 그대들은 누구냐?"

"탑의 관리자 멤버 중 하나, 슈레인이다."

"저도 똑같아요~. 피치예요."

"그런가. 나는 이번에 행정관을 맡게 된 알렉이라고 한다."

간단한 인사를 나누면서도 세 사람의 시선은 전투를 바라보고 있었다. 조금 전부터 플로리아가 검과 마법을 써서 차례차례 미츠키에게 공격을 퍼붓고 있지만, 그 모든 것을 피하고 있다.

"………슬슬 때가 되었나?"

"그러게요~."

"…………뭐라고?"

슈레인과 피치의 말을 듣자 알렉이 눈살을 찡그렸다.

그러나 그 의문은 바로 풀렸다. 지금까지 공격을 이어가던 플로리아의 움직임이 멈췄다. 그녀를 보니, 어깨를 크게 헐떡이고 있었다.

"……어째서냐?"

플로리아는 상당한 실력자였다. 그런 그녀가, 이런 단시간에 숨을 헐떡일 만큼 체력을 잃을 줄은 생각지도 못했다.

"검이든 마법이든, 미츠키가 모든 공격을 깔끔하게 피해서겠지."

"저렇게까지 깔끔하게 피해 버리면, 소모하는 체력도 굉장하니까요~."

"게다가 오기인지 뭔지는 모르겠지만, 쉬지도 않고 계속한 것도 문제겠구나."

"…………그 정도로?"

"미츠키 씨가 여유를 두고 피하고 있으니까요~. 겉보기에는 그렇게 화려하게 보이지 않지만, 일격일격이 상당한 힘을 실은 공격이었다고요?"

"그걸 모두 피해 버리니, 회피당하는 쪽은 견딜 수 없지 않겠느냐?"

일격으로 끝내기 위해 날린 공격을 모두 피해 버린 거다. 겉보기 이상으로 체력을 소모한다. 반면 미츠키는 미소를 짓기만 하고 숨을 헐떡이는 기색이 조금도 없다. 고작 몇 분의 대련으로도 이미 차이가 드러난 건 명백했다.

"어머? 벌써 끝이야?"

미츠키의 그 말을 듣자 플로리아가 이를 악물었다.

"누…… 누가, 끝이라고, 했다는 거냐……!!"

"그래? 그럼 빨리 와. 전부 확실하게 피해 줄 테니까."

플로리아는 미츠키를 노려봤지만, 바로 움직이지는 않았다.

몸은 딱히 문제없다. 확실히 체력은 급격하게 잃었지만, 아직 검도 휘두를 수 있고 마력을 모두 잃어 버린 건 아니기에 마법도 당장 쓸 수 있다. 그러나 이대로 가면 또 마찬가지로 피해 버린다는 걸 알고 있다. 공격하려고 해도, 어떻게 해야 미츠키의 몸에 공격을 명중시킬 수 있을지 이미지가 전혀 떠오르지 않는다.

공격하지 못하는 플로리아를 본 미츠키가 시선을 향한 채 말했다.

"……이제 안 올 거야? 그럼 내가 공격한다?"

"뭣……?!"

설마 공격해 올 줄은 몰랐던 플로리아는 바로 방어 자세를 취했다. 그러나 다음 순간 몸이 공중을 날았고, 이어서 지면을 향해 떨어졌다.

"…………끅……?!"

낙법조차 제대로 하지 못했다.

"……플로리아!!"

그걸 본 알렉이 플로리아에게 달려가려 했지만, 결계에 막혀서 접근할 수 없었다.

"어머어머, 안 되잖아요~. 아직 전투는 계속되고 있으니까요."

"과연. 저 계집의 저런 태도는 그대의 물러터진 교육 때문인가."

"…………뭐라고?!"

슈레인과 피치를 돌아보려던 알렉은 돌아볼 수 없었다. 정확하게는 몸을 움직일 수 없었다. 밧줄에 묶인 것도 아니기에, 마법적인 무언가로 움직이지 못하게 했다는 걸 바로 알 수 있었다.

"……뭘 한 거냐?"

"이 대련이 끝날 때까지는 움직이지 못할 것이야."

"참고로, 이쪽의 목소리는 안 들리니까요~."

"그건 내 질문에 대한 답이 아니잖나! 그리고 당장 풀어라!"

알렉이 격양했지만, 그 말을 들은 슈레인은 차가운 표정이었다.

"어째서?"

"어째서라고? 플로리아가, 저렇게, 되고 있는데…………?!"

화난 채 말을 이으려던 알렉은 이번에는 말을 꺼낼 수가 없었다.

그걸 본 피치가 안심한 듯 끄덕였다. 알렉이 말하지 못하게 된 건 피치가 매료의 힘을 썼기 때문이다.

"다행이네요~. 잘 조절할 수 있었던 것 같아요."

"지금이라면, 그대가 가진 매료의 힘은 누가 상대라도 잘 쓸 수 있지 않겠느냐?"

"어떨까요~? 별로 흥미는 없네요."

"뭐, 지금의 그대라면 그렇게 말하겠지."

"물론이죠~."

두 사람이 나누는 대화의 의미를 알지 못하고, 그렇다고 움직이거나 말하는 것도 봉쇄된 알렉은 피치를 노려봤다.

"어머어머~? 저를 노려본다고 해서 해결되지는 않거든요?"

"그렇겠지. 애초에 저 계집이 지금 저렇게 된 것은 그대에게도 일부 책임이 있으니 말이다."

알렉은 무슨 뜻이냐는 생각을 담아 두 사람을 바라봤다.

"뭐, 지금은 그저 저쪽의 모습을 지켜보지 않겠느냐?"

"그러게요~. 당신에게 설명하는 건 잠시 기다려 주세요."

슈레인과 피치는 그렇게 말하며 알렉의 시선을 그대로 무시했다.

여전히 일어나지 못하는 플로리아에게 미츠키가 말을 걸었다.

"언제까지 그러고 있을 거야? 대단한 대미지를 주지는 않았거든?"

미츠키의 그 말을 듣고 일어난 플로리아는 그녀를 밉살스럽게 바라봤다.

"어머, 그런 표정을 지어 봤자 의미는 없는데? 아니면 언제나 도와주던 아버님이 와 주지 않아서 쓸쓸한 거야?"

"……바보 취급하지 마라!!"

미츠키의 도발에 다시 넘어간 플로리아는, 그걸 눈치채지 못한 채 미츠키에게 달려들었다.

이제 몇 번째 바닥에 처박힌 걸까. 플로리아도 처음에는 세고 있었지만, 그게 다섯 번을 넘어가자 세는 걸 그만둬 버렸다. 믿을 구석이었던 아버지 알렉은 뭔가 당했는지 조금 전부터 똑같은 곳에서 움직이지 않고, 목소리도 내지 않고 있다. 이 자리에서 도망치려고 해도, 무녀 차림의 실비아라 불리던 여성이 친 결계 때문에 그럴 수도 없다.

지금 자신을 이런 꼴로 만든 여성, 미츠키를 쓰러뜨리면 이 상황을 타개할 수 있다는 것도 알지만, 자신의 실력으로는 도저히 무리라는 걸 처음 몇 수 만에 알아챘다. 마지막 수단이었던 교신은 조금 전부터 시도하고 있었지만, 전혀 반응이 없다. 애초에 교신은 그렇게 편리한 힘이 아니라서 그리 의지할 수 있는 건 아니라지만, 그래도 이런 상황에서까지 대답이 없을 줄은 몰랐다. 정말이지 신의 힘이라는 건 사람의 생각처럼 되지 않는다는 엉뚱한 생각을 하고 말았다. 평소의 플로리아였다면 이런 생각은 하지도 않았겠지만, 지금의 상황이 그런 생각을 들게 만든 것이리라.

이미 검을 드는 것조차 힘들어졌다. 절묘하게 조절하고 있는지 기절하는 것조차도 용납하지 않았기에, 어떻게든 일어나 이런 상황을 만들어 낸 상대에게 맞설 수밖에 없었다.

그런 플로리아의 모습을 본 미츠키가 어이없다는 듯 한숨을 내쉬었다.

"저기…………. 당신, 바보야?"

"…………뭐라고?"

평소의 플로리아라면 바보 취급을 당했다면 바로 화를 냈겠지만, 이미 그럴 기력조차 없었기에 그저 되묻기만 했다.

"그저 덤비기만 하면 이 상황을 어떻게 할 수 있다고 생각해?"

플로리아는 네가 그런 말을 하는 건가 싶었지만, 입 밖으로 내지는 않았다. 대신 나온 건 한숨 같은 말이었다.

"……생각하지 않아. ……하지만, 어째서 이런 일을 당하고 있는지 모르는 이상, 나는, 이럴 수밖에 없어."

"그거야."

"…………뭐?"

다시 나온 의문.

미츠키가 무슨 말을 하려는 건지 모르겠다.

"어째서 이런 일을 하고 있는 건가, 그거라고."

"………………뭐?"

"어째서 이렇게 되기 전에 그걸 물어보지 않는 거야?"

"……아니, 하지만…………. 물어봤자 대답해 줄 것 같지 않았
으니까."

그 대답을 듣자, 미츠키는 다시 한숨을 내쉬었다.

"그래, 그렇겠지. 이런 상황이라면 그렇게 생각해도 이상하지
는 않아. 하지만, 그저 덤비기만 하는 걸로는 안 되지 않았어?"

"………………."

"있잖아. 상대에게서 대답이 오지 않더라도, 조금이라도 해답
을 얻기 위해서는 뭐든지 해야지. 설령 그 대답이 거짓이더라도,
상대의 반응을 보지 않으면 판단할 여지조차 없잖아?"

"……그럼, 가르쳐 주는 거냐?"

"뭘?"

"어째서 이런 일을 하고 있는지."

"……처음부터 그걸 물었어야지."

미츠키는 피곤한 듯 어깨를 떨궜다.

"나 참……. 정말 고생시킨다니까. 그래도, 그 해답을 말해 주기

전에 하나 괜찮을까?"

"……뭐냐?"

"당신. 지금까지 이렇게나 몰린 적이 없었지?"

미츠키가 갑자기 질문을 던지자, 플로리아는 순순히 수긍했다.

"맞아. 이래 봬도 나라에서는 그런대로 실력이 있었으니까."

그 대답을 들은 미츠키는 쓴웃음을 지었다. 미츠키를 상대하며 자신의 실력이 그 정도에 불과하다는 걸 깨달은 말이었다.

"그렇겠지. 그래서 지금도 그냥 덤비기만 하고, 어떻게 해야 좋을지 몰랐던 거네."

"…………무슨 말을 하고 싶은 거냐?"

"당신이 아버지를 존경하는 건 상관없지만, 맹신하는 건 그만두는 게 좋아."

"…………뭐라고?"

플로리아는 저도 모르게 알렉을 봤다.

"내 견해인데, 당신의 검 실력으로는 이런 상황이 벌어진 적이 없다는 것 자체가 이상해."

일단 잠시 시간을 둔 미츠키가 다시 말을 거듭했다.

"아마 이런 상황이 되기 전에 주변에서 말렸거나, 혹은 아까처럼 저 사람이 막았겠지?"

듣고 보니, 플로리아도 짐작 가는 점이 너무 많았다.

딱히 지금까지 한 번도 패하지 않았던 건 아니다. 그랬다면 좀 더 검 실력으로 이름을 날렸을 테니까. 그게 아니라, 자신이 패할 때는 누군가가 일방적으로 끼어들었기에 이렇게 심각한 상태가 되는 일이 없었다. 그렇기에 지금은 어떻게 해야 할지 모른 채 그저 덤벼들 수밖에 없었다.

"……역시나. 뭐, 딱히 그걸 책망할 생각은 없지만, 그래도 앞으로는 저 아버지가 언제나 막아 주리라 단정할 수 없으니까, 스스로 제대로 된 말을 꺼내서 발버둥 치라고."

"……………그래. 그렇게 하겠어."

뼈저린 패배를 한껏 겪어서 그런지, 지금의 플로리아는 미츠키의 말이 자기 마음에 순순히 들어왔기에 순순히 대답했다.

"어째서 이런 일을 했냐고? 그건 말이지."

다음 순간, 미츠키가 플로리아에게 『살기』를 보냈다.

"…………앗?!"

플로리아는 저도 모르게 몸을 굳혔다.

지금까지는 이런 노골적인 기운을 보내오지는 않았다. 그게 확실한 형태로 느껴졌다. 아까까지의 기억도 되살아나자, 플로리아는 몸을 덜덜 떨기 시작했다. 그래도 미츠키의 말을 떠올리면서 말을 이었다.

"…………어, 어떻게 된 거냐?"

"정말로 모르겠어?"

미츠키의 그 말을 듣고 플로리아는 필사적으로 생각했다. 지금은 모른다고 대답할 국면이 아니라, 스스로 해답을 찾아야 한다는 걸 알았다. 그렇지만 자신이 미츠키를 화나게 만든 무언가를 한 걸까? 플로리아는 그걸 부지런히 생각했다.

애초에 미츠키와 플로리아는 오늘 처음 얼굴을 마주했다. 접점도 지금까지 한 번도 없었다. 그러나 실제로 면식이 없더라도, 뭔가 미츠키를 화나게 만든 무언가를 저질렀으리라. 막 만났지만, 미츠키가 초대면인 상대에게 쓸데없이 살기를 날리는 인물이 아니라는 건 조금 전 대화로 알았다. 그렇게 미츠키를 화나게 만든 것이 무엇인지를 고민하던 플로리아는 최근에 똑같은 상황이 있었던 걸 떠올렸다.

그것은, 코우히가 검을 들이밀었을 때의 일이다.

애초에 그녀가 어째서 자신에게 검을 들이밀었는지 떠올랐다. 거기까지 생각하자, 플로리아는 그제야 자신이 왜 이런 상황에 빠지게 되었는지 잘 알 수 있었다.

"……………미안했다!!"

"어머, 무슨 소리일까? 갑자기 사과해도 모르겠는데."

"저번에, 내가 코스케 공에게 폭언을 꺼냈던 것 말이다."

아무리 그래도 이렇게까지 당한 이상, 미츠키가 코스케를 어떻게 생각하는지는 짐작할 수 있었다. 그런 상대에게 자신이 무슨 말을 내뱉고 말았는지도.

그 말을 들은 미츠키의 살기가 조금 약해졌다.

"……그것뿐이야?"

플로리아가 고개를 내저었다.

"……아니. 그때 나에게 사과 한마디 하도록 하지 않고 그대로 물러나게 한 아버지에 대한 것도 있겠지."

그렇기에 굳이 알렉을 이곳으로 데려와서 이 상황을 보여 준 것이리라. 플로리아의 그 말을 듣자, 미츠키가 살기를 완전히 거뒀다.

"그래서? 다음에는 뭘 해야 하는지 알고 있어?"

"물론이다. 어떻게든 코스케 공에게 연락해서…………."

사과를, 이라고 말하려던 플로리아를 미츠키가 쓴웃음을 지으며 가로막았다.

"틀렸어."

"……뭐?! 아니, 하지만……."

폭언을 토한 상대는 코스케다. 그런 코스케에게 사과해야 한다고 생각했던 것인데.

"사과할 상대가 틀렸어. 애초에 코스케 님은 그 일을 조금도 신경 쓰지 않으시니까. 일부러 다시 들먹일 필요는 없어."

여기까지 말하자, 아무리 플로리아라도 누구에게 사과해야 하는지 알 수 있었다.

"…………아아, 그런가. ……코우히 공에게도 확실히 사과하고 싶다. 가능하면 중개해 줄 수 있을까?"

플로리아의 말을 듣자, 미츠키는 만족스럽게 끄덕였다.

"정답이야. ……중개는 확실하게 해 줄게. 하지만 조심하도록 해. 그 사람은 나만큼 무르지 않으니까. 다음에 대응을 실수했다가는 이 정도로는 끝나지 않을 거야?"

어떤 일을 당할지 상상해 본 플로리아는 잠시 몸을 떨었다. 그 검 속을 떠올리기만 해도 역량이 어느 정도일지 알 수 있으니까.

"그래, 알고 있어. 나도 호랑이 꼬리를 다시 밟는 취미는 없으니까."

"그렇구나. 그럼 이제 당신에게 할 말은 없어."

미츠키는 그렇게 말하며 플로리아에게 고개를 끄덕여 줬다.

그리고, 이번에는 그대로 알렉을 향해 걸어갔다.

(5) 꿈같은 이야기

알렉에게 다가간 미츠키는 슈레인과 피치에게 말했다.

"이제 풀어줘도 돼."

그 말과 함께, 지금까지 알렉을 구속하던 힘이 풀렸다.

알렉은 한동안 미츠키를 노려봤지만, 그녀는 미소를 지은 채 딱히 반응하지 않았다.

"…………무슨 속셈이냐?"

고함친 건 아니지만, 알렉은 명백하게 분노한 표정을 감추지도 않은 채 미츠키에게 물었다. 알렉은 이번 일에 코스케가 얽혀 있는지는 알 수 없지만, 적어도 여기서는 미츠키가 주도권을 쥐고 있다고 보고 있었다. 굳이 자신에게 온 걸 보고 확신했다.

"어머. 무슨 소리일까?"

"……조금 전까지 플로리아에게 한 일 말이다."

알렉의 어조 자체는 조용했지만, 명백하게 억누르고 있다는 걸 알 수 있었다. 반면, 미츠키는 여전히 미소를 무너뜨리지 않았다.

"그야 물론, 사적인 원한이지? 아……. 코우히도 잘 부탁한다고 하더라."

"뭐라고?"

"어머. 설마 당신의 사과만으로 코스케 님에게 저지른 일을 용서할 줄 알았어?"

"……내 말이 부족했다고?"

"아니야. 그게 아니라, 어째서 당신이 사과하고, 본인은 사과하지 않아? 아무리 생각해도 이상하잖아?"

옆에 있던 실비아, 슈레인, 피치도 고개를 끄덕였다. 미츠키와 함께 아버지에게 다가온 플로리아가 끼어들었다.

"아버님. 그녀의 말이 옳아. 그때는 내가 잘못했어. 그러니……."

"너는 입 다물고 있어라."

딸의 말을 강제로 가로막은 알렉은 미츠키에게 말을 이었다.

"사적인 원한으로, 그렇게까지 상처를 줬다고?"

미츠키는 어깨를 으쓱했다.

"겉으로 보이는 만큼 커다란 상처를 주지는 않았어. 그보다, 내가 여자아이에게 흉터가 남을 일을 할 리가 없잖아."

"그런 게 아니야!"

"어머. 그럼 뭔데? 실제로 이렇게까지 하지 않았으면, 당신의 소중한 플로리아는 알아채지도 못했을 거잖아?"

그 말을 듣자, 알렉은 다시 미츠키를 노려봤다.

"그렇다고 해서, 이렇게까지 해도 된다는 거냐?"

"되고 자시고, 플로리아는 이렇게까지 해야 겨우 눈치챘잖아? 사과만 했다면 바로 풀어줬을 텐데. 게다가……. 당신, 뭘 그렇게 초조해하고 있어?"

"…………무슨 소리냐?"

알렉의 표정 자체는 전혀 변하지 않았다고 봐도 좋을 정도였지만, 그 동요를 놓칠 만큼 미츠키는 어설프지 않았다.

미츠키는 보란 듯이 한숨을 내쉬었다.

"플로리아가 가진 가호가 들던 만큼 절대적이지 않다는 거? 아니면, 딸을 이용해서 자신의 지위를 좋게 만들려고 했던 거?"

"…………아버님?"

미츠키의 말을 들어도 알렉의 표정은 달라지지 않았지만, 지금까지 침묵하던 플로리아가 반응했다.

"플로리아. 그녀의 의견에 일일이 반응하지 마라. 말을 꺼내서 이쪽의 반응을 탐색하고 있을 뿐이다."

"어머. 그렇지도 않은데?"

"…………뭐라고?"

미츠키는 알렉의 의문에는 대답하지 않은 채 시선을 실비아에게 돌렸다.

그 의도를 짐작한 실비아는 무녀복 안에 넣어놨던 크라운 카드를 꺼내서 알렉과 플로리아에게 보여 줬다.

"저도 가호를 갖고 있어요. 제게 가호를 내리신 분은 에리사미르 신이죠. 그리고, 당신에 대한 건 에리사미르 신께 들었어요."

""뭣?!""

두 사람의 놀라움은 두 가지 의미가 있었다.

첫 번째는, 이런 곳에 가호 보유자가 있다는 것. 또 하나는, 그 가호 보유자가 무녀복을 입고 있다는 것이다.

가호를 가진 무녀가 없는 건 아니다. 그리고 무녀 직책에 있는 사람이 신전을 나와 활동하는 것도 드문 일은 아니다. 그러나, 그 두

가지가 합쳐진 사람은 있을 수 없었다. 신전에 있는 자가 가호를 받았다면 무조건 신전에서 포섭하게 된다. 그렇게 되면 자유롭게 밖을 돌아다니는 건 거의 불가능해진다. 알렉은 예전에 코스케에게서 가호 보유자가 있다는 말을 들었지만, 이렇게 바로 모습을 드러낼 줄은 몰랐다.

그런 말도 안 되는 존재인 실비아가 다시 말을 이었다.

"또 말씀드리자면, 이 탑에는 가호 보유자가 또 있어요."

실비아는 그게 누구인지, 어떤 존재인지는 굳이 말하지 않았다.

"⋯⋯⋯⋯어떻게 된 거냐?"

"뭐가 말이죠?"

"이건, 우연인가?"

가호 보유자가, 적어도 세 명이나 이 탑에 있다. 도저히 우연으로 보이지 않았기에 나온 말이었다.

"가호 보유자가 온다는 걸 명확하게 듣지는 못했지만, 그런 신탁을 받았으니 우연이라고 할 수는 없겠네요."

신탁을 받았다는 건, 적어도 신의 의지가 개입했다는 뜻이다.

"⋯⋯⋯⋯어째서냐? 어째서 이런 곳에 가호 보유자를 모을 필요가 있지?"

"그런 건 저한테 물어보셔도 몰라요. 신에게는 신의 사정이라는 게 있겠죠. 게다가⋯⋯⋯⋯."

실비아는 미츠키에게 고개를 돌렸다.

미츠키는 고개를 끄덕이고는 알렉에게 말했다.

"일부러 무시하고 있는지, 아니면 인정하고 싶지 않은 건지는 모르겠지만, 당신은 코스케 님이 외모에서 느껴지는 인상과 다르다는 건 이미 알고 있지?"

딸과 다르게, 라고 말을 잇자, 알렉은 그저 미츠키를 가만히 응시했다.

"…………."

알렉은 이미 크라운의 부문장들과 이야기를 나눴다.

당연히 가제란과도 이야기를 나눴고, 그가 크라운에 들어오게 되었을 때의 일도 들었다. 플로리아와 만났을 때와 반응과 달리, 코스케가 굳이 힘을 드러내서 보여 줬다는 것도 확인했다. 그런데 어째서 자신이라면 몰라도 플로리아에게는 힘을 보여 주지 않았는가. 아무리 생각해도 그걸 잘 알 수 없었다. 그래서 결론을 미루고 있었다.

참고로 코스케는 뭔가 생각이 있어서 그런 반응을 보인 게 아니다.

플로리아의 말과 그 후에 보인 코우히의 행동에 휩쓸렸을 뿐이고, 이야기의 흐름상 거기서 힘을 드러내 봤자 그저 힘을 과시할 뿐이라 별로 의미가 없다고 생각했을 뿐이다. 나중에 덧붙인 이유는, 거기서 플로리아를 힘으로 위협했다면 알렉에게 좋은 인상을 주지 못했으리라 생각했다는 것이다. 그리고 이후에 미츠키가 하려는 일과도 연결된다.

"애초에 의아하게 생각하지 않았어? 이 탑을 공략할 때는 코스케 님과 나와 코우히밖에 없었거든? 어떻게 단 세 명이서 이 탑을 공략할 수 있었을까."

"…………무슨 말을 하고 싶은 거냐?"

"이게 이유야."

미츠키가 그렇게 말한 순간, 그녀의 몸에서 빛이 발생했다.

눈을 태우는 빛은 아니었지만, 그곳에 있는 전원이 순간적인 빛에 휩싸여 눈을 가렸다.

빛이 잦아들고, 팔을 내려서 미츠키의 모습을 확인한 알렉과 플로리아는 모두 말문이 막혔다.

미츠키의 등에는, 한 쌍의 검은 날개가 펼쳐져 있었다.

"…………대변자……."

플로리아가 멍해져서 중얼거렸다.

알렉은 변함없이 침묵했다.

"미리 말해 두는데, 코우히도 나와 똑같아. 그쪽은 하얀 날개지만."

놀란 두 사람과는 대조적으로, 다른 세 사람은 그다지 놀라지 않았다. 전에 코우히와 미츠키의 본래 모습(세 쌍 여섯 장의 날개)을 딱 한 번 본 적이 있기 때문이다.

"……역시, 몇 번을 봐도 부럽구먼."

슈레인이 감탄하며 말했다. 실비아와 피치도 그 말에 수긍했다.

참고로, 날개를 한 쌍만 보여 준 것은 예전 신전에서 코우히가 했던 것과 마찬가지로 일부러 그런 거다. 이 경우에는 한 쌍만으로도 충분하니 굳이 전부 보여 줄 필요는 없었다.

"말할 것도 없지만, 나와 코우히는 이 탑에 눌러앉아 있는 게 아니야. 어디까지나 코스케 님 곁에 있는 거지. 그러니까, 코스케 님을 대신해서 자기가 탑의 실권을 쥐겠다는 쓸데없는 생각은 그만 두는 게 좋아."

미츠키는 딱히 위협하는 게 아니라 덤덤히 말했을 뿐이지만, 그 말을 들은 알렉은 몸을 떨었다.

알렉은 구체적으로 뭔가를 하려고 생각했던 건 아니다. 그래도 상황이 따라 준다면, 같은 생각이 전혀 없었던 것도 아니었다. 그러나 그 생각은 그녀의 모습을 눈앞에 두자 단숨에 날아가고 말았다.

느닷없이 미츠키가 정체를 드러내자, 알렉은 조금 저자세를 보이면서 질문을 던졌다.

"⋯⋯⋯⋯하나 물어봐도 되겠나?"

"뭔데?"

"이 일은⋯⋯. 그, 코스케 공도 알고 있나?"

그 질문을 들은 미츠키는 씨익 웃었다.

"물론이지."

우연인지 필연인지는 아직 모르겠지만, 일어난 일에 대한 대처는 뛰어난 모양이다. 알렉은 미덥지 못하다고 느꼈던 코스케에 대한 인식을 고치기로 했다. 지금 미츠키의 행동은 알렉을 억누르기 위한 최고의 한 수였다. 코스케가 과연 이런 걸 의식하고 있었는지는 알렉이 판단할 수 없지만, 실제로 그렇게 생각하고 만 이상 이걸 뒤집기는 힘들다.

"그런가⋯⋯."

알렉은 표정을 겉으로 내비치지 않기 위해 그렇게 말했지만, 미츠키는 그런 생각을 바로 간파했는지 이런 말을 했다.

"착각하지 않게 말해 두는데, 당신이 실권을 쥐고 내란을 일으키더라도 코스케 님은 우리의 힘을 쓰거나 하지 않을걸?"

"…………뭐?"

"그야 그렇잖아? 뭔가가 일어나더라도 전이문을 닫아 버리면 그만이니까."

"아니. 하지만 그래서는, 모처럼 만든 이 마을은 어쩔 거냐?"

전이문을 닫는다면 당연히 외부에서 들어오는 물건 유입도 막힌다. 생활에 필요한 걸 모두 자급자족할 수 있다면 상관없지만, 지금 상황에서 자급자족은 무리다. 그런 상황에서 전이문을 닫으면 어떻게 되는지는 생각해 보지 않아도 알 수 있는 일이다.

알렉이 당혹스러워하자, 미츠키는 잠시 고민하다가 바로 고개를 끄덕였다.

"아아, 그런가. 애초에 마을에 대한 인식이 달랐나 보네. 있잖아. 코스케 님은 그 계층에 있는 마을을 꼭 유지하고 싶다고 생각하지는 않거든?"

알렉은 허를 찔린 표정을 지었다.

"……그런가?"

"응. 애초에 실패해도 상관없다고 생각하고 만들었으니까. 예상 이상으로 급격하게 커졌으니 간단히 포기하지는 않겠지만, 탑에 방해된다고 생각하면 억지로 유지할 생각은 없을 거야."

미츠키의 말이 거짓말은 아니라고 판단한 알렉은 동시에 한숨을 내쉬었다.

"……애초에 전제에 있는 인식부터 달랐던 건가…….

"뭐, 보통은 실패를 전제로 두고 이런 일을 한다는 생각은 안 하니까."

알렉이 피곤한 표정을 보이자, 미츠키는 즐거운 표정을 지었다. 지금 알렉의 심경을 말로 표현한다면, 처음부터 다른 모래밭에서 씨름하고 있었던 거니 승부가 성립되지도 못하는 셈이었다.

여러 의미로 깨달아 버린 알렉의 모습을 본 미츠키가 겨우 날개를 거뒀다.

"아……. 맞아맞아. 이건 필요한 정보인지 아닌지 모르겠지만, 일단 전달해 둘게."

갑자기 미츠키가 화제를 바꾸자, 알렉은 약간 당혹스러운 표정을 보였다.

"……뭐냐?"

"믹센 신전은, 코우히에 대해 알고 있어."

"뭐라고? 그랬나……?"

"응. 예전에 신전 측하고 조금 실랑이가 있어서, 지금의 나처럼 날개를 꺼냈다고 해. 실비아도 그때 있었어."

미츠키가 화제를 던지자 실비아가 수긍했다.

"과연, 그랬었나."

알렉이 그렇게 말하며 고개를 끄덕이자, 미츠키는 낌새를 엿보는 표정을 지었다.

"뭔가 써먹을 셈이야?"

"설마. 직접 나선다면 몰라도, 내 말만으로 할 수 있는 일은 기껏

해야 견제에 쓰는 정도겠지."

"어머. 직접 간다고는 말하지 않네."

미츠키가 놀리는 기색으로 말하자, 알렉은 뭔가 깨달은 듯 말했다.

"나는, 그 정도로 후안무치하지는 않아. ……게다가, 아직 죽을 생각도 없어."

알렉의 대답을 듣자, 미츠키는 키득키득 웃었다.

"잘 알고 있네. 뭐, 가능한 거라면 코스케 님을 경유해서 부탁하는 정도일까?"

"흠…………. 뭐, 여차할 때의 수단으로 기억해 두지."

"그래. 그게 제일 무난할 거야."

알렉의 말에 동의한 미츠키는 이 자리에 있는 전원에게 재촉하듯 말했다.

"자, 그럼. 내 용건은 이걸로 끝이야. 슬슬 적당한 시간도 되었으니 해산할까."

계속 지하에 있어서 바깥의 상황을 확인하지 못했지만, 시간이 많이 지났다. 애초에 이 자리는 미츠키가 세팅한 것이니만큼, 결국 미츠키의 이 말로 해산하게 되었다.

그날 분량의 작업을 마치고 저택으로 돌아온 알렉은 방에서 술을 마시고 있었다. 알렉은 애초에 매일 술을 마시는 타입은 아니지만, 때때로 이렇게 혼자서 즐기는 정도로는 마신다.

그런 알렉과 대화를 나누기 위해 플로리아가 방으로 찾아왔다.

"아버님…………."

어딘가 주저하는 표정을 보이는 딸을 본 알렉은 가까이 오라고 재촉했다.

"이런 시간에 어쩐 일이냐."

아버지가 묻자, 플로리아는 한동안 망설이는 모습을 보이다가 마음을 굳게 먹고 말했다.

"아버님은, 후회하고 있는 건가?"

"갑자기 뭐냐?"

"하지만……. 내가, 없었다면……. 내가, 가호를 받지 않았다면 이곳의 행정관이 되지 않아도 되었을 거야."

딸의 그 말을 듣자, 알렉은 순간 허를 찔린 표정을 지었다.

그리고 바로 쓴웃음을 지었다.

"이거야 원. 나는 그런 표정을 짓고 있었던 거냐?"

"…………아버님?"

딸이 의문의 표정을 보이자, 알렉은 어딘가 개운해진 표정을 지었다.

"후회 같은 건, 해 본 적 없어."

"하지만……!"

"물론 분하지 않다면 거짓말이 되겠지. ……하지만. 그 이상으로 기대하고 있는 자신도 있거든."

플로리아는 아버지의 갑작스러운 말에 고개를 갸웃했다.

"기대?"

"그래. 그 극히 평범해 보이는 청년이 대변자라는 존재를 둘이나 거느리고 어떻게 해 나갈지 말이다. ……아니, 이미 평범하지는 않을지도 모르겠군. 그저 내가 간파하지 못했을 뿐."

딸의 문제도 있었기에, 알렉이 이 탑에 오는 건 처음부터 확정 사항이었다. 다른 수단이 있다면 그걸 선택했을지도 모르지만, 지금 단계에서조차 이 탑에 머무는 것 말고 다른 선택지는 존재하지 않았다. 그것은 후회할 리가 없었다.

그러나 조금 전 플로리아가 말했듯이 단순 행정관으로 끝날 생각은 없었다. 기회가 되면 탑의 관리자 지위를 강탈하는 정도까지는 아니더라도, 어느 정도 고삐를 쥐는 건 가능하리라 여겼다.

하지만, 그 생각은 미츠키의 등장으로 날아가 버렸다. 그리고 이후의 대화로 코스케에 대한 인식이 완전히 달라졌다. 어쩌면 달라지게 유도당했다고 봐야 할까. 정말로 제멋대로 해석하는 것 아닌가 싶어서 저도 모르게 자조하게 되었다.

그런 알렉을 본 플로리아가 고개를 갸웃했다.

"…………아버님."

"아아, 미안하다. 아무튼 너무 걱정할 필요는 없어. 지금은 이 마을을 어찌 다스려 나갈지, 그걸 생각하는 것만으로도 충분하니."

"…………그렇습니까."

딸이 수긍하자, 알렉은 장난스러운 표정을 지었다.

"혹은, 나라를 일으켜 보는 것도 재미있지 않겠느냐?"

"그건……?!"

"음, 아니다. 아무리 그래도 이건 농담이지. 지금은, 말이다."

알렉은 말문이 막힌 딸에게 못을 박았다.

시간은 걸리겠지만, 조건만 갖춰진다면 결코 꿈같은 이야기는 아니다. 알렉은 그렇게 생각하고 있었다. 현재 대륙에서 탑의 위치를 고려하면 불가능한 이야기는 아니다. 적어도, 다른 어느 대륙에서 새로운 나라를 세우는 것보다는 확률이 높다. 물론, 나라를 일으키려면 다양한 문제가 있겠지만.

그러나 무엇보다 가장 큰 문제는, 탑의 관리자인 코스케의 허가가 나오느냐 마느냐. 알렉은 그렇게 매듭을 지었다.

제2장 탑에서 신력을 써서 훈련하자

(1) 신수(神水)

　관리층의 휴식 공간(거실)에 관리자 멤버가 모여 웬일로(?) 진지한 논의를 벌이고 있었다. 관리자란, 정확하게는 전이문을 자유롭게 쓸 수 있는 사람(관리 메뉴에 등록된 사람)을 말한다. 현재 탑의 관리자로 등록된 건 코스케 본인, 코우히, 미츠키, 슈레인, 실비아, 콜레트, 피치, 나나, 원리의 9인(?)에, 와히드 일행까지 포함해서 합계 15인이다. 단, 와히드 일행은 이스나니를 제외하면 관리층에 거의 드나들지 않는다. 그 이스나니는 최근 신구 개발을 위해서 이그리드족을 만나러 제76층에 자주 드나들고 있다. 코우히와 미츠키는 기본적으로 코스케의 호위(?). 다른 멤버 중 몇 명은 자신이 관리하는 계층에 빈번히 드나드는 생활을 보내고 있다.

　와히드 일행이 관리층에 오는 일이 별로 없기에 풀 멤버가 모이는 일은 거의 없다. 그러나, 와히드 일행과 나나와 원리를 제외한 멤버는 식사를 함께한다. 그래도 식사가 끝나면 각각 흩어져서 작업하지만.

코스케에게 관리자 멤버란, 언제나 식사를 함께하는 멤버다.

그런 좁은 의미의 관리자 멤버가 모여서 논의하고 있는 테마는, 신력에 대해서였다.

시작은, 콜레트의 별것 아닌 한마디부터였다.

"그나저나……. 어째서 갑자기 신력을 쓸 수 있게 된 걸까?"

최근 멤버들과 함께 신력 다루는 법을 배우기 시작한 콜레트가 갑자기 그런 말을 꺼냈다. 그 말을 듣자 다른 멤버(코스케, 코우히, 미츠키는 제외)도 고개를 끄덕였다.

"그렇긴 하지. 내 경우는 코스케 공의 피가 영향을 줬다고 생각했는데, 전원이 쓸 수 있게 되었다는 걸 생각하면 다른 이유가 있을 것이야."

"제 경우도 가호 덕분이라고 할 수 있었어요. 하지만 전원이 거의 동시라면……."

"명백하게 부자연스럽네요~."

다들 입을 모아 그런 말을 했기에, 코스케는 의아한 듯 고개를 갸웃했다.

"그렇게 말할 만큼 부자연스럽나?"

코스케는 의문이었지만, 코우히와 미츠키를 제외한 모두가 고개를 끄덕였다.

그걸 본 코스케는 으~음, 하고 고개를 갸웃했다.

"그런가. 부자연스럽나……. 그래도, 내가 신력 사용법의 기초를 가르쳐 준 것 말고는 공통점이 없어 보이는데……."

"그것도 관계가 없지는 않겠지만, 핵심적인 원인은 아니겠지. 배울 수 있었다는 건, 쓸 수 있는 기반이 다져져 있었다는 뜻이니 말이다."

슈레인의 해설을 듣자, 문득 피치가 의문을 가졌다.

"그러고 보니, 크라운 카드는 어떻게 된 걸까요~? 그것도 신력을 써서 표시하는 거잖아요?"

"아아. 그건 읽는 곳에 손가락을 대면 멋대로 기동하게 해 놨으니까, 딱히 의식해서 신력을 쓰는 건 아니야."

기본적으로는, 마법을 쓸 수 없는 사람이라도 쓸 수 있는 마도구와 똑같다. 참고로 신능 각인기는 당연히 신력으로 움직이지만, 배터리 같은 게 있어서 그걸 쓰고 있다. 배터리에 신력을 저장하는 건 와히드 일행의 역할이다. 신능 각인기는 신력을 그리 많이 소비하지 않아서 빈번하게 신력을 충전할 필요는 없다. 신력을 쓸 수 있는 사람이 없다면 쓸 수 없는 물건이지만, 애초에 와히드 일행에게 수명이 있는지도 잘 알 수 없기에 지금은 그런 생각은 하지 않고 뒤로 미뤘다. 코스케도 언젠가는 배터리 없이, 혹은 다른 방법으로 움직일 수 있게 해야겠다고 생각 중이다.

코스케의 말을 듣자, 다시 전원이 으~음, 하고 고개를 갸웃했다.

"다른 공통점이라면, 여기서 생활하고 있다는 정도일까?"

여기서 피치가 놀란 표정을 보였다.

"아~. 어쩌면, 어쩌면 말인데요……."

피치의 뭔가 떠올린 듯한 표정을 본 콜레트는 어째서인지 불길한 예감을 느꼈고, 그걸 그대로 입에 옮겼다.

"······뭔가 불길한 예감이 들어."

"······동감이에요."

실비아도 콜레트를 따라 말했지만, 피치는 굴하지 않고 떠올린 생각을 입에 담았다.

"여기에 있는 전원이, 코스케 씨의 총애를 받았잖아요~."

절세 미모라고 형용해도 좋을 용모로 대체 무슨 소리를 하는 걸까. 코스케는 고개를 푹 숙이고 말았다.

피치의 발언을 듣자 슈레인은 카카카 웃었고, 실비아는 얼굴을 새빨갛게 물들이며 고개를 수그렸다.

그리고 콜레트는······.

"그건, 상관없어!"

있는 힘껏 태클을 걸었다.

게다가 말만이 아니라 손도 썼다.

"아파요~. ······괜찮은 착안점이라고 생각하는데요."

"너 말이야. 만약 그렇다면 나나와 원리는 어떻게 된 건데?"

"아아. 그러고 보니 그랬죠~."

피치는 콜레트의 말에 납득하며 고개를 끄덕였다.

그러나 코스케는 콜레트의 말에 문득 위화감을 느꼈다.

(나나와 원리도 처음에는 《신력 조작》을 익히지 않았었지······. 무슨 계기로 익힌 거였더라?)

기억을 따라가다가 공통점을 떠올렸다.

"어, 어라? 혹시······?"

문득 공통적으로 설치해 뒀던 걸 떠올렸다. 예전에도 확인하긴 했지만, 생활할 때는 딱히 상관없으리라 여겨서 방치해 두고 있었던 일이다. 만약을 위해 다시 왼쪽 눈의 힘을 써서 확인해 봤다. 그게 무엇이냐면, 관리층 수도에서 나오는 물이다. 그리고, 그곳에는 또렷하게 【신수】라고 표시되어 있었다.

코스케는 그 결과를 모두에게 전했다.

"과연. 확정은 아니어도, 납득할 수 있는 이유이기는 하구나."

"그러게요. 적어도 조금 전 피치 씨의 의견보다는 납득할 수 있어요."

"……다들 너무해요~."

"어째서 나에게 동의를 요구하는 거야……?!"

코스케의 의견에 슈레인과 실비아가 수긍하고, 피치와 콜레트는 변함없이 만담(?)을 벌였다.

"이 물만이 원인은 아니라고 생각하지만, 계기 중 하나는 된다고 생각해. 나나와 원리의 사례를 보더라도."

"그렇겠지. 이 신수만이 원인이라고 한다면, 소환수들 전원이 신력 조작을 익히지 못한 건 이상하니 말이다."

【신수】는 계기 중 하나이지만, 신력을 쓸 수 있게 되는 원인이 이것만이라고는 생각하기 힘들다는 게 이 자리의 의견으로 정리되었다.

……그런데.

"그렇다면, 역시 코스케 씨의 총애도……."

"끈질겨……!!!"

질리지도 않고 자신의 설을 주장하다가 콜레트에게 태클을 받은 피치를 본 코스케는 역시나 이런 점은 서큐버스답다고 생각했다.

신력이란 무엇인가.

이 질문에 명확하게 대답할 수 있는 사람은 이 세계에 없다. 적다거나, 거의 없는 게 아니라 전혀 없다. 애초에 신력이란 문자 그대로 신이 쓰는 힘을 말한다. 극히 드물다고는 해도, 신의 현현이 가능한 이 세계에서는 그때 신이 휘두르는 힘을 신력이라 부른다.

여기까지는 좋다. 이건 아무도 부정하지 않는다.

그러나, 앞서 말한 신력은 신이 현현할 때 휘두르는 힘이 아니다. 어디까지나 현세에 사는 이들이 이 세계에서 쓰는 힘이다.

애초에 이 세계에는 일반적으로 마력과 성력이 확인되어 있다. 유감스럽게도 그 두 가지의 차이가 무엇이냐는 말에 확실하게 대답할 수 있는 사람은 거의 없다. 왜냐하면, 마력으로 가능한 일은 성력으로도 가능하고, 성력으로 가능한 일은 마력으로도 가능하기 때문이다. 그러나 두 가지의 힘에는 명확한 차이가 있다는 것이 오랜 옛날부터 전해져 왔다. 그건 성력과 마력, 양쪽을 쓸 수 있는 사람 전원이 그렇게 대답했기 때문이다. 그렇기에 한때는 각각의 힘을 가진 이들이 대립하던 과거도 있지만, 현재는 그것도 잦아들었다. 이유는 단순한데, 양쪽 힘을 모두 쓰는 사람이 어부지리를 얻었기 때문이다.

각각 한쪽의 힘밖에 쓸 수 없는 이들끼리 싸우고 있었기에 양자의 세력이 약해졌고, 그 틈을 타서 양쪽 힘을 모두 인정하는 세력이 사이에 끼어들었다. 그래서 현재는 서로가 서로를 인정하는 관계가 되었다.

그중에서 신력이라는 건 더욱 특수한 부류다.

애초에 신이 휘두르는 힘이기에, 이 세계에 사는 생물은 다룰 수 없다는 것이 극히 일반적인 견해다.

신만이 휘두르는 힘=신력의 구도는 오랫동안 당연하게 인식되어 왔다. 그것에 이의가 나오게 된 것은 고작(?) 수백 년 전의 일이다. 신의 신탁을 받은 자는 어떤가, 옛날부터 전해져온 신구를 다룰 수 있는 사람이 있는 건 어째서인가를 묻는 과정에서, 그 해답으로 신력을 다룰 수 있는 게 아니냐는 의견이 나온 것이다.

하나 덧붙이자면, 그 의견을 낸 사람은 바로 신에게 가호를 받은 자였고, 그것이 그 의견이 널리 받아들여진 계기가 되었다. 그러나 그 생각이 나오고 나서 어느 정도 시간이 지났지만, 유감스럽게도 신력을 자유자재로 쓸 수 있는 사람은 나오지 않았다.

애초에 신력이라는 게 어떤 것인지를 잘 모르니까 어쩔 도리가 없다. 그 힘을 쓸 수 있는 사람이 우연히 나온다 해도, 그걸 마력이나 성력으로 착각하더라도 이상한 일이 아니다. 그만큼 신력은 마력이나 성력과 가까운 느낌으로 받아들여진다. 우연히 신력을 쓸 수 있는 사람이 나오더라도 그건 마력이라거나 성력이라고 말하면 납득할 만큼.

반대로 마력과 성력은 명확히 구별할 수 있는 차이가 있다. 그렇기에 과거에 싸움이 벌어졌을 정도다. 그러나 신력은 어느 쪽으로도 받아들일 수 있게 느껴진다. 이건 가까이서 신력을 느낄 수 있는 코스케의 의견이다. 그리고 그건 신력을 다룰 수 있게 된 멤버도 같은 의견이었다. 애초에 코스케는 [상춘정]에서 신력이 상위의 힘이라고 배웠을 뿐이지만, 유감스럽게도 이 세계에서 그걸 실감할 수 있는 사람은 거의 없다. 유일하게 있다면, 왼쪽 눈의 힘을 쓸 때뿐이다.

"신력은 영혼에 깃드는 힘, 이라…….'

코스케의 중얼거림을 들은 멤버 전원의 시선이 모였다.

대표로 실비아가 질문을 던졌다.

"코스케 씨. 그건 무슨 뜻인가요?"

"응? 마력이나 성력은 몸에 있는 힘이고, 신력은 영혼에 있는 힘이잖아?"

코스케가 의아한 듯 대답하자, 이 자리에 있는 전원(코우히와 미츠키는 제외)의 표정이 변했다.

"뭐냐 그건? 그런 이야기는 들은 적이 없다고?"

"마찬가지."

"마찬가지예요."

"그러게요~."

"뭐……?! 그랬어?!"

모두가 고개를 끄덕이는 걸 본 코스케가 반대로 놀랐다. 이 정도의 이야기는 당연히 인식하고 있을 줄 알았다.

[상춘정]에서 에리스나 아수라가 사뭇 당연하다는 듯이 했던 말이었기에, 코스케도 당연하게 여기고 있었다.

그런 코스케의 모습을 본 실비아가 뭔가 예감이 들었는지 조심조심 그에게 물었다.

"저기……. 그 이야기는 어느 분에게 들으셨나요?"

"누구냐니…………. 에리스에게?"

코스케의 그 대답을 듣자, 모두가 조금 기겁한 표정을 지었다.

애초에 코스케와 에리사미르 신의 관계가 평범하지 않다는 건 실비아에게 이것저것 들었지만(정보원은 에리스), 설마 이런 걸 가르쳐 줄 관계일 줄은 다들 생각지도 못하고 있었다. 새삼스럽지만, 에리사미르 신은 이 세계에서는 최고신으로 꼽히는 신 중 하나다. 그 신과 거의 잡담처럼 교신하는 실비아도 일반적인 시선으로는 말도 안 되는 존재지만, 코스케는 그보다 더욱 영문 모를 존재다.

평소에도 빈번히 에리스와 대화를 나누는 실비아가 한발 먼저 회복해서 한숨을 내쉬었다.

"언제 그런 걸 들었는지는 굳이 캐묻지 않을게요. ……하지만, 그분에게 들으셨다면 의심할 여지가 없겠네요."

이 자리의 전원이 실비아의 말에 수긍했다.

"그렇겠구나. 뭐, 그렇게 생각하면 여러모로 납득할 수 있는 점도 있군."

예를 들어 신에게 계시를 받을 때의 교신은, 신이 그 인물의 영혼과 직접 교신하고 있다고 생각한다면 납득할 수 있는 경우가 많다.

이건 어디까지나 추측이라고 전제를 둔 슈레인이 말을 이었다.

"애초에 육체의 힘인 마력이나 성력은 육체의 성장에 맞춰 자연스레 성장하느니라. 그러나 영혼의 힘인 신력을 다룰 수 있느냐 없느냐는, 애초에 영혼에 그 힘이 없으면 안 되겠지."

"하지만 우리는 후천적으로 신력을 쓸 수 있게 되었잖아?"

슈레인의 가설에 콜레트가 의문을 제기했다.

신력이 원래 영혼의 힘이라면, 선천적인 힘이 아니냐는 것이다.

"그건, 원래 가지고 있던 힘이 신수를 계기로 해서 발현한 게 아니겠느냐?"

어찌어찌 앞뒤는 맞아 보이지만, 구멍투성이 같기도 했다. 결국 검증해 볼 여지가 없는 이상 추측의 영역을 벗어나지 않는다.

슈레인의 말에 콜레트가 다시 의문을 거듭했다.

"그리고 보니, 크라운 카드의 통신 기능은 어떻게 되고 있어? 그것도 신력을 쓰고 있지?"

"신력도 그렇지만, 그건 은근히 교신의 기술도 쓰고 있으니까."

"……그랬어?!"

코스케가 태연하게 그런 사실을 밝히자 콜레트가 놀라움을 드러냈다.

"뭐랄까……. 가치가 높다는 걸 모르고 쓰는 이들이 딱해지는구나."

모두가 원할 만한 기술을 태연하게 쓰고 있는 거다. 그런 게 알려진다면, 이런 걸 가볍게 덧붙이지 말라고 따질 수도 있을 정도다. 당연히 코스케도 이스나니도 공표할 생각은 없다. 지금은 그냥 편리한 기능이라고 생각하기만 하면 충분하다. 여담이지만, 예전에 코스케가 이스나니에게 카드가 해석되지 않을까 물어본 적이 있는데, 그때 후후후후 하고 무서운 미소를 지었기에 그 이상은 묻지 않았다.

"애초에 신구에 해당하는 것을 마구마구 만들고 있는 시점에서 이상해."

바로 얼마 전에도 코스케는 예전에 에리스와 자르에게 요청받은 교신(신탁)용 신구를 만들었다.

콜레트의 말을 듣자 자신을 제외한 전원이 고개를 끄덕였고, 그걸 본 코스케는 어째서인지 고양이에게 포위당한 생쥐 같은 심경이 들었다.

"뭐, 뭐어, 그건 그쪽이 원하기도 했고, 그리 고생하지 않고 만들었을 뿐이라서……."

어떻게든 항의하려 했지만, 애초에 요청받는 것 자체가 이상하다는 시선을 받은 코스케는 항의하는 걸 단념했다.

(2) 신력 염화(念話)

결론.

결국 신력에 관해서는 전혀 알지 못하는 상태였고, 지금 여기서 이야기하는 내용이 세계의 최첨단이다.

약간 억지로(?) 요약하고 말았지만, 사실이 그러니까 코스케 일행도 어쩔 도리가 없다. 마력이나 성력이 몸에, 신력이 영혼에 의존하는 힘이라는 것조차도 지금까지 알려지지 않았으니까. 그걸 고려하면 호들갑도 아니다. 애초에 신구를 개발할 수 있는 존재가 있는 것만으로도 신력을 연구하는 데 있어 커다란 어드밴티지다. 그렇지만 코스케 일행이 모여서 이야기하는 목적은 어디까지나 신력을 실용적으로 쓸 수 있는가 하는 점이다. 참고로 이 시점에서 예전에 나나나 원리가 신력을 써서 놀던 신력 공놀이는 전원이 할 수 있다. 덕분에 전원이 《신력 조작》 스킬을 보유하고 있다. 그러나 그 《신력 조작》을 써서 무엇을 할 수 있는지는 현재 거의 알지 못한다. 지금 활용하고 있는 건 코스케와 이스나니의 신구 제작, 실비아가 에리스와 교신하는 것 정도다.

뭔가 좋은 아이디어도 떠오르지 않아서 이야기 내용이 잡담에 가까워졌을 무렵, 코스케가 문득 떠올렸다.

"…………어라? 신구가 없으면 통신할 수 없는 건, 어째서지?"

코스케의 중얼거림을 듣자, 전원의 대화가 뚝 멎었다.

"그게, 불가능하다기보다는, 애초에 시도해 본 적이 없었으니까?"

"그것도 있으나, 애초에 그 신구가 어떤 식으로 움직이고 있는지는 우리도 잘 모른다만?"

"저도 교신할 때는 교신구의 발동에 신력을 쓰는 정도인데요?"

생각해 보면, 신구 사용법을 가르쳐 준 적은 있어도 그 내용에 관해서 말해 준 적은 없었다. 코스케는 가볍게(이것부터 이미 이상하지만) 만들었던 교신용 신구에 관해 간단히 설명하기로 했다.

"그건 간단히 말하면, 신력으로 상대를 찾아서 신력의 패스를 연결하고, 그걸 고정하는 일을 하고 있을 뿐인데?"

요컨대, 실 전화를 신력으로 하는 셈이다. 실 전화의 실 역할을 신력이 담당하고, 그 양 끝에 달린 도구(종이컵 등등)가 신구이다. 신구를 쓰지 않는 신의 신탁은, 불특정 다수이거나 특정 개인

일 때도 있지만 특정 조건을 붙여서 상대를 찾아 말을 거는 것이라 예상된다. 확정은 아니지만.

"⋯⋯⋯⋯그렇다면~. 그런 신구 대신에, 몸으로 대용한다면 염화 같은 게 가능한 건가요?"

"뭐, 이론적으로는 그렇겠지?"

염화라는 건 마력이나 성력을 사용하는 고위 술자들이 떨어진 곳에서도 대화할 수 있는 기술이다. 한정된 사람밖에 쓸 수 없기에 사용되는 일도 한정적이다.

"⋯⋯염화를 쓸 수 있다면 편리하겠네요."

"덤으로 말하면, 신력을 쓰니까 그야말로 장소를 가리지 않기도 하고."

실비아와 콜레트가 저마다 고개를 끄덕였다.

실제로 신이 사는 곳인 [상춘정]에까지 닿고 있으니까, 가능한 이야기이긴 하다. 멤버들은 각 계층으로 흩어져서 작업하는 만큼, 만약 신력으로 대화할 수 있다면 매우 편리해지리라는 건 의심할 여지가 없다. 멤버 전원이 서로 얼굴을 마주 보며 동의하고는 일단 목표를 정했다.

목표 : 신력을 써서 대화할 수 있게 한다.

그렇게 한 줄로 표현하는 건 간단하지만, 실제로 형태를 잡는 건 상당한 시간과 수고가 들었다. 우선은 서로가 신력으로 연결되어야 하는데, 마력이나 성력처럼 신력을 써서 서로의 힘을 연결하는 게 힘들다. 코스케는 신전에서 실비아에게 주기 위한 신구를 만들 때 아무렇지도 않게 이 작업을 진행했지만, 그건 [상춘정]에서 하는 법을 배웠기에 가능했다. 영혼만으로 [상춘정]에 존재하고 있어서 육체라는 쓸데없는 게 없었기에 습득할 수 있었다. 몸이 있는 상태에서는 마력이나 성력이 있어서 쓸데없는 힘이 섞이기에 신력을 그리 잘 다룰 수 없다.

그래서 코스케와 다른 한 명(교대제)이 그 이후의 실험을 진행하고, 다른 이들은 신력을 연결하는 훈련을 하게 되었다.

처음 상대는 피치였다.

어째서인지 순서를 정할 때 크게 충돌하다가 결국 가위바위보로 정하게 된 건 여담이다.

이때 코스케는 어째서 이렇게 된 건지 궁금했는데, 신력이 연결되면 굉장히 기분이 좋다는 대답이 돌아왔다. 원리는 이해할 수 없지만, 서로 신력이 이어지면 굉장히 릴랙스할 수 있는 효과가 있다고 한다. 코스케는 그런 효과를 느낀 적이 없지만, 여성진에게는 현저하게 느껴지는 모양이었다. 이것도 검증해 볼 필요가 있었다.

그보다도 우선 신력이 연결된 상태에서 대화할 수 있는지 알아보기로 했다. 이스나니가 개발한 통신 기능을 참고해 보려고 해도, 애초에 인간에게는 그런 기능을 가진 기관이 없기에 처음부터 생각해 봐야 했다. 인간의 몸은 목소리도 내고, 귀로 들을 수도 있다. 그러나 그 목소리(소리)를 어떻게 신력에 싣느냐가 문제다.

거기서 고안한 것이, 처음에 코스케가 신전에서 아수라나 에리스와 교신할 때의 상황이다. 그때는 애초에 신구를 쓰지 않고 대화했다. 어떻게 대화했느냐면, 목소리를 내지 않고 머릿속으로 생각만 했다. 그러나 그 전에 좌선하고 집중했다. 이건 영혼의 힘인 신력을 쓰기 위해서이다. 목소리를 내지 않고 영혼에 생각을 실을 수 있다면, 그길 빌을 수도 있지 않을까 하는 것이 코스케의 생각이었다.

그래도 그리 간단하지는 않다.

애초에 코스케가 그 정도로 손쉽게 [상춘정]의 아수라나 에리스와 대화할 수 있었던 이유는, 이것 역시 [상춘정]에서 했던 수련 덕분이다. 이 세계에 있는 멤버가 간단히 익힐 수 있는 게 아니라서, 이것에 관해서는 결국 연습만이 있을 뿐이었다. 연습 방법은 코스케가 [상춘정]에서 받았던 내용을 참고했다. 그래도 육체라는 제약이 없었던 [상춘정]과는 달리 이쪽(현세?)에서는 제약이 있기에 그리 간단히 익힐 수는 없었다.

결국 여성진이 코스케와 대화할 수 있게 되기까지는 며칠이라는 시간이 필요했다. 이것도 경이적으로 빠른 것이다. 코스케라는 상식 밖의 존재가 보조해 주기도 했고, 피치를 제외하면 다들 마력이나 성력의 고위 술자이기에 빨랐다.

그렇게 아무런 도구를 쓰지 않는, 신력만 쓰는 통신이 가능해졌기에 이번에는 그 활용 범위를 조사해 보기로 했다.

결론부터 말하면, 탑에서 활용하려는 그녀들에게는 매우 요긴한 힘이 되었다. 신력 덩어리가 벽을 뛰어넘는 건 예상 범주였지만, 관리층의 벽은 애초에 장벽조차 되지 않았고 다른 계층에서도 통신할 수 있었다. 덤으로 탑 밖으로 나가서도 확인해 봤지만, 이것도 어려움 없이 클리어했다.

확실히 말해서, 그냥 편리한 수준이 아니었다.

신력 염화라고 이름 붙인 이 통신 방법이 향후 탑 운영에 있어서 중요한 역할을 하리라는 건 틀림없었다. 코스케는 다른 멤버와 문제없이 연결할 수 있기에, 이제는 다른 멤버끼리도 신력으로 연결할 수 있게 된다면 어디를 가더라도 서로 대화할 수 있게 된다. 멤버들이 서둘러 연습에 전념하게 된 건 말할 것도 없었다.

참고로, 치트급인 코우히와 미츠키가 손쉽게 신력 염화를 익히게 된 건 여담이다.

(3) 영혼의 형태

어찌어찌 보조 도구 없는 통신의 형태가 잡힐 것 같았기에 다른 것도 검증해 보기로 했다. 거기서 가장 먼저 나온 의견이, 코스케의 왼쪽 눈에 있는 힘과 똑같은 게 가능한지에 대한 것이었다.

애초에 신능 각인기는 있으니까 다른 사람도 똑같은 게 가능할 것 같았지만, 그에 대한 코스케의 대답은 '무리'였다.

신능 각인기는 왼쪽 눈의 힘을 열화 복제한 것이고, 말하자면 코스케의 힘 자체가 각인기에 깃들었다고 해도 좋다. 그걸 타인이 쓰려면 똑같은 힘을 복제하면 되는 것처럼 느껴지지만, 유감스럽게도 그렇게 간단하지는 않다. 신력 염화로 알 수 있듯이, 애초에 타인과 신력을 합치는 것조차도 난이도가 꽤 높다.

신능 조절에 뛰어난 코스케가 있는데도, 여성진은 신력을 연결하는 것조차 고생하고 있다. 하물며 코스케의 힘을 그대로 복제해서 타인에게 붙이고, 그 사람이 그걸 쓸 수 있게 하는 건 거의 불가능하다는 게 그의 대답이었다. 덧붙이자면, 신력은 영혼의 힘이니까 아주 조금이리고 해도 영혼의 형태를 바꾸는 거나 다름없다. 그런 일은 하고 싶지 않다는 코스케의 생각도 이해가 간다는 것이 여성진의 결론이었다.

　참고로, 결론부터 말하면 힘의 복제는 불가능했다.

　영혼의 형태를 바꾸는 건 그야말로 신의 위업이며, 현세에 있는 이들이 그걸 실행하면 무조건 변질된 영혼을 만들어 버리게 된다. 만약 코스케가 그것에 손을 댔다면 틀림없이 에리스가 경고하기 위해 나섰으리라. 그 이야기가 나왔던 며칠 뒤에 신탁이라는 형태로 에리스가 실비아에게 전한 이야기를 들은 코스케는 단호하게 거절해서 다행이었다며 내심 식은땀을 흘리게 되었다.

　그런 흐름을 타고 신력 염화와는 다른 힘을 개발하려고 했는데, 좀처럼 생각대로 진행되지는 않았다. 애초에 신력으로 무엇이 가능한지도 잘 모르고 있으니 거의 어둠 속에서 손으로 더듬어 가며 물건을 찾는 거나 다름없었다. 평소에 사용하는 방 어디에 있는지 알고 있다면 어느 정도 짐작해 볼 수 있었겠지만, 유감스럽게도 그렇게 쉽지는 않았다. 지금 상황은 처음 온 공간 안에서 닥치는 대로 노리는 물건을 찾는 거나 다름없는 상황이다.

　그리고 코스케는 얼마 전 만든 신구를 확인하기 위해 자르와 교신했을 때, 그 흐름을 막을 수 있는 이야기를 듣게 되었다.

『요즘 신력을 써서 재미난 일을 하고 있지?』

『재미난 일?』

『신력 염화였던가? 용케 그런 걸 개발했네.』

『응? 그야 교신을 참고했을 뿐인데?』

『있잖아. 그게 애초에 이상한 거야.』

코스케의 대답을 들은 자르는 어이없다는 음색을 보내왔다.

참고로 에리스를 상대할 때는 이렇지 않지만, 자르의 경우는 얼굴이 보이지 않는 교신에서도 왠지 모르게 감정을 알 수 있었다.

『무슨 뜻이야?』

『대화하는 것뿐이라지만, 교신은 이 세계에서는 틀림없는 신의 위업이거든? 그걸 열화되었다고는 해도 재현해서 다시 만든 건 굉장한 일이라고?』

『…………혹시, 위험했나?』

『어째서?』

『신의 위업에 손을 댔으니까?』

『의문형으로 답하지 마. 그런 건 걱정 안 해도 돼. 애초에 안 되는 일이었으면 에리스 언니가 신탁을 내렸을걸?』

『그건 그런가.』

『그러니까 사양 말고 해. ……그래도 꽤 힘들기는 하겠지만.』

『아, 역시?』

『그야 그렇지. 신력을 써서 뭔가를 하는 건 역시 신의 위업과 동등한 거니까.』

코스케는 태연하게 들은 사실에 말문이 막히고 말았다.

『뭘 이제 와서 빼고 있는 거야.』

『아니, 역시 지나쳤나 해서.』

『그런 건 그 크라운 카드였던가? 그걸 만든 시점에서 알고 있었어야지.』

『그랬어……?!』

『그럼. 그것 덕분에 에리스 언니와 그분 이외의 신들에게도 당신의 존재가 알려졌으니까.』

『…………으엑.』

코스케로서는 자기가 가진 힘으로 만들어 낸 것일 뿐 대단한 건 하지 않았다고 인식하고 있었다.

설마 신들도 주목하고 있을 줄은 생각지도 못했다.

『뭐, 그게 없더라도 당신이 알려지는 건 시간문제였겠지만.』

『……응? 무슨 소리?』

『그야, 기본적으로 그쪽 세계에는 불간섭하는 에리스 언니와 그분이 얽혀 있는 거잖아? 다른 신들이 흥미를 보이지 않을 리가 없지.』

자르의 그 말을 들은 코스케는 새삼스레 자신의 처지를 깨달았다. 여러 신들이 주목하다니, 트러블의 예감밖에 들지 않는다.

『아, 착각하지는 마. 주목하고 있다고 해도 신계에서 보고 있을 뿐이야. 직접적이든 간접적이든, 코스케에게 손을 대면 어떻게 될지는 잘 알고 있으니까.』

『뭐야 그게?』

『당신에게 손을 대면 에리스 언니나 그분과 직접적으로 얽히게 된다는 뜻이야. 그러니까 신들은 당신에게 섣불리 손대지는 않을 거야. 손을 댄다면, 누군가에게 허가를 받은 뒤겠지. ……스피카 때처럼.』

스피카 때라는 건, 플로리아가 탑에 오도록 수배해 준 걸 가리킨다.

『아아. 그건 역시 뒤에서 그런 일이 있었구나.』

『당연하지. 애초에 나 때도 이것저것 있었다니까. 나나라는 존재가 있었기에 지금은 이런 일도 하게 된 거고.』

『……흐~응.』

『우왓. 남 일이라는 듯이.』

실제로 코스케는 머나먼 세계에서 일어난 일로밖에 인식할 수 없다.

현세에 존재하는 코스케에게 직접적으로 뭔가 일어나지 않는 한, 이렇게 되는 게 당연했다.

『그런데…… 이렇게 오래 이야기해도 괜찮겠어?』

『문제없는데?』

『에리스와 달리 한가하네?』

『아, 너무해. 그런 말 하는구나?』

코스케는 순간 오한을 느꼈다.

『아, 아니. 딱히 그렇게 깊은 의미는 아닌데?』

『호오~? 그쪽을 좀 자세히 들어 볼까요?』

『저기, 좀 봐주세요.』

모습이 보이지 않을 텐데도(상대는 신이기에 보고 있을지도 모르지만) 무심코 고개를 숙이고 말았다. 이런 부분은 예전의 일본인 감각이 아직 남아 있는 걸지도 모른다.

『……뭐, 상관없지만. 나는 에리스 언니와 달리 어느 정도 한가로운 시간이 있을 뿐이거든?』

코스케는 자르의 말에 뭔가 답변하려고 했지만, 다른 목소리가 끼어들었다.

『호호오……. 그건 좋은 걸 들었네요.』

『……으꺅?! 어어, 언니?!』

『시간이 있다면, 나를 좀 도와줄래요?』

『…………네에……. ……또 이 패턴…….』

『자업자득입니다. 그런 것보다 도와주세요.』

『네~에…….』

모습은 보이지 않았지만, 고개를 축 늘어뜨리고 있는 음색이었다.

『그보다도, 마침 좋은 기회네요. 코스케 님, 신력을 사용한 힘을 개발하는 건 좋지만, 조바심을 내시면 안 됩니다?』

『무슨 뜻이야?』

『신력은 영혼의 힘 그 자체. 괜히 급하게 개발하다가는 영혼 자체가 변질될 가능성이 있습니다. 확실히 그런 고찰도 하고 있었죠? 그건 틀리지 않았어요.』

『…………역시 그랬나. 조심할게.』

『그게 좋을 겁니다. 원래는 오랜 시간에 걸쳐 천천히 수행하는 것이니까요. ……그럼, 슬슬 실례하겠습니다.』

『그래. 그럼 나중에 보자.』

『와왓. 언니. 옷깃 당기지 말아요! 안 도망칠 테니까. 목이 조이잖아요!』

다급한 목소리를 남긴 채 자르와의 교신이 끝났다. 결국 조바심을 내며 힘을 개발해도 멀쩡한 결과가 나오지 않는다는 말을 들었다. 에리스의 말이니 의심할 여지도 없다.

그 이야기를 멤버에게 전한 뒤, 신력 개발은 각자 다시금 차분히 진행하기로 했다.

◆

피치와 슈레인이 신력을 연결하는 훈련을 할 때의 일이다. 신력의 움직임을 느끼던 피치가 문득 뭔가를 깨달은 듯 슈레인을 바라봤다.

"……저기~? 슈레인 씨. 신력은 보이나요?"

"갑자기 무슨 소리냐. 보이도록 형태를 잡았으면 몰라도, 평범하게 사용할 때는 보일 리가 없지 않느냐?"

신력을 느낄 수는 있어도, 눈으로 볼 수는 없다. 그건 마력이나 성력도 똑같다. 마력과 성력이 다르다는 것도, 눈으로 보이는 게 아니라 감각으로 느껴지는 거다.

"……그런가요…….."

고민에 잠긴 피치를 본 슈레인은 문득 떠오른 게 있었다.

"혹시 그대, 신력이 보이는 게야?"

"네~. 그래도 저의 신력뿐인 것 같아요. 슈레인 씨 것은 안 보이니까요."

보통은 보일 리가 없는 신력을 볼 수 있다. 설령 그것이 자신의 것뿐이라도 충분히 특이한 일이다. 슈레인과 피치는 훈련을 중단하고 황급히 모두에게 향했다.

슈레인과 피치가 콜레트와 실비아에게 이야기하자, 두 사람은 고개를 끄덕이며 말했다.

"이상하네."

"그러게요. 이상하네요."

"역시나."

"……다들 너무해요~."

세 사람이 함께 끄덕이는 걸 본 피치가 항의의 목소리를 냈다. 유감스럽게도 그 목소리는 무시당했지만, 그보다도 콜레트는 신경 쓰이는 게 있었다.

"……코스케? 아까부터 왜 시선을 돌리고 있어?"

콜레트는 뭔가 의미심장하게 웃으면서 코스케를 바라봤다.

"아니, 응. 역시 신력이 보인다는 건 이상하다고 생각해서."

피치를 제외한 세 사람이 시선을 맞댔다. 그 표정이 무엇을 말하고 싶은 건지는 코스케도 바로 알 수 있었고, 황급히 자신에게 돌아오는 창끝을 피하려 했다.

"아, 아무튼, 신력이 보인다는 게 평범하지 않다는 건 알았어."

"……평범하지 않은 건가요~?"

피치가 어깨를 풀썩 떨궜다.

"그렇게 침울해할 건 없어. 애초에 신력을 다루는 것 자체가 드문 일이니까."

"그렇지. 마력이나 성력도 눈으로 볼 수 있는 자가 전혀 없는 건
아니니라. 신력도 마찬가지겠지."

"……그런가요~?"

피치의 의문에 실비아가 수긍했다.

"고위 신관이나 무녀 중에서도 성력이 보이는 사람은 어느 정도
있어요. 신력이 보이더라도 신기한 건 아니에요."

"그보다도 확인하고 싶은데, 보이게 된 건 신력을 쓸 수 있게 된
이후더냐?"

"맞아요~."

"……그렇다면 선천적인가 후천적인가, 어느 쪽으로 익혔는지
가 미묘하구나."

슈레인이 하고 싶은 말은, 훈련으로 익힐 수 있느냐 없느냐의 문
제였다. 애초에 신력을 쓰지 못하면 볼 수 없다는 건 납득할 수 있
다. 신력을 쓸 수 있게 되고 나서 훈련으로 볼 수 있게 된 것인지,
아니면 태어나면서부터 가진 힘인지가 문제다.

슈레인의 말을 듣자, 코스케를 제외한 모두가 고개를 갸웃했다.

"저기~. 그건 그렇게 고민해야 할 만큼 중요한 일이야?"

코스케가 묻자, 다들 얼굴을 마주 봤다.

"……하긴. 크게 중요하지는 않지."

"애초에 신력을 제대로 쓸 수 있는 사람이 적으니까, 별로 의미
가 없는 고찰이에요."

콜레트와 실비아의 말에 슈레인도 동의했다.

"그도 그렇구나. 그럼, 슬슬 본론으로 들어갈까."

"본론?"

그렇게 고개를 갸웃한 건 코스케, 콜레트, 실비아였다.

"피치가 그때 나에게 하고 싶었던 말은, 신력이 보인다는 것만이 아니었겠지?"

"맞아요~. 신력을 연결하는 훈련을 시작하고 나서 깨달은 건데요, 손이나 몸 같은 곳에 신력을 두르고 있는 것 같았어요."

슈레인, 콜레트, 실비아의 시선이 코스케에게 향했다.

"아니아니. 그건 나도 해 본 적이 없어. ……하지만."

코스케는 다시금 피치의 신력을 확인했다.

"듣고 보니, 확실히 두르고 있는 것처럼 보이네."

마치 오라처럼 신력이 피치의 전신을 덮은 것처럼 보인다. 그러나 그 말이 의미하는 바를 눈치챈 코스케 이외의 전원이 한숨을 내쉬었다.

"역시 타인의 신력도 보이는 거지?"

대표로 꺼낸 콜레트의 말을 듣자, 코스케는 또 실언을 했다는 걸 깨달았다.

"아, 어……. 그게. 지금은 피치의 말이잖아?"

다시 자신에게 창끝이 돌아올 것 같았기에, 코스케는 황급히 화제 전환을 시도했다.

"……뭐, 상관은 없지만. 그건 아마 강화가 아닐까?"

"음. 나도 그렇게 생각하느니라."

"……강화라고요~?"

마법은 잘 모르는 피치가 고개를 갸웃했다.

"이 상태라면, 신체 능력이 올라가지는 않는 건가?"

"딱히 그런 변화는 없는데요~?"

피치의 말을 듣자, 이번에는 마법이나 성법을 잘 아는 세 사람이 고개를 갸웃했다.

"이상하네요. 마력이나 성력이라면 육체 강화로 이어지지 않나요……?"

"아~. 어쩌면 신력은 영혼에 의존하는 힘이라는 것이 관계가 있을지도?"

마력이나 성력은 몸에 의존하는 힘이기에 몸에 두르면 신체 능력 향상으로 이어지지만, 영혼에 의존하는 힘인 신력은 직접 육체에 영향을 주지는 않는다는 것이다.

"그렇다면, 영혼의 강화라는 거? ……영혼의 강화가 뭔데?"

콜레트의 의문에는 코스케도 고개를 갸웃할 수밖에 없었다.

"영혼의 강화라……. 흠…….."

슈레인은 그렇게 중얼거리더니, 피치를 향해 갑자기 불 마법을 날렸다.

너무 갑작스러웠던 데다 지근거리에서 날린 공격이라 아무도 움직이지 못했다. 참고로 코우히와 미츠키는 알면서도 굳이 움직이지 않았다. 두 사람을 제외한 멤버 중에서 방어 성법이 제일 능숙한 실비아도 움직이지 못하고 가만히 볼 수밖에 없었다. 순식간에 피치의 눈앞에 불덩어리가 다가왔고, 피치 자신의 높은 신체 능력으로도 팔로 얼굴을 가리는 게 고작이었다.

그러나, 불은 팔에 닿기 직전에 피식 하는 작은 소리를 내며 사라졌다.

"……역시나."

슈레인은 그 결과를 보고 만족스럽게 끄덕였다.

"어, 어떻게 된 거야?"

코스케가 의아한 듯 말했고, 다른 세 사람은 그 결과를 멍한 표정으로 보고 있었다.

"그리 놀랄 일은 아니지 않느냐? 마력의 신체 강화도 마법을 막으니, 신력이 막았다고 해서 전혀 신기한 일은 아니겠지?"

"……앗?!"

가장 먼저 깨달은 건 실비아였다.

"영혼이 다치는 걸 막은 결과, 육체도 지킬 수 있게 되었다?"

"아마도 그럴 것이야. 뭐, 세세한 건 조금 더 확실히 조사해 보지 않으면 모르겠지만."

"후와~. 놀랐어요오."

"미안하구나. 사전에 말했다면 쓸데없는 정보가 들어가서 결과가 바뀔 가능성이 있었으니 말이다."

"그런 거였나요~."

공격당한 피치도 납득한 듯 끄덕였다. 나중에 냉정하게 생각해 보니, 그 정도의 불은 대단한 공격이 아니었다. 설령 다치더라도 실비아가 있다면 간단히 치료할 수 있다. 그래도 실비아는 "그런 일로 저의 힘을 의지하지 말아 주세요."라고 말했지만.

"신력을 몸에 두르면 마법 공격을 막을 수 있는 건가. 물리 공격은 어떨까?"

"글쎄다. 그쪽은 검증이 필요하겠지."

"정령 공격도 있어."

계속해서 뒤숭숭한 말이 나오자, 피치는 저도 모르게 얼굴을 실룩거리게 되었다. 그걸 시험하는 사람이 누구인지 뒤늦게 깨달은 것이다.

피치에게 다가가서 다친 곳이 없는지 확인하던 실비아가 "애도를 표할게요."라고 말한 게 귓가에 오래 남았다.

(4) 나나의 성장

"으……으으……. 여, 여러분, 너무해요~."

피치가 말라붙은 불가사리처럼 소파 위에 엎어져서 쭈그러들어 있었다. 슈레인, 실비아, 콜레트가 내구 테스트라 칭하며 차례차례 피치에게 공격을 날린 결과다.

그걸 본 세 사람은 뭔가 거북한 듯 얼굴을 마주하고 있었다. 처음에는 그야말로 실험이라는 느낌으로 가벼운 공격을 날렸지만, 꿈쩍도 하지 않는다는 걸 알자 흥에 겨워서 점점 위력을 올려 버린 것이다.

그래도 중심에 있던 피치는 다친 곳 하나 없이 서 있었지만, 그래도 그만한 공격의 중심에 서 있던 본인은 안절부절못했으리라. 그 결과가 지금의 피치인 셈이다.

"미, 미안해. 그만 흥에 겨워서……."

"음. 솔직히 미안하구나."

"미안해요."

역시 지나쳤다고 생각했는지, 세 사람이 피치에게 고개를 숙였다.

"이, 이제 됐어요~."

그걸 본 피치도 황급히 손을 흔들었지만, 그래도 세 사람은 아직 거북함이 남아 있었다.

"그, 그러게……. 그럼 이렇게 하자."

갑자기 콜레트가 슈레인과 실비아를 데리고 소곤소곤 목소리를 죽여서 뭔가 상담하기 시작했다. 그 상담이 끝난 무렵에는 세 사람의 얼굴에도 방긋 미소가 돌아왔다.

"피치. 이번 일의 사과 선물을 준비할 테니, 그걸 받아줘. 그리고 이번 일은 없었던 걸로 하자."

"아뇨~. 딱히 그렇게까지 하지 않으셔도……."

"그 사과 선물이 '코스케를 하루 자유롭게 쓸 수 있는 권리'라고 해도 말이냐?"

소파에 엎어져 있던 피치가 힘차게 상반신을 일으켰다.

"기꺼이 받을게요~."

슈레인의 제안을 들은 순간, 피치는 바로 받겠다고 결정했다.

"뭐~? 그건 나에게 아무런 메리트도…………."

"입 다물어. 애초에 처음에는 평범한 공격을 날렸는데, 도중에 부추긴 게 누구였더라?"

"뭔가 공격을 맞던 중에, 아아, 진짜 안 통하네에, 라는 말이 들렸어요~."

"기꺼이 경품이 되겠습니다."

콜레트와 피치의 말을 듣자마자 코스케는 바로 고개를 숙였다.

"게다가, 이런 미인과 함께 보내는 건데 뭔가 불만이라도 있어?"

콜레트의 그 말을 듣자, 코스케는 다시금 피치를 바라봤다. 굳이 다시 보지 않아도 피치는 멤버 중에서는 코우히나 미츠키에 뒤이은 미모의 소유자다. 코스케의 감각으로 보면 (참고로 이 세계의 가치관으로도) 탑의 멤버는 모두 미형이다. 코스케로서는 참 용케도 이렇게 타입이 다른 미형이 모여 있구나 싶었다.

"아뇨, 천만의 말씀이죠. 삼가 받들겠습니다."

"해냈다아~."

참으로 타산적이게도, 피치는 조금 전과는 크게 돌변한 태도로 힘차게 일어섰다.

그걸 본 코스케도 가끔은 이런 날이 있어도 되겠다고 생각하게 되었다.

데이트, 데이트, 하루 데이트~.

미츠키는 알 수 없는 노래를 부르며 기뻐하는 피치를 의아한 듯 바라봤다. 지금까지 코스케 곁에 있던 건 코우히였고, 미츠키는 다른 곳에 가 있었기에 피치가 들뜬 이유를 몰랐다.

"무슨 일 있었어?"

"……아, 응. 뭐, 이것저것."

"흐~응……. 뭐, 상관은 없지만. 그나저나, 제91층의 신력 회수치 봤어? 꽤 재미난 일이 벌어지고 있던데?"

"……응? 안 봤는데?"

미츠키의 말을 듣자 코스케는 바로 체크했다.

참고로 탑의 관리 메뉴에서는 계층별 신력 회수치를 볼 수 있게 되어 있다.

지정한 제91층의 신력 회수치를 본 코스케는 눈을 동그랗게 떴다.

"……응?! 이게 뭐야?"

어제까지 제91층의 신력 회수치는, 자연 발생하는 수치로는 하루당 100도 되지 않았다. 그런데 오늘은 이 시점에서 1만에 가까웠다.

제91층은 상위종 마물이 나오는 계층이다. 마물만 쓰러뜨리면 가능한 수치이기에 이상한 건 아니지만, 그걸 누가 했는지가 문제다.

"미츠키가 했어?"

"아니야. 나는 이걸 보고 누가 했는지 확인하고 왔어."

기본적으로 코우히나 미츠키는 코스케의 호위라는 입장을 무너뜨리지 않는다. 누구 한 명에게 시간이 비었을 때, 탑에 뭔가 이상한 일이 생기지 않았나 확인하러 가는 식이다.

"……그럼 누가?"

"그러니까 재미있는 일이 일어났다고 한 거잖아."

"확인하러 가 보죠."

웬일로 코우히의 입에서 의견이 나왔다. 코우히도 제91층에서 무슨 일이 일어난 건지 알고 싶은 것이리라. 코스케도 거절할 이유는 없어서……라기보다 어서 확인하고 싶었기에 바로 받아들였다.

　제91층의 지금 상황을 이야기하자, 멤버 전원이 따라가게 되었다. 그리고 미츠키를 제외한 전원이 눈앞의 광경을 멍하니 바라봤다. 매우 드물게도, 거기에는 코우히도 포함되어 있었다.

　그걸 본 미츠키가 즐겁게 웃었다.

　"어때? 말한 대로 재미있는 일이 일어났지? 나도 처음에는 그랬다니까."

　일행들은 미츠키의 그 말을 들으면서 말도 안 된다고 중얼거리고 있었다.

　그들의 눈앞에서, 마물이 유린당하고 있었다.

　제91층에 나오는 마물은 상위종 중에서는 하위에 속하는 마물이다. 그래도 상위종은 상위종. 그 강함은 코우히나 미츠키도 보장할 정도다. 그 상위종인 곤충계 마물 헬 미즈쿠를 나나가 가볍게 상대하고 있었다.

　코스케 일행은 처음에 그게 나나라고 인식하지 못했다. 왜냐하면, 크기도 털도 크게 변했기 때문이다. 처음에 코스케는 그냥 마물이라고 생각하고 있었는데, 황급히 스테이터스를 체크하면서 저도 모르게 나나의 이름을 중얼거렸고, 그제야 전원이 알게 되었다.

　마물과의 전투를 끝낸 나나는 처음부터 알아채고 있었는지 기뻐하면서 코스케에게 다가왔다. 가까이서 보니 예전과의 차이점을 잘 알 수 있었다. 우선은 크기. 코스케 한 명은 물론이고 어른 두세 명은 태워도 괜찮을 만큼 커졌고, 털은 반짝이는 은색이 되었다.

지금은 마물과의 전투로 드문드문 튄 피가 묻었지만, 그래도 그 아름다움은 잘 알 수 있다. 나나는 튄 피가 신경 쓰이는지 수시로 핥고 있었다.

"이야~. 이거 난감하네."

생각지도 못한 변화를 본 코스케는 다시금 나나의 스테이터스를 체크했다.

예상 밖이라고 해야 할지, 아니면 당연하다고 해야 할지, 나나의 스테이터스는 대폭 변했다.

일동은 코스케에게서 나나의 스테이터스 변화를 놀라움과 함께 들었다. 그리고 코스케의 부탁으로 나나가 이 자리에서 마물과 한 번 더 싸웠다. 역시 코우히나 미츠키처럼 검 한 번 휘둘러서 쓸어 버리는 정도는 아니었지만, 그래도 여유롭게 상대를 쓰러뜨렸다.

종족명은 【백은대신(白銀大神)】으로 변해서, 거의 신이나 그에 가까운 존재가 된 것으로 보인다. 아무리 생각해도 지금 시점에서는 코우히나 미츠키에 뒤이은 전투 능력을 보유했다.

"아무리 그래도, 용종을 쓰러뜨리거나 하지는 못하겠지만……."

코스케의 중얼거림을 들었는지, 주면 멤버도 수긍했다.

그러나, 유감스럽게도 그 희망(?)은 코우히와 미츠키에게 분쇄되었다.

"어떻게 생각해?"

미츠키가 나나의 싸움을 바라보며 코우히에게 물었다.

"글쎄요……. 역시 상위종은 무리겠지만, 하위종은 일대일이라면 어떻게든 되지 않을까요."

"그렇지. 나도 그렇게 생각해."

뭐야 그게? 코스케는 저도 모르게 태클을 넣었다. 다른 멤버를 힐끔 보니까 다들 비슷한 표정이었다.

".........애초에 용종에, 상위종과 하위종 같은 게 있어?"

사람의 기준이라면 용종은 하나로 묶이고, 만나면 도망치라는 종족이다. 거기에 명확한 구별은 없다.

"그야 물론 있지. 최상위종이 되면 신과 동등하니까 쓰러뜨리는 것도 고생할 거야."

쓰러뜨릴 수 있구나. 그런 쓸데없는 태클은 아무도 걸지 않았다. 애초에 이 세계에서 전설급의 용종은 신과 동등하게 대우한다. 그 용종을 쓰러뜨린다니, 다른 사람이 말했다면 무슨 농담이냐며 웃으리라. 그러나 여기에 있는 멤버 중에서 지금 미츠키의 말을 농담으로 받아들이는 사람은 아무도 없었다.

".........슬슬 끝나겠네요."

코우히의 말을 증명하듯이, 나나가 상대하던 마물이 마지막 저항을 시도했지만 바로 피해 버렸다. 너무나도 명확한 승리를 본 전원의 입에서 한숨이 새어 나왔다.

"나나! 이제 됐어!"

다음 표적으로 향하려던 나나를 코스케가 불러 세웠다.

너무 접근하면 위험하기에 어느 정도 거리가 있었지만, 나나는 그 목소리를 바로 알아듣고 코스케에게 달려왔다. 아무래도 이번 에는 튄 피에 맞지 않고 쓰러뜨렸는지 바로 코스케에게 재롱을 부리러 달려왔다.

전투 때의 크기가 아니라 평소의 익숙한 크기로 변해서 코스케에게 뛰어들었다. 나나가 어떻게 이 정도로 변화, 아니 진화했는지에 대해 짐작 가는 건 하나밖에 없다. 코스케는 관리층에 돌아가면 바로 알아보기로 결의했다.

나나에게는 무리하지 말라는 말을 남긴 코스케 일행은 관리층으로 돌아왔다.

그리고 코스케는 곧장 자르에게 연락했다. 그러나 웬일로(?) 응답이 없었기에, 바쁜가 싶어서 에리스에게 연락해 보기로 했다.

『네네~. 코스케, 오랜만이네!』

에리스용 교신구였을 텐데, 어째서인지 아수라가 나왔다.

『아, 너무하네. 나도 가끔은 이렇게 대화하지 않으면 잊힐 거 아냐?』

『……무슨 소리야?』

『물론 코스케를 말하는 거지. 당신은 의외로 매정한 구석이 있으니까, 이렇게 접점을 유지하지 않으면 바로 잊어 버릴 거잖아?』

코스케는 저도 모르게 움찔하고 말았다. 듣고 보니 짐작 가는 구석이 없는 건 아니다.

『역시나. 그보다도, 자르도 에리스도 지금 바쁜 모양이니까 내가 이렇게 나온 거야.』

『이렇게 끼어들어도 괜찮아?』

『괜찮아. 그보다, 지금 에리스는 내 눈앞에 있어. 자르에게 설교

하고 있거든? 바쁘니까 나보고 대신 나가 달라고 하더라.』

『……뭐?』

어째서 본인이 있는데 아수라에게 나가 달라고 말한 건지 의아했지만, 그쪽은 그쪽의 사정이 있을 거라며 납득하고 이유를 물어보지는 않았다. 덤으로, 멀리서 "아수라 님 까발리지 말아 줘요~."라는 귀에 익은 목소리가 들려왔지만, 이건 못 들은 걸로 했다.

『그래서, 묻고 싶은 건 나나에 대한 거야?』

역시 아수라다. 코스케가 연락한 목적은 이미 내다보고 있었다.

『응. 그런데, 그건 역시 자르가 얽힌 탓인가?』

『그것도 그렇지만, 코스케와 직접 대면한 뒤에 자르가 직접 나나에게 지시해서 이것저것 저지른 모양이야.』

그 우회적인 말을 들은 코스케는 저도 모르게 불안해지고 말았다.

『……뭘 했는지, 굉장히 신경 쓰이는데…….』

『으~음……. 코스케라면 가르쳐 줘도 되겠지만, 만약 말하면 나중에 나도 에리스에게 혼날 테니까 그만둘게.』

코스케는 더더욱 신경이 쓰였지만, 물어 보면 코스케에게도 불똥이 튈 것 같았기에 생각을 고쳤다.

『하아……. 뭐, 됐나. 아무튼 해는 없겠지?』

『없어없어. 그런 게 있을 리가 없잖아.』

『그러면 뭐, 됐어. 그런데 그 아이는 역시 신족이나 신 같은 존재가 되어 가고 있어?』

『그럼그럼. 정확하게는 신수(神獸)지. 굉장하네~. 이런 단시간에 그렇게 순식간에 진화하다니.』

역시나 그렇다고 생각하는 동시에, 또 하나 중요한 단어를 듣고 말았다.

『……역시 진화였구나…….』

『진화라기보다는, 신화(神化)? 애초에 종족이 달라진 것 자체가 진화니까. 신력을 쓸 수 있게 된 시점에서 신화라고 봐도 좋을지도 몰라.』

"그렇구나."라고 흘려 버리려던 코스케는 문득 어떤 중요한 점을 떠올렸다.

『잠깐 기다려!』

『갑자기 왜 그래?』

『신력을 쓸 수 있게 된 시점이라니, 혹시…….』

『물론, 당신들 전원이 포함된 거라고? 뭐, 아직 신화까지는 아니지만. 신력 조작을 익힌 시점에서 깨달음을 얻을 수 있는 상황까지는 온 거야.』

너무나 손쉽게, 터무니없는 정보를 들었다.

『결국 뭔데? 신력 조작을 쓸 수 있으면 신족이 되는 거야?』

『그 조건 중 하나라고 봐야겠지?』

이건 혹시, 어느새 또 눈에 띄는 부분을 손에 넣어 버렸다는 걸까. 안 그래도 코우히나 미츠키라는 존재가 있는데 더 성가신 걸 손에 넣어 버렸다고 생각한 시점에서 코스케는 문득 떠올렸다. 애초에 코스케 자신은 처음부터 [상춘정]에서 신력을 쓸 수 있도록 배웠다.

『……저기……. [상춘정]에서 신력을 배운 건…….』

『아, 딱히 코스케를 신족으로 만들기 위한 건 아니었는데? 그건 어디까지나 코스케에게 달린 거니까, 딱히 목표로 삼지 않아도 괜찮아. 물론 신족이 된다면 되는 대로 환영하겠지만?』

『⋯⋯⋯⋯⋯⋯생각해 보겠습니다.』

『물론. 그보다, 너무 앞질러 가고 있어. 아직 신족이 된다고 정해진 건 아니니까.』

『⋯⋯그래?』

『그러니까 어디까지나 조건 중 하나라고 말했잖아.』

그걸 들은 코스케는 뭔가 안심했다. 딱히 신족이 되고 싶지 않은 건 아니지만, 너무 갑자기 들은 거라서 당혹스러웠으니까.

『처음에 말했듯이, 당신은 자유롭게 살아가도 돼. 탑에 얽매일 필요는 없어. 뭐, 지금은 즐기고 있는 모양이지만.』

『그래. 그건 단언할 수 있어.』

『그렇겠지. ⋯⋯어머, 아쉽네. 슬슬 시간이 된 것 같아. 마지막으로 하나만 더. 원리도 확실히 봐두는 게 좋을 거야?』

마지막의 마지막에 어째서인지 불온하게 느껴지는 한마디를 남긴 채 교신이 끊어졌다. 마지막에 나온 원리에 대한 건 플래그로밖에 보이지 않는다. 그리고 추가로, 코스케는 과연 신력에 관한 이야기를 모두에게 전해 줘야 할지 고민에 잠기게 되었다.

(5) 원리의 성장

결국 코스케는 신력이 각각 어떤 영향을 주는지에 관해서 아수라에게 들은 대로 솔직하게 이야기하기로 했다. 숨길 의미가 없는 데다, 막상 무언가가 일어났을 때 당황하는 것도 바보 같다고 생각했기 때문이다.

신화의 가능성을 이야기했을 때, 일동은 "흐~응." 하고 담백한 반응을 보였다. 지금은 아직 어떤 일이 일어날지 알 수 없지만, 애초에 아무 일도 일어나지 않을 가능성도 있으니 이런 식으로 받아들일 수밖에 없는 걸지도 모른다. 덧붙이자면, 나나의 변화를 봤기 때문에 다들 자신에게도 일어날 수 있는 일이라고 생각하고 있었다.

이야기를 나눈 결과, 무언가가 일어날 때는 확실히 보고하게 되었다. 여차할 때는 실비아가 코스케를 통해서 신탁(교신)을 받을 수 있으니 어느 의미로는 당연했다. 오히려 부탁하는 쪽이 되리라고 보는 것이 슈레인의 의견이었고, 다른 세 명도 동감했다.

깨달음을 얻는다는 것에 관해서 실비아는 당연하게 받아들였다. 신력을 다룰 수 있는 사람은 고승이나 지위 높은 무녀라고 들어왔으니까. 더욱이 신력은 영혼의 힘이라는 말도 있다. 애초에 영혼에 접촉하는(신력 포함) 자체가 깨달음을 얻는 길이라고 전해지고 있기에, 무녀인 실비아에게는 당연한 일이었다. 다른 멤버도 비슷한 반응이었는지라 오히려 제일 놀란 건 코스케였다. 코스케의 사고 베이스는 어디까지나 이전 세계(일본)이기에 어쩔 수 없는 걸지도 모른다.

일단 신력에 관한 이야기는 끝났기에, 코스케는 다음 플래그를 회수하고자 제48층으로 향했다.

제48층에 있는 신사를 찾은 코스케 일행을 세실과 알리사가 맞이했다. 당초 두 사람은 제8층 백합의 신사를 관리하고 있었지만, 기왕 맡은 김에 제48층 신사도 종종 관리하고 있었다. 계층을 이동할 때 일일이 도보로 이동하는 건 시간이 걸리기에 전이문을 설치했다.

　사전에 간다고 연락하지도 않았는데 너무나도 타이밍 좋게 코스케 일행을 맞이한 두 사람을 보고 다들 놀랐다.

　그걸 물어보자, 어째서인지 두 사람은 웃기만 하고 대답하지 않은 채 바로 신사 안에서 제일 큰 방으로 코스케 일행을 안내했다. 그리고, 코스케의 의문은 바로 풀렸다. 그곳에는 어느 인물이 공손히 절하면서 맞이해 주고 있었다.

　"오랜만에 뵙겠습니다."

　그 인사를 본 코스케는 순간 머리가 새하얘졌다.

　잘못 볼 리가 없다. 저 금발과 붉은 눈은 예전과 전혀 달라지지 않았다. 그러나 그 이외의 모습(말투도)은 크게 달라졌기에 순간 뇌가 이해하는 걸 거부해 버렸다. 주변을 보니, 다른 이들도 아연실색한 표정이다. 코스케 일행의 눈앞에 있는 것은, 15~16세 정도로 성장한 원리였다. 만약을 위해 코스케는 황급히 스테이터스를 확인했지만, 틀림없이 원리였다.

　"…………저, 저기?"

　너무나도 긴 침묵이었기에, 참다못한 원리가 의아해하며 고개를 갸웃했다.

　"……워…… 원리?"

"네……. 그런데요?"

"뭐?! ……역시?!"

원리(여아, 아니 소녀?)의 대답을 듣자 우선 콜레트가 놀랐고.

"………어떻게 된 건가요~?"

피치는 눈을 크게 떴으며.

"…………역시 이건 좀."

놀랍게도 미츠키마저도 어이없어하며 놀랐다. 지금의 원리는
예전의 어린 모습이 사라졌고, 소녀를 건너뛰어 어른 여성으로 가
는 길에서 한두 발짝 남은 용모가 되어 있었다. 세실이나 알리사
가 준비했는지, 실비아와 같은 무녀복을 입고 있다.

"하아~~~. ……뭐랄까, 놀랐네. 정말로 원리 맞지?"

"네, 네. 그런데요. 저…… 저기. 놀라게 해드리고 싶어서 지금
까지 가만히 있었는데……. 안 됐, 나요?"

원리가 불안한 듯 바라보자, 코스케는 저도 모르게 예전과 마찬
가지로 머리에 손을 툭 올려서 쓰다듬었다.

"아냐. 놀랐을 뿐이고 안 될 건 없지. …………이크, 머리 쓰다
듬어서 미안."

역시 이런 용모라면 어린애를 귀여워하듯이 머리를 쓰다듬는 건
곤란하다고 생각해서 황급히 원리의 머리에서 손을 떼어냈다.

"…………앗……."

손을 뗀 순간, 원리의 입에서 아쉽다는 숨결이 나왔지만, 코스케
의 귀에는 닿지 않았다.

그리고 코스케는 어째서인지 히죽히죽 웃으면서 이쪽을 바라보

는 세 명을 향해 고개를 갸웃했다.

"……응? 왜 그래?"

"아니~. 아무것도 아닌데~?"

"역시 대단하시네요~."

"뭐, 코스케 님이니까. ……그보다도 원리. 잠깐 일어나 보지 않을래?"

미츠키가 갑자기 요구하자, 앉아 있던 원리는 황급히 일어났다.

"……어?! 네, 네에?"

그 모습을 잠시 살펴본 미츠키는…….

"…………흠. 합격."

코스케에게는 영문 모를 말을 중얼거렸다. 참고로 이 말의 의미를 모르는 건 코스케뿐이다. 그 말을 들은 원리는 안도한 듯 한숨을 내쉬었고, 콜레트와 피치는 흠흠 고개를 끄덕였다. 그걸 본 코스케가 소외감을 느껴 의문을 입에 담았다.

"……저~기, 무슨 소리야?"

"몰라도 돼. 조만간 알 테니까. 딱히 서두를 일도 아니고."

미츠키의 그 말을 들은 원리가 뭔가 복잡한 표정을 보였다.

"아~, 큰일이네. 엄청 귀엽잖아!"

원리의 얼굴을 본 콜레트가 참을 수 없다는 듯 그녀에게 다가가 머리를 쓰다듬기 시작했다.

"아~, 치사해요~. 저도~."

어째서인지 피치도 그에 끼었다. 게다가 머리를 쓰다듬는 걸로는 만족하지 못하고 머리 모양을 바꿔 보는 등 원리를 써서 이것저

것 하기 시작했다.

"…………저~기……."

뭔가 방치된 느낌이 든 코스케가 그 광경을 안절부절못하며 바라봤다.

"있잖아. 코스케 님. 이대로 가면 수습이 안 되니까, 한번 관리층으로 데려가는 게 좋지 않을까? 다른 멤버도 원리를 만나 보고 싶을 테니까."

방치되어 버린 코스케를 본 미츠키가 어드바이스를 던졌다.

코스케도 원리를 관리층에 데려가는 건 문제없지만, 이 상황을 어떻게 수습해야 좋을지 몰라서 그냥 서 있었다. 그걸 본 미츠키가 한숨을 내쉬고는 콜레트와 피치의 폭주를 막았다.

"콜레트도 피치도 그쯤 해 둬. 원리는 관리층으로 가자."

"정말?"

"이후의 예정은 없나요~?"

"아, 네. 괜찮아요."

원리가 고개를 끄덕이자, 두 사람은 그럼 가자고 말하면서 손을 당겨 전이문으로 데려갔다.

◆

원리를 데리고 관리층으로 향한 두 사람의 폭주는 멈추지 않았다. 그보다도, 오히려 악화되었다. 콜레트와 피치에 실비아와 슈레인도 끼었기 때문이다. 처음에는 두 사람도 원리의 변화에 놀랐지만, 순식간에 콜레트와 피치 사이에 끼고 말았다. 참고로 코우히는 처음에는 놀란 듯 원리를 빤히 응시했지만, 바로 코스케 곁으로 돌아왔다.

코우히를 향해 미츠키가 놀리는 시선을 보냈다.

"어머. 참지 말고 저기에 끼지 그래?"

"차차. 참고 있지 않아요. ……당신은 어떤가요?"

"나는, 나중에 한껏 귀여워해 줄 테니까 지금은 됐어."

"…………."

한동안 원리를 바라보던 코우히는 네 사람에게 귀여움을 받아 당혹스러워하는 원리를 보더니…….

"…………그럼, 저도 나중에 하기로 하죠."

그렇게 말했다.

생각지도 못한 흐름이었기에, 코스케는 그저 지켜볼 수밖에 없었다. 하지만 뭐, 미움받는 것보다는 낫다고 생각을 고치고, 한동안은 여성진 마음대로 하게 내버려 두기로 했다.

원리에게 여우형으로 돌아가 달라고 해서 스테이터스를 확인하자, 인간형 때는 회색이었던 스킬이 유효해졌다. 게다가 인간형이든 여우형이든 전체적인 스킬 LV(레벨)이 올라가 완전히 상위종 마물과 동등해졌다. 역시 나나만큼 강하지는 않지만, 아마 일대일로 싸우는 것도 가능할 거다. 인간형으로 돌아온 원리에게 물어보자, 인간형이든 여우형이든 전투력 자체는 큰 차이가 없다고 한다.

제48층에서 만났을 때의 인사는 세실과 알리사에게 배운 것이었는지, 지금은 말투도 평소대로 돌아왔다. 처음에는 주인님(!)이라고 부르려고 했지만, 그건 코스케가 말렸기에 지금은 "코스케 오빠."라고 부르고 있다.

원리의 칭호가 【정령신의 가호】가 된 것이 신경 쓰였기에 직접 물었다.

"원리, 정령신의 가호라고 알아?"

"으~웅? 그게 뭔데?"

원리는 고개를 갸웃했다. 그걸 본 코스케는 역시 평범하게 물어봐도 모른다는 걸 알고 다른 방향에서 물어보기로 했다.

"그럼, 신과 이야기해 본 적은?"

"그거라면 있어!"

이번에는 즉답이 나왔다.

"그 신의 이름을 들어 본 적 있어?"

"응! 스피카 님!"

왠지 모르게 예상하던 대답이 돌아왔다.

스테이터스를 살펴보니 【성신의 축복】이 【정령신의 가호】와 통합되었기에 연결점이 있는 신이라는 생각은 했다. 아마 정령신=성신=스피카 신이라는 뜻이겠지. 그래도 아직 단정할 수는 없지만, 자르나 에리스에게 물어 보면 대답해 줄 거다.

"스피카 님과는 언제든 이야기할 수 있어?"

"아니. 그 사당에 있을 때가 아니라면 이야기할 수 없는 것 같아……."

그렇게 말하며 시무룩해진 원리를 본 코스케는 허가를 받으면 교신용 신구를 만들어 줄 수 있다고 안심시켰다. 결국 코스케도 다른 멤버와 마찬가지로 원리에게는 무르니까.

"그렇구나……. 그래서? 지금까지 여기에 오지 않았던 건 어째서? ……아, 미안. 딱히 화가 난 건 아니니까."

"…………정말로?"

"정말이야 정말. 단지, 의아했을 뿐이야."

"스피카 님이 말렸으니까……."

과연. 코스케는 내심 납득했다. 스피카 신이 어째서 막았는지 신경 쓰이는 점이지만, 이것도 조만간 확인해 보기로 했다.

"그렇구나. ……전에도 말했지만, 여기에는 언제든 자유롭게 와도 괜찮거든?"

"응, 알고 있어! 게다가, 이제 코스케 오빠도 만났으니까 다음부터는 마음대로 해도 될 거야!"

"그렇구나?"

"응!"

기뻐하며 끄덕이는 원리를 보자, 코스케도 저도 모르게 원리의 머리를 쓰다듬고 말았다. 어릴 때의 버릇이 빠지지 않는지 그만두려고 하자 원리가 쓸쓸한 표정을 보였기에, 코스케는 억지로 고쳐야겠다는 마음이 사라져 버렸다.

◆

『그래서 저에게 연락한 건가요?』

『응. 나는 스피카 신하고는 교신한 적이 없으니까. 제대로 허가를 받는 게 낫겠지?』

『그건 뭐, 그렇습니다만…….』

에리스가 어째서인지 애매한 태도를 보였기에 코스케는 고개를 갸웃했다. 그녀가 이런 태도를 보이는 건 드문 일이다.

『뭔가 문제라도 있어?』

『아뇨. 딱히 없습니다. …………나 참……. 자르에 이어서 스피카까지…….』

후반부는 목소리가 작아서 코스케는 알아들을 수 없었다.

『응? 뭐라 말했어?』

『아무것도 아닙니다.』

『그래? 아무튼, 어째서 성장한 걸 알려 주지 않으려 했는지 물어봐 줬으면 해서.』

『알겠습니다. 그래도 아마 대단한 이유는 아니겠죠.』

『아, 역시?』

『네. 뭐, 그냥 그쪽이 더 재미있다는 이유라고 생각합니다.』

참 노골적인 말이었기에 코스케는 메마른 미소를 보냈다.

『그리고, 성신과 정령신은 역시 같은 신이야?』

『그렇습니다. 그보다도, 애초에 성신과 정령신을 나누는 건 어디까지나 그쪽의 구분이니까요. 정령신은 원래 *정(령)신이니까 똑같은 셈이죠.』

『흐~응. 별과 정령은 꽤 다른 느낌이 드는데 말이지.』

---

*성신과 정신은 모두 일본어 발음이 '세이신'으로 같다.

『그런가요? 그럼 당신 쪽에 있는……. 나나, 였던가요. 그녀는 대신이지만, 늑대(오오카미)와 대신(오오카미), 똑같다고 생각하시지 않나요?』

『응? 어라? 그런……가?』

코스케는 왠지 속고 있는 기분이 들었다.

『그렇게 깊이 생각하지 않는 게 좋다고요? 똑같은 발음이기에 똑같이 대우하는 건 자주 있는 일입니다. 물론 전부 그런 게 아니라, 그녀와 같은 특수한 조건을 만족해야만 하지만요.』

『흐응.』

『물론 성신도 정령신도 신이니까 그렇게 단순한 이야기는 아니지만……. 비슷하다고 생각해도 문제는 없을 겁니다.』

『그렇구나』

『그쪽을 자세히 알고 싶으시면, 저보다는 실비아에게 물어보는 게 좋아요.』

『어?! 그랬어?』

『그럼요. 저희는 역할을 분담해서 활동하고 있지만, 그쪽 호칭은 어디까지나 그쪽의 인간이나 아이들이 붙이는 거니까요.』

기나긴 역사 속에서 다른 존재라고 여겼던 신이 실은 동일했다는 일은 자주 있었다.

『흐~응. 뭐, 흥미가 생기면 나중에 물어볼게.』

일단 이번에는 성신=정령신이라는 걸 안 것만으로도 충분하다.

『……물어볼 생각 없으시죠? 뭐, 딱히 상관은 없지만요.』

에리스가 날카롭게 묻자, 코스케는 다시 웃으며 얼버무렸다. 에리스도 사실 현세에서의 호칭은 별로 흥미가 없었다. 진명인 에리사미르의 이름만 전해진다면 나머지는 아무래도 좋다고 생각하고 있으니까. 애초에 신의 이름(에리스로 따지면 태양신 혹은 태양의 여신)은 상황에 따라 달라지므로, 어느 의미로는 당연한 감각일지도 모른다. 그래도 이걸 진지하게 연구하는 성직자들이 본다면 졸도할지도 모르는 이야기라서 딱히 널리 퍼뜨릴 생각은 없다.

『슬슬 시간이 됐는데……. 그 밖에 묻고 싶은 건 있나요?』

『아니, 딱히 없어.』

『알겠습니다. 그럼 이만 실례하죠.』

『그래. 또 보자고.』

변함없이 교신은 갑자기 끝났다. 실비아와 에리스의 교신처럼 한마디로 끝나지는 않기에 그나마 나은 편이다. 코스케도 에리스가 바쁘다는 건 잘 안다. 오히려 이번에는 묻고 싶은 걸 다 물어봤으니 충분한 결과였다. 그리고 몇 시간 뒤에는 에리스가 실비아를 통해 원리용 교신구를 만들어도 된다는 연락을 해 왔기에, 코스케는 감사의 말밖에 떠오르지 않았다.

에리스를 경유해서 교신구 제작 허가를 받았기에 바로 원리와 함께 제8층 신사로 향했다. 이번에는 코스케가 직접 교신하는 게 아니라 실비아 때처럼 원리가 교신하기 위한 신구를 제작한다. 왜 제48층이 아니라 제8층이냐면, 제8층 백합의 신사 쪽이 교신하기 쉽다고 원리가 말했기 때문이다.

그런 생각을 하면서 교신구를 만들던 중, 갑자기 스피카 쪽에서 말을 걸어 왔다.

『겨우 만들어 주는 건가.』

어째서인지 원리와 교신하던 스피카 신이 코스케에게 직접 교신을 걸어 왔다. 지금은 교신구를 만들기 위해 원리와 코스케가 이어진 상태였기에 이런 일도 가능한 것이리라.

『나도 그분에 더해서 에리스 언니나 자르가 마음에 들어 하는 사람과 직접 이야기를 해 보고 싶었어.』

스피카 신은 마치 눈앞에 있는 것처럼 이야기했다.

『마음에 들어 하는 사람……이라고요?』

『그렇게나 빈번하게 교신하면서, 그렇지 않다고 부정할 셈이야?』

『아뇨. 그럴 생각은 없지만…….』

『음? 뭔가, 다른 여신들과 이야기할 때와는 태도가 많이 다르지 않나?』

『…………무리한 말씀은 하지 마세요. 첫 교신인 데다, 지금 신구를 만드는 중이라고요?』

편하게(?) 말하고는 있지만, 현재 코스케는 신구를 만드는 데 한창이다.

『흠. 그건 그런가. 미안하다. 하지만, 나도 에리스 언니나 자르와 똑같은 대우를 희망해.』

스피카와 이야기하면서 겨우 작업을 마친 코스케는 한숨을 한 번 내쉬었다.

『그러길 바란다면 그렇게 하겠지만……. 신을 상대로 괜찮은 건가? 새삼스럽긴 한데…….」

『정말로 새삼스럽네.』

상대방 쪽에서 하하하 하는 웃음소리가 들렸다. 에리스는 넘어가더라도 자르나 스피카는 신치고는 굉장히 친근한데, 코스케는 이래도 되나 싶었다.

『너는 괜찮아. 애초에 그곳에 있었다는 시점에서 충분히 자격이 있잖아?』

『…………무슨 자격?』

『우리와 친해질 자격, 이지.』

저도 모르게 그런 건가 납득하려던 코스케는 잠깐 기다리라며 생각을 고쳤다.

『아니아니, 그런 걸로?』

『뭐야. 듣지 못했나? 너에게는 그런 걸지도 모르지만, 네가 [상춘정]에 온 사건은 신들에게는 꽤 중대한 일이었다고?』

『뭐?! 그랬어?』

『그렇다니까. ……애초에 나름 오래 체류하고 있었는데, 그분과 에리스 언니 말고는 아무도 너와 만나지 못했다는 게 이상하다고 생각하지 않았어?』

『…………아수라와 에리스밖에 없는 줄 알았는데…….』

코스케의 말을 들은 스피카가 한숨을 내쉬는 기척이 났다.

『그럴 리가 없잖아? 뭐, 그만큼 철저하게 만나지 못하게 한 거겠지만…….』

『……뭐, 나는 그곳에서는 이질적인 녀석이었을 테니까.』

『아니아니, 잠깐. 그건 아니거든? 만나지 못하게 주의했던 건, 우리를 상대로야.』

『어? 무슨 소리야?』

『너라는 존재는, 이곳에서는 그만큼 드문 존재였거든. 드문 수준이 아니라, 처음이었지.』

『흐응~.』

『그 정도로 드문 너라는 존재가 있다는 게 알려지면, 틀림없이 너는 우리 안의 동물 취급을 받았을 거야. 그분도 에리스 언니도 그걸 피하고 싶었겠지.』

『으헤엑.』

그 광경을 상상한 코스케는 인상을 찌푸렸다.

뭐, 실제로 그런 일은 일어나지 않았으니까 코스케로서는 두 사람에게 감사할 수밖에 없다.

『기회가 왔으니 말하는 건데, 애초에 [상춘정]은 완전히 닫힌 세계였어. 이 세계가 열리는 때는 이렇게 교신하거나, 혹은 우리 중 누군가가 아스가르드에 강림할 때 정도였지.』

『그렇구나.』

『응. 하지만, 그때는 딱히 아무도 강림하지 않았는데도 너라는 존재가 갑자기 나타난 거야. 너의 존재를 처음으로 눈치챈 그분도 무척 당황하셨겠지.』

코스케는 그러고 보니 어째서 그런 일이 벌어진 건지 원인을 모르겠다고 들었던 걸 떠올렸다. 그때는 코스케 자신이 날아온 이유를 모른다고 생각했는데, 그것 말고도 모르는 게 있었다는 것이리라.

『그러고 보니, 내가 날아오게 된 원인은 알아냈어?』

『글쎄, 어떨까. 적어도 나는 몰라. 아마 에리스 언니도 모르겠지. 그분이라면 어쩌면 아실지도 모르겠지만.』

『그렇구나……. 흐~음.』

『……별로 흥미는 없어 보이네?』

『으~음. ……뭐, 없다고 하면 거짓말이 되겠지만, 무리하면서까지 알고 싶지는 않을지도?』

『어째서지?』

『그야, 만약 알 필요가 있다면 아수라가 바로 가르쳐 줬을 테니까?』

『…………후후후후후.』

갑자기 웃음소리가 들리자 코스케는 고개를 갸웃했다.

『……어라? 지금, 웃을 일인가?』

『아니. 미안. 과연. 그분이 마음에 들어 하실 만하다고 생각했을 뿐이야.』

참고로, 지금 이야기하는 스피카도 그렇지만 에리스나 자르도 아수라의 이름을 입에 올리는 일은 거의 없다. [상춘정]에 있을 때의 에리스는 그렇지 않았기에, 코스케는 뭔가 이유가 있으리라고 짐작하고 있었다. 이건 코스케의 감상인데, 어쩌면 아수라의 이름은 이 세계에서는 가볍게 입에 올려서는 안 되는 걸지도 모른다.

『네가 입에 담는 정도는 문제가 없어.』

생각을 읽었는지, 스피카가 그렇게 대답해왔다.

『또 자연스럽게 생각을……. 뭐, 상관없나. 새삼스럽기도 하고.』

코스케는 그렇게 말하고는 포기한 듯 한숨을 내쉬었다.

『그래서, 왜 당신들은 이름을 말하지 않아?』

『우리가 그 이름을 입에 올리면, 세계에 주는 영향이 너무 크니까.』

『그렇구나?』

『그렇지.』

잘 모르겠지만, 코스케도 그런 거라고 납득할 수밖에 없었다.

『아, 맞다.』

『뭔데?』

『이번에 만든 교신구는 원리용이라고 들었는데, 당연히 자신 (코스케)용도 만들겠지?』

『…………알겠습니다. 만들겠습니다.』

처음 대화하는 것이지만, 코스케는 왠지 스피카가 넌지시 암시하는 내용을 알 수 있었다.

지금 이건, 꼭 만들지 않으면 용서하지 않겠다는 위협이다…….

『그렇지는 않아. 그저, 에리스 언니용도 자르용도 가지고 있으니, 나를 위한 것도 원한다고 생각했을 뿐이야.』

스피카 신은 곧바로 코스케의 마음속 생각을 읽은 것처럼 지적했다. 쓸데없는 곳에서 신의 힘을 쓰지 말아 줬으면 좋겠다.

『만드는 건 상관없지만……. 정말로 신구를 숨풍숨풍 만들어도 되는 건가?』

『……네가 이제 와서 그런 말을 하는 건가?』

『…………그랬었죠.』

지금까지의 신구 제작에 관해서는 완전히 코스케가 주범이다. 에리스용과 자르용 교신구는 직접 의뢰를 받기도 했지만, 만든 건 코스케니까 책임을 회피할 수는 없다.

『뭐, 네가 만드는 정도라면 그리 걱정할 필요는 없어.』

『……그런가요?』

『뭐, 그야말로 적당히 한다면, 말이지.』

스피카 신은 보장을 받으면 폭주할 것만 같은 코스케에게 못을 받았다. 여기서 섣불리 대답하면 코스케가 또 이것저것 저지를 것 같았기에 예방선을 친 것이리라.

원리를 위한 교신구를 만들러 왔을 뿐인데 어느새 스피카용 교신구 제작을 약속한 데다, 앞으로의 신구 제작에 어느 정도 제약이 걸려 버린 영문 모를 상황이 벌어지자, 코스케는 고개를 갸웃할 수밖에 없었다.

◆쉬어가는 이야기 1 두 정령사

　세실과 알리사의 하루 일은 신사 청소로 시작된다. ……사실은, 하루 대부분이 청소만으로 끝나 버린다. 두 사람에게 배정된 신사는 코스케가 백합의 신사라 이름 붙인 신사만이 아니게 되었으니까. 지금은 제48층에 있는 신사도 관리를 맡고 있다. 그쪽 신사는 작은 건물이라 혼자 청소해도 하루 정도면 어떻게든 된다. 제48층에 있는 신사는 사흘에 한 번 청소하고 있기에, 두 사람만으로도 두 신사를 청소하고 있다.

　그래서 처음에는 두 신사의 청소만으로도 힘겹게 매일을 보내고 있었다.

　하지만, 인간은 익숙해지는 생물이다. 루틴 워크처럼 하다 보니 서서히 시간 여유도 생겼다.

　그런 어느 날의 일이다.

　"세실~. 알리사~. 놀러 갈게~."

　여느 때처럼 원리가 그렇게 말하며 신사를 뛰쳐나갔다.

　"조심해야 해~."

　알리사도 평소처럼 대답했다. 신사 주변을 둘러싼 결계에서 나가면, 그곳은 마물이 언제 오더라도 이상하지 않은 곳이다. 원래는 원리 같은 조그만 아이가 그런 곳에 가는 건 위험하지만, 원리가 평범한 아이가 아니라는 건 두 사람도 이미 알고 있다. 그렇기에 주의만 주고 보낸 거다.

그런 평소의 광경 이후 드문 일이 일어났다. 탑의 관리자 멤버 중한 명인 콜레트가 백합의 신사를 찾아온 것이다. 콜레트가 온 것 자체는 그리 드문 일은 아니다. 그러나, 그건 대부분 코스케와 함께 오는 것이라 이번처럼 혼자 오는 일은 좀처럼 없었다.

콜레트의 방문을 처음으로 알아챈 세실이 대응하게 되었다.

"아, 콜레트 님. 어쩐 일이신가요?"

님으로 불린 콜레트는 약간 표정을 찡그렸다. 세실에게도, 알리사에게도 그렇게 부르지 않아도 된다고 코스케까지 포함해서 말하고 있지만, 두 사람은 완고하게 양보하지 않고 있다. 그걸 아는 콜레트도 새삼 정정하지는 않았다. 그렇지만 익숙하지 않은 호칭이라 표정이 달라지는 건, 어떤 의미로는 콜레트다울지도 모른다.

"그게, 잠시. ……유리 님과 이야기를 하고 싶어서 왔어."

"유리 님과…… 말인가요?"

유리란 백합의 신사에 깃든 요정으로, 세실도 이미 알고 있다.

"유리 님은 지맥의 힘을 쓰는 요정이니까. 조금이라도 이야기를 들어 둘까 해서 말이야."

"그러신가요."

콜레트의 방문 이유를 알게 된 세실은 바로 유리가 있을 법한 곳으로 안내했다.

그래도 유리는 애초에 이 신사에 깃든 요정이다. 신사 안에 한정

한다면 어디에서나 나올 수 있다.

콜레트와 유리의 대화는 유익했던 모양이었다. 세실은 이야기 내용을 전혀 알 수 없었지만, 두 사람의 즐거운 표정을 보면 그 정도는 알 수 있다.

그러자 갑자기 콜레트가 말했다.

"그건 그렇고……. 알리사도 여기에 데려와 줄래?"

"네?……아, 알겠습니다."

세실은 갑작스러운 요망에 고개를 갸웃하면서도 알리사를 부르러 갔다.

어느 곳을 청소할지는 정해 두고 있었기에, 어디 있는지는 대략 예상이 간다. 예상한 그 방을 청소하던 알리사를 확보한 세실은 바로 두 사람이 있는 방으로 돌아왔다.

"알리사를 데려왔어요."

"아, 미안해. 고마워."

콜레트는 그렇게 말한 뒤, 세실과 알리사의 얼굴을 교대로 바라보기 시작했다. 그런 콜레트를 본 두 사람은 내심 고개를 갸웃했다. 한동안 두 사람을 바라보던 콜레트는 이런 걸 물었다.

"두 사람, 정령술은 쓸 수 있어?"

갑자기 그런 질문이 나오자, 세실과 알리사는 모두 고개를 내저었다.

""그럴 리가 없잖아요!""

대답이 멋지게 겹쳤다.

"그래?……으~음."

콜레트는 그렇게 말하고는 다시 두 사람을 보며 고개를 갸웃했다. 콜레트의 그런 태도를 보자 세실과 알리사는 흠칫흠칫했다. 자신들이 무심코 뭔가 저지른 게 아닌가 생각했기 때문이다. 그런 두 사람을 위해, 여전히 나와 있던 유리가 도움을 줬다.

"콜레트 님. 이 두 사람이 뭔가 했나요? 두 사람도 잘 모르는 것 같은데요?"

유리가 그렇게 말하자, 겨우 콜레트는 두 사람이 착각하고 있다는 걸 깨달았다.

"아아. 아니. 그런 건 아니야. 뭔가 실패하거나 그런 건 아니니까 안심해도 돼."

콜레트의 말을 들은 두 사람이 겨우 안도의 한숨을 내쉬었다.

"그럼, 뭔가 있었나요?"

"뭔가 있었다기보다는…… 유리 님도 모르시나요? ……아니면 아까까지의 이야기로 제가 민감해졌을 뿐인가요?"

콜레트가 그렇게 말하자, 유리는 다시 두 사람을 주시하고는 그녀가 뭘 말하려고 하는지 바로 알아챘다. 그래서 동시에 놀란 표정을 보였다.

"어머어머……. 이건 또…….."

"아, 유리 님도 눈치채셨다는 건, 역시 저의 착각은 아닌 거죠?"

"그러네요. 처음 만났을 때는 없었으니까, 여기 있는 사이에 얻게 된 거겠네요."

두 사람을 놔둔 채 대화를 이어가는 콜레트와 유리를 보자, 알리사가 의문을 던졌다.

"저, 저기. 무슨 이야기이신가요?"

알리사의 질문을 받은 콜레트와 유리는 얼굴을 한 번 마주하고는 끄덕였다.

"그게 말이지……. 두 사람은, 정령을 다룰 수 있게 되었어."

""…………네?""

"정령사로서의 소질을 얻게 된 거야."

""……네엣~~~?!""

콜레트의 갑작스러운 말을 듣자, 세실과 알리사는 큰소리를 내지를 수밖에 없었다.

눈앞에 있는 콜레트가 저도 모르게 양손으로 귀를 막았을 정도다.

"…………그렇게 놀랄 일이야?"

"……정령사…… 내가…….."

"……거, 거짓말이지?"

두 사람의 놀란 모습을 보자 콜레트는 고개를 갸웃했지만, 두 사람 모두 듣지 않았다. 모두 큰소리를 내지른 뒤에는 멍한 표정을 짓고 있다.

"어~~이! 두 사람, 슬슬 돌아와~."

콜레트는 그렇게 말하며 두 사람의 눈앞에서 손뼉을 짝 두드렸다.

그 소리를 듣자, 두 사람이 겨우 정신을 차렸다.

"저, 저기, 죄송합니다. 갑작스러워서…….."

"설마 그런 일이 저한테 일어나다니…….."

두 사람은 과도하게 놀라고 있지만, 물론 그것에는 이유가 있다.

두 사람은 지금 노예지만, 만약 마법이나 그와 동등하다는 정령술을 다루는 재능이 있었다면 애초에 탑에 고용될 일이 없었으리라. 두 사람은 모두 마법적 재능은 없다고 생각해 왔다. 그런데 갑자기 정령을 다룰 수 있게 되었다는 말을 들었으니 놀라지 않을 수 없었다.

크라운에 고용되었을 때는 두 사람도 자신의 크라운 카드를 만들어 스킬 레벨을 체크했는데, 처음에 만든 이후에는 카드 갱신을 하지 않았다. 그래서 정령술을 다룰 수 있게 된 걸 알아채지 못한 거다.

콜레트는 일단 관리층으로 돌아가서 바로 코스케를 데리고 왔고, 그걸 알게 된 두 사람이 더욱 당황하게 되는 건 바로 직후의 일이었다.

제3장 탑을 더욱 발전시키자

(1) 탑의 성장

원리가 성장한 걸 확인한 다음 날. 관리 메뉴에서 로그를 확인해 보니, 탑 LV이 9가 되었다.

....

한 번 눈을 비벼 봤지만, 틀림없었다. 코스케의 인식에서 어제까지 탑 LV은 7이었다. 탑 LV 8은 대체 어디로 갔나 해서 자세히 확인해 보니, 제대로 LV 8 기록도 남아 있었다. 코스케가 놓친 게 아니라, 어젯밤 LV 8로 레벨 업한 것과 LV 9로 레벨업한 것이 동시에 처리되어 있었다. 결과적으로 탑 LV 9의 로그가 앞에 남아서 LV 8을 날려 버린 듯 보인 것이다.

어째서 LV 8과 LV 9가 같은 날 동시에 처리되었는가. 더 자세히 조사해 보니, 그 이유는 LV 해방 조건에 있었다. LV 8 해방 조건 중 하나로 《일정 랭크 이상의 소환수를 권속으로 삼는다》가 있었다. 또한, LV 9에는 《신족 또는 그에 속하는 자를 권속으로 삼는다》가 있었다. 그걸 고려하면, 나나가 신수가 되었기에 LV 9 조건을 먼저 만족했다. 그 후에 원리가 LV 8 조건을 만족해서 LV 8과

LV 9가 동시에 해방된 모양이었다. 지금까지 나온 로그를 본다면 그렇게 판단할 수밖에 없었지만, 평범하게 생각하면 이상했다. 애초에 코스케는 나나와 원리가 진화(?)한 게 언제인지 정확한 날짜를 모른다. 우연히 만났을 때 진화한 걸 알았을 뿐이다. 원리가 먼저 진화했다고 해도 이상하지 않다. 그런데도 탑의 관리 메뉴는 코스케가 확인한 순서대로 인식했다.

이건 어떻게 된 걸까.

코스케는 한동안 고개를 갸웃하며 고민했지만, 어떤 원리로 이런 일이 일어났는지 알 수 없었다. 모두에게도 물어봤지만, 마찬가지로 다들 고개를 갸웃했다. 애초에 탑이 어떤 원리로 움직이는지조차도 잘 모르기 때문이다. 생각해 봤자 해답이 나올 리 없었기에, 결국 최종 수단에 의지하기로 했다.

『……그래서, 저에게 해답을 구하시는 겁니까?』

『아, 응. 뭐…… 가능하면 알려 달라는 거니까, 꼭 알고 싶은 건 아니지만.』

『그런가요……. 하지만…… 유감스럽게도 가르쳐드릴 수는 없습니다.』

코스케는 에리스의 대답에도 딱히 침울해하지 않고 오히려 당연한 듯 고개를 끄덕였다.

『그렇겠지. 뭐, 어쩔 수 없나…….』

『잠깐만요. 코스케 님은 아마 착각하고 있으신가 보네요.』

『……무슨 뜻이야?』

『제가 해답을 알면서도 가르쳐 주지 않는다고 생각하고 있지 않으신가요?』

『아니야?』

『아닙니다. 애초에 제게 탑에 관한 일은 관할 밖이라서요.』

예상 밖의 대답이었기에 코스케는 놀랐다.

『엥? ……그랬어?』

『그렇죠. 예전에도 말씀드린 적이 있는데, 저희는 각자 역할 분담이라는 게 있습니다.』

『응. 그건 들었어.』

『탑에 관한 일은, 저희가 아니라 그분의 관할로 되어 있습니다.』

『흐응~. 그렇구나.』

『그런 겁니다. 그러니 저도 해답은 알지 못해요.』

『그렇구나. 그럼 어쩔 수 없네.』

해답을 알면서도 가르쳐 주지 않는 게 아니라, 처음부터 해답을 모른다면 어쩔 수 없다. 만약 에리스가 해답을 알고도 가르쳐 주지 않았더라도 코스케는 딱히 신경 쓰지 않았겠지. 그런 걸 생각하고 있는데, 다른 목소리가 끼어들었다.

『그렇지. 모르니까 어쩔 수 없지.』

아수라였다.

『…………꺄앗?!』

에리스에게도 갑작스러운 일이었는지 웬일로 비명이 들려왔다.

『어머어머. 그렇게 놀랄 일이야?』

『노…… 놀라게 하지 말아 주세요!!』

『미안, 미안. 설마 그렇게 놀랄 줄은 몰랐어.』

애초에 아수라가 이렇게 교신에 끼어드는 일은 거의 없다. 게다가 에리스에게도 그녀가 이렇게 기습적으로 끼어든 건 처음 있는 일이었다.

『웬일이야?』

『어쩔 수 없잖아. 당신과 이야기할 기회는 좀처럼 없으니까. 그러면서도 다른 아이들과는 당당하게 이야기할 수 있게 되었고.』

약간 토라진 듯한 아수라의 목소리가 들려왔다.

『아무리 그래도…… . 아수라와 직접 이야기할 수 있는 교신구는 만들 수 없잖아?』

『……하아. 그렇지. 지금의 당신으로는 무리지…… . 빨리 만들 수 있게 되어 줘.』

『아하하하(땀). 어떻게든 애써 보겠습니다.』

애초에 코스케는 아수라용 교신구를 어째서 만들지 못하는지도 모르기에 앞길은 멀어 보인다.

『뭐, 좋아. 그보다도 시간이 없으니까 그냥 해답을 말하자면, 애초에 탑은 마스터와 링크되어 있으니까, 마스터인 코스케가 인식한 시점에서 처리를 진행하고 있어.』

『진화(신화?)를 먼저 확인한 게 나나였으니까, 탑도 그쪽을 먼저 인식했다는 거?』

『그런 셈이지.』

『그렇구나. ……어라? 하지만 식물 같은 건 평범하게 표시되었는데?』

『그건 그렇지. 원래 탑에 나 있었던 거니까.』

『다른 사람들이 가져온 것들은?』

『탑에 설치할 수 있었다면, 바로 인식해서 메뉴에 표시될 거야.』

『어, 모순되지 않아?』

코스케가 인식하지 않으면 처리하지 못한다는 게 조금 전 아수라의 말이었다.

『탑 LV과 설치물 확인은 별도의 처리가 이루어지고 있어. 당신이 알기 쉽게 말하자면, 다른 프로그램이 움직이고 있다고 해야할까?』

탑 LV은 어디까지나 코스케가 인식한 것을 LV 업 조건으로 인식하고, 그 이외에는 자동으로 인식하고 있다는 것이다.

『멋대로 움직이는 심장과, 자기가 움직이지 않으면 움직이지 않는 손발 같은 차이?』

심장은 멋대로 움직이지만, 손발은 자기가 움직이려 하지 않는 한 움직이지 않는다. 이 경우에는 심장에 해당하는 게 설치물 확인 시스템이며, 손발(두뇌 포함)에 해당하는 게 탑 LV 시스템이라는 거다.

『으…음……. 뭔가 미묘하게 다르지만……. 지금은 그렇게 이해하는 게 나을까?』

반면 아수라의 대답도 미묘했다.

『아무튼 탑 LV 시스템만큼은 다른 인식 방법으로 움직이고 있다고 생각하면 돼.』

『……으~음. 아무튼 알았어.』

뭔가 소화불량 같은 느낌이었지만, 이 이상 물어봐도 해답이 나올 것 같지 않았기에 코스케도 그렇게 대답하기로 했다.

『그래? 그럼 나는 이만 일 하러 돌아갈게.』

『응. 일부러 와 줘서 고마워.』

『괜찮아. 이런 일이라도 없으면 이야기할 수 없으니까. 그럼 갈게.』

아수라가 그렇게 말하자, 코스케는 어렴풋이 이 자리에서 그녀가 사라진 기척을 느꼈다.

『그나저나 괜찮은가? 이런 걸 직접 가르쳐 주다니…….』

『그분이 괜찮다고 판단하셨으니 지금 말씀해 주신 거겠죠.』

『그것도 그런가.』

에리스의 답변에 코스케도 수긍했다. 공략본 수준도 아니고 개발자(운영진?)가 직접 해답을 알려 준 셈이니만큼, 새삼스럽지만 왠지 켕기는 기분이 들었다.

『그럼 처음부터 저한테 질문하지 않는 게 낫지 않았을까요?』

『……정말이지 말씀하신 그대로입니다.』

코스케는 에리스의 날카로운 의견에 동의할 수밖에 없었다.

탑 LV 8…… 상급 마물 소환진 해방, 상급 설치물 해방

탑 LV 9…… 상급 마물 소환진 추가, 상급 설치물 추가, 특정 지형 설치

이것이 탑 LV 8과 LV 9의 추가 내용이다. 마침내 상급 마물 소환

진이 해방되었다. 하지만 유감스럽게도 해방된 종류는 적었다. 소환할 수 있는 종류를 늘릴 수 있는지가 향후 과제가 되리라.

예전에 [난화 소환진(10마리)] 때 새로운 소환진을 추가로 늘릴 수 있었지만, 상급 마물 소환진이 시스템에 등록되지는 않았다. 이번 레벨 업으로 상급 마물 소환진이 추가되었으니, 리스트에 없는 소환을 할 때 시스템에 등록되는지 확인하고 싶었다. 모처럼 기회가 왔으니, 등록된 소환수를 권속으로 삼은 뒤 코스케가 제작한 소환진을 시험해서 비교해 보는 것도 괜찮을지도 모른다.

또한, 새로운 설치물도 해방되었다. 설치물은 코스트도 많이 들지만 그만큼 혜택도 많아 보이는 게 늘었다. 그렇지만 현재는 세계수 층을 다른 계층과 합성하기 위해 신력을 모으고 있기에 너무 쓸데없는 지출은 하고 싶지 않았다. 서두를 필요도 없으니 새로운 설치물은 계속해서 검토해 보기로 했다.

그리고 탑 LV 9에서 추가된 [특정 지형 설치]는, 지정한 지형에 특정 지형을 덧붙일 수 있다. 예를 들어 어느 계층에 산이 있다면, 그곳에 광맥을 추가할 수 있다. 당연하게도 원하는 지형을 추가할 수는 있지만 코스트가 높아진다. 힐끔 본 정도였지만, 최저라도 100만 PT(신력)~이었다. 그래도 지형 자체를 추가할 수 있으니 유용성을 고려하면 비싸지는 않은 편이다.

새로운 소환진이 추가된 만큼 코스케는 바로 그것들을 설치하고 싶은 욕망에 휩싸였지만, 결국 당초 예정대로 제73층(세계수)에 계층 합성을 진행했다.

지금까지는 예전에 합성한 제11층에 더해서 제12층~제14층까지 합성했다. 장소는 각각 제73층을 중심으로 전후좌우 십자 모양이 되도록 배치했다. 참고로 합성한 각 계층 옆에 다른 층을 더 합성해 보려 했지만 불가능했다. 코스케는 아마 합성할 수 있는 건 전후좌우 4층과 대각선 4층을 합친 주위 8층 분량이 최대라고 예상 중이다. 어쩌면 8층을 합성한 단계가 되면 다시 그 주변 분량이 추가될지도 모른다.

합성할 때마다 제73층에 가 봤는데, 딱히 커다란 변화는 없었다. 유감이지만 세계수(에세나) 자체에도 예전 같은 변화는 일어나지 않았다. 이유를 물어보자, 지맥의 조정이 따라잡지 못하는 모양이었다. 듣고 보니 납득할 수 있는 이유였다.

토지가 넓어진 것 자체는 딱히 문제없다고 해서 지맥 조정을 기다리지 않고 남은 4층 분량도 합성할 예정이다. 그 후에 더욱 넓힐 수 있게 된다면 그때 다시 생각해 보기로 했다. 조바심을 내며 넓혀 봤자 세계수(에세나)의 지맥 조정이 따라잡지 못하면 의미가 없으니까.

세계수(에세나)는 계층 합성으로 변하지 않았지만, 다른 건 변했다. 옛 세계수인 돌리다. 그래도 모습이 변한 건 아니다.

"다룰 수 있는 힘이 늘어났어요."

직접 돌리의 나무 근처까지 온 코스케에게 그녀가 그렇게 말했다.

"힘이?"

코스케가 고개를 갸웃하자, 돌리가 수긍했다.

"저는 원래 세계수였지만, 지금은 돌리의 나무 그 자체죠. 그러니 당연하지만, 세계수의 힘은 쓸 수 없어요."

"응."

"세계수의 힘이란, 간단히 말하면 지맥의 힘을 흡수해서 신력으로 변환하는 힘이에요. 정령들은 그때 발생한 힘을 원동력으로 해서 모이는 거죠."

"응."

"하지만 세계수가 아닌 지금의 저는, 주변 나무들의 힘을 모아 정령들을 부를 수 있어요."

"어?! 그래?"

처음 듣는 이야기였기에 코스케는 놀랐다.

"그래요. 아니, 그렇게 되었다는 표현이 맞을까요?"

"무슨 소리야?"

"처음에는 이 나무에 깃들 뿐인 존재였어요. 하지만, 코스케 님이 힘을 주셔서 그런지 주변 나무들에게서 힘을 모을 수 있게 된 것 같아요."

"힘? 줬던가?"

코스케는 딱히 뭔가를 한 기억은 없었다.

"······이름을 지어 주시지 않았나요?"

"뭐?! 그런 걸로?"

확실히 돌리에게 이름을 지어 주자 반투명했던 그녀가 평범한 모습이 되었다. 그러나 이름을 지어준 것만으로 그런 일이 가능할 줄은 생각지도 못했다.

"네. 제가 원래 세계수였던 이유도 있다고 생각해요. 세계수는 지맥의 힘을 사용하지만, 저는 주변 나무들의 힘을 쓰는 느낌일까요?"

"흐응. 그렇구나."

"그래서, 지금부터가 본론인데요……."

"응?"

"주변 나무들의 힘을 쓴다는 건, 가까이 있는 나무가 늘어나면 당연히 저의 힘도 늘어나는 거라……."

"아…… 혹시?"

"네. 계층 합성……이었나요? 그로 인해 삼림이 늘어난 덕분에, 저의 힘도 늘어났어요."

"흐음. 그렇구나. 그런 거였어."

[계층 합성]을 진행한 제11층~제14층은 삼림지대 계층이다.

세계수 주변은 역시 삼림이라는 코스케 나름의 지론(고집이라고도 한다)으로 삼림 계층을 합성했다.

그것이 생각지도 못한 형태로 공헌한 것이다.

"설마, 세계수처럼 신력이 발생한다거나?"

코스케가 묻자, 돌리는 고개를 내저었다.

"아뇨. 아무리 그래도 그건……."

"아냐. 그냥 확인이니까. 그렇게 간단히 세계수와 똑같은 게 가능하리라고는 생각하지 않았어."

"그런가요……."

코스케가 커버해 줬지만, 그래도 돌리의 표정은 약간 흐렸다. 탑에 있어서 신력이란 어떤 것인지 예전에 콜레트에게 들었기에 돌리도 유감스러웠던 것이리라.

"으음……. 그래서? 힘이 늘어나서 뭐가 가능하게 된 거야?"

"네. 정령들이 모이기 쉬워진 것도 있지만, 메인은 주변 환경을 정리할 수 있게 된 걸까요?"

"……뭐?!"

"나무나 식물들을 조정해서, 주변 토지를 정리하는 힘이 늘어났어요."

"그건 지맥에 영향을 주나?"

"물론이죠."

"그건, 혹시 세계수에게는 중요한 역할 아닌가?"

"네. 그렇게 되죠."

태연하게 수긍한 돌리를 보면서 코스케는 저도 모르게 신음했다.

"아니, 그건 세계수가 있는 이 계층에는 매우 중요한 힘 아닌가?"

필사적으로 토지를 조정하던 엘프가 들으면 저도 모르게 현기증을 일으킬 이야기다.

"그랬었죠. 하지만, 사람의 손이 꼭 필요한 부분도 있으니까 엘프들의 힘도 필요해요."

"아, 그렇구나."

"물론이죠."

그걸 들은 코스케는 왠지 안심한 기분이 들었다. 함께 이야기를 듣던 콜레트와 셰릴의 얼굴이 약간 굳어져 있던 건 결코 기분 탓이 아니겠지. 게다가 돌리도 알고 있었는지 부드럽게 웃으며 두 사람을 바라봤다.

"우리 식물은 스스로 움직일 수 없으니까…… 아무래도 삼림을 어지럽히는 이들에 대한 대처는 필요하거든요."

그게 아니더라도 탑의 계층은 마물이 자연 발생한다. 그런 마물에 대한 대처를 엘프들이 하는 거다. 원래 엘프들의 역할은 그런 것이었다. 돌리의 말을 듣자, 이 자리에 있던 두 엘프는 겨우 안심한 표정을 보였다.

(2) 새로운 생명

제73층의 [계층 합성]을 마친 뒤에는 소환수들이 지내는 계층을 정리하기로 했다.

먼저 늑대가 있는 계층이다. 굳이 늑대의 숫자를 늘리지는 않고 어떤 변화가 일어나는지 조사해 봤는데, 생각보다 큰 차이가 생겼다. 저계층 두 층(제7층과 제9층)과 중계층 한 층(제47층)으로 나눠서 변화를 비교했는데, 역시나 중계층 늑대들의 성장이 빨랐다. 그리고 무엇보다 검은 늑대로 변하는 확률이 달랐다. 저계층 두 층은 약 100마리 중 40마리 정도가 검은 늑대로 진화했지만, 제47층에서는 60마리 가까이 진화를 이뤄냈다. 게다가 나나가 상주하는 일이 많아서(다른 층에도 얼굴을 내밀고는 있다) 그런지, 흰 늑대로 진화하는 개체도 나왔다. 현재 제47층에는 검은 늑대 약 60마리, 흰 늑대 20마리가 진화해서 존재한다.

나나처럼 【흰 늑대신】이 되는 개체가 나올지 기대하고 있지만, 유감스럽게도 그렇게까지 진화한 개체는 아직 나오지 않았다. 스킬만 봐서는 아직 먼 것 같다. 나나 때를 생각하면, 【백은대신】은 몰라도 【흰 늑대신】 정도는 기대하고 싶다.

만약 몇 마리라도 【흰 늑대신】으로 진화한다면, 나나와 그 몇 마리, 이후에는 흰 늑대와 검은 늑대를 데리고 드디어 고계층에 거점을 만들어도 괜찮겠다고 생각하고 있다. 【흰 늑대신】이 태어나지 않더라도 나나가 있다면 문제는 없어 보이지만, 나나가 고계층에 계속 붙어 있는 것도 좀 그러니까.

그렇게 고민에 잠겼던 코스케는 문득 생각을 그만뒀다. 이렇게 혼자 앞날을 생각하는 것도 즐겁지만, 굳이 혼자서 고민할 필요는 없다고 생각을 고쳤기 때문이다. 무엇보다 늑대를 잘 아는, 말이 통하는 상대가 있으니까. 그렇기에 코스케는 아마 나나가 있을 제47층으로 향했다.

코우히와 콜레트를 데리고 제47층을 찾은 코스케는 바로 허탕을 쳤다. 나나가 없었기 때문이다. 일단 다른 늑대와 인사(쓰담쓰담)만 나누고 다른 층을 찾으려고 전이문으로 향하자, 그 나나가 미츠키를 동반해서 전이문에 나타났다. 코스케가 걸어오자 보통 사이즈의 나나가 달려와 인사를 겸한 태클을 날렸다.

"하아. 변함없이 잘 따르네."

콜레트가 약간 어이없다는 듯 중얼거렸다.

"이 모습을 보고 있으면 도저히 대신님으로는 안 보이는데……."

나나의 진화를 확인한 뒤 콜레트에게 들은 이야기인데, 숲의 백성이라 불리는 엘프족 중에서는 대신을 신앙하는 이들도 일부 있다고 한다. 원래 대신은 숲과 함께 살아가는 짐승신이라 엘프가 신앙하는 건 극히 자연스러운 흐름이다. 하지만, 아득한 옛날에는 어느 정도 숫자가 있었던 대신도 점차 줄어들다가 결국에는 모습을 보이지 않게 되었다. 오랜 수명을 가졌다고 알려진 엘프들 사이에서도 전설로 전해질 만큼 옛날이야기이기에, 대신을 신앙하는 엘프족이 줄어드는 것도 극히 자연스러운 일이었다. 그러나, 신앙이 줄어들었다고 해도 대신의 이야기 자체는 여전히 전설, 혹은 설화로 이어지고 있다.

그런 이유로, 대신의 이야기를 설화로 들으며 자란 콜레트는 눈앞에서 그 늑대가 코스케를 잘 따르는 모습을 보며 어이없어하는 중이었다. 그래도 이 정도로 끝나는 건 【백은대신】으로 진화하기 전의 나나를 알고 있기 때문이다. 콜레트는 그걸 모르는 제73층 엘프들이 나나의 모습을 본다면 어떻게 될까 궁금했다.

한바탕 나나의 응석을 받아준 코스케가 미츠키에게 물었다.

"그래서? 어째서 나나가 미츠키와 같이 여기 있어?"

"나나가 코스케 님을 찾아 관리층에 왔었거든."

나나가 관리층에 올 목적은 하나밖에 없기에, 미츠키가 확인하자 나나도 바로 수긍해서 알게 된 거다.

"어라. 엇갈리고 말았나."

"그런 모양이야. 나나는 제7층에서 관리층에 온 것 같으니까."

"제7층에서? 무슨 일 있었어?"

"그런 것 같아. 나도 자세히는 못 들었지만."

"응? 그래?"

"그렇다니까. 물어봐도 안 가르쳐 주더라. 뭐, 안 좋은 소식은 아닌 모양이지만."

"흐응. ……뭐지?"

코스케와 미츠키는 동시에 고개를 갸웃했다. 두 사람을 옆에서 보던 나나도 어째서인지 마찬가지로 고개를 갸웃하고 있다.

"으응~. 역시 나나는 귀엽네……."

그 모습을 본 코스케가 참지 못하고 나나의 목덜미를 쓰다듬었다. 나나도 기뻐하며 꼬리를 흔들었다.

"……아~. 그 마음은 정말 잘 이해하지만, 이야기가 진행되지 않으니까 적당히 해."

내버려 두면 코스케는 하루 종일 똑같은 일을 할 것 같았기에 콜레트가 못을 박았다.

"아아. 그랬지 그랬지. ……그래서? 나나는 무슨 용건으로 나에게 온 거야?"

코스케가 묻자, 나나는 전이문으로 성큼성큼 걸어갔다.

"따라오라네."

나나의 말을 통역한 콜레트가 코스케에게 말했다.

코스케는 내심 고개를 갸웃했지만, 들은 대로 나나의 뒤를 따라 전이문으로 향했다.

나나가 향한 곳은 제7층이었다. 그곳에 세 개 설치된 축사 중 하나로 향했다.

축사로 들어오기 직전, 어째서인지 나나가 "웡." 하고 울었다. 보통은 딱히 울지 않아도 다른 늑대가 나나를 무리의 리더로 받아들인다. 코스케는 그렇게 알고 있었다. 일부러 울었다는 건, 뭔가 있다는 뜻이다. 그렇지만, 유감스럽게도 코스케는 늑대의 그런 자잘한 변화까지는 알 수 없다. 나나는 그대로 축사 안으로 들어가서 어느 마구간 앞에 섰다. 동시에 코스케 일행은 어째서 나나가 자신들을 이리로 데려왔는지 알게 되었다. 그곳에는 어미 늑대한 마리와, 그 젖을 빨고 있는 여섯 마리의 새끼 늑대가 있었다. 매우 귀여웠지만, 그 새끼 늑대에게 손을 뻗으려는 어리석은 사람은여기에 없다.

그도 당연하다.

애초에 이런 모습을 보여 주는 것조차도 보통은 있을 수 없는 일이니까. 틀림없이 나나가 있기에 어미 늑대도 어느 정도 안심하고 모습을 보이는 것이리라. 어미 늑대는 일반적인 회색 늑대가 아니라 검은 늑대였다. 갓 태어난 새끼 늑대 역시 털은 검은색이다.

만약을 위해 스테이터스도 확인해 보니, 종족명이 【새끼 늑대(검은 늑대)】로 나왔다. 그리고 코스케가 소환한 것도 아닌데 칭호에 【코스케의 권속(임시)】이 붙어 있다. 원리는 잘 모르겠지만, 권속인 부모에게서 태어난 아이는 똑같이 권속이 되는 걸지도 모른다. 다른 사례가 없어서 비교할 수 없기에 확정은 아니지만, (임시)가 붙어 있다는 건 소환수와 마찬가지로 이름을 지어 주지 않았기 때문이리라. 이름은 새끼 늑대가 조금 더 성장하고, 어미 늑대가 안정을 찾고 나서 지어 주기로 했다. 권속 중에서는 처음으로 새로운 생명이 탄생했기에, 코스케는 그런 새끼 늑대의 모습을 깊은 감회와 함께 바라봤다.

언제까지고 사랑스러운 모습을 보고 싶었지만, 너무 오래 보고 있으면 어미 늑대에게 부담이 될 것이기에 코스케 일행은 잠시 살펴본 뒤 그 자리를 떠나기로 했다.

예상 밖의 이벤트 '새끼 늑대를 만나자!' 로 인해 소환수끼리 아이를 낳을 수 있다는 걸 알게 되었다. 소환수끼리 자유롭게 아이를 낳을 수 있다면, 소환수들의 임신까지 일일이 체크하고 있을 수는 없기에 정확한 숫자를 파악하기 어려워진다. 게다가 지금까지 소환한 권속에게는 모두 이름을 붙였지만, (임시)인 상태로 성장시키면 어떻게 될지도 확인하는 게 좋다. 소환수들의 출산 빈도가 어느 정도일지는 모르겠지만, 앞으로는 코스케가 파악할 수 없는 (임시)가 붙은 권속이 늘어나리라. 코스케는 그건 그것대로 상관없다고 생각하고 있지만, (임시)가 붙은 권속과 붙지 않은 권속에 어떤 차이가 생길지 알 수 없기에 그쪽은 검증하고 싶었다. 그 결과에 따라서, 자연 발생으로 태어나는 (임시) 붙은 권속 중에 코스케의 눈에 든 (마음에 드는) 개체만 제대로 이름을 지어 주면 된다.

아무튼, 모든 출산을 지켜볼 수는 없기에 반드시 (임시)가 붙은 권속이 나올 거다. 그 개체가 앞으로 어떤 움직임을 보일지 코스케는 즐거움 절반, 불안 절반이었다.

새끼 늑대 탄생 이벤트에 완전히 정신이 팔려 버렸지만, 코스케도 본래의 목적을 잊지는 않았다. 어미 늑대가 있는 축사를 나온 뒤에 본래 목적인 질문을 나나에게 던졌다. 고계층에 거점을 만들어도 괜찮은지에 대해서였다. 나나의 대답은 괜찮다는 것이었다.

일단 서두를 필요는 없다고 다시 말했지만, 그래도 대답은 변하지 않았다. 코스케로서는 【흰 늑대신】이 나온 뒤라도 상관없었지만, 계획을 앞당기기로 했다.

일단 거점을 만들 계층은 제81층 숲속이고, 데려가는 늑대는 제7층과 제9층에서 검은 늑대를 각각 20마리씩. 제47층에서는 흰 늑대를 10마리 넣어서 합계 50마리로 했다. 정말 검은 늑대와 흰 늑대만으로 되려나 싶었지만, 단독으로 상급 마물을 토벌하는 나나가 있기에 어느 정도는 괜찮으리라. 그래도 다른 저계층이나 중계층처럼 희생이 없지는 않으리라 보고 있다. 나나처럼 진화하는 개체가 지금까지 전혀 나오지 않은 이상, 어느 정도의 모험은 불가피하다고 각오할 수 있다. 여유가 있는 층과 마찬가지로 조각 시리즈를 설치하고 나서 낌새를 보는 것도 생각해 봤지만, 그게 없어도 나나와 같은 개체가 태어났다는 걸 고려하면 딱히 설치할 필요가 있어 보이지는 않았다. 조각 시리즈가 늑대에게 어떤 효과를 미치는지는 조사해 볼 필요가 있다.

그래서 코스케는 제7층과 제9층에 실험적으로 조각 시리즈를 설치해 볼까 고민하고 있었다.

어느 정도 방침이 정해지고 나서 관리층으로 돌아온 코스케는 바로 제81층에 거점을 만들기로 했다. 설치하는 건 [작은 샘(신수)], [축사], [신성한 바위]의 3종 세트다. 당연히 그걸 지키기 위해 결계도 쳤다. 결계는 다른 층과 달리 크게 치기로 했다. 상황에 따라 나나를 제외한 늑대가 결계 안에서 나오지 못할 수도 있기에 넓게 만들어서 스트레스를 느끼지 않게 하기 위함이다.

이번에는 조각 시리즈를 설치하지 않는다. 지금까지 쓰던 설치물만으로 고계층에 보냈을 때 진화가 일어나는지 어느 정도 상황을 본 뒤에, 변화가 일어나지 않는다면 다시 조각 시리즈를 설치할 생각이었다.

제47층 전이문 근처에는 예정대로 나나가 늑대를 모아 기다리고 있었다. 50마리나 되는 늑대를 곧바로 모은 나나는 역시 대단했다. 나나가 가진 스킬 《집단행동》과 《통솔》 덕분이다. 나나는 《통솔》레벨이 격이 다르게 높아서 순식간에 늑대 집단을 규합한다. 평소 코스케에게 응석을 부리는 모습을 보면 조금도 그런 면이 느껴지지 않지만, 신수로서의 위엄은 유지하고 있는 것이리라.

나나가 늑대를 모아 주었기에 바로 제81층으로 향하기로 했다. 전이문을 사용한 늑대 50마리의 대이동이다. 제81층 거점은 전이문 바로 옆에 만들었다. 무슨 일이 생겼을 때 바로 다른 층으로 도망칠 수 있게 한 거다. 참고로 탑에 나오는 동물(마물 포함)들은 전이문을 쓸 수 없다. 그 이유는 잘 모르지만, 상층 마물이 전이문을 써서 하층으로 내려갈 수 있다면 밸런스고 뭐고 없는 셈이니까 사양상 그렇게 되었다고 코스케는 생각하고 있다.

제81층으로 이동한 늑대는 처음에는 뭔가 어물어물하고 있었다. 거점 내부와 그 주변에 있던 마물은 미리 와 있던 코우히가 토벌했다. 그래서 거점 안에는 마물이 없지만, 늑대들도 지금까지와는 다른 분위기를 느끼고 있는 걸지도 모른다. 코스케 일행은 나나와 함께 한동안 그 모습을 살폈다. 그동안 늑대는 진정했는지

저마다 휴식하기 시작했다. 결계 안은 안전한 곳이라고 판단했는지, 당연하게도 모든 개체가 결계 안에서 쉬고 있다.

나나는 당분간 제81층에 머물지도 모르니 코스케는 자신이 다른 늑대가 있는 층을 보는 게 낫겠다고 생각했다. 그래도 코스케 자신이 늑대들을 이끌 수는 없고, 숫자가 크게 줄어들지 않았나 살피는 정도다. 당연히 제81층에도 한동안 빈번하게 얼굴을 내밀 생각이다. 나나도 찾아와 달라고 부탁했다. 어째서인지 자세히 물어보자, 권속이 된 늑대는 권속이라는 자각이 있는지 역시 코스케가 직접 쓰다듬어 주면 기뻐한다고 한다. 그 정도라면 코스케도 협력할 수 있기에 기꺼이 쓰다듬어 주기로 했다.

(3) 요정석과 비룡 소환

탑 LV이 올라가자 새로운 설치물도 추가되었다. 그중에서도 코스케의 흥미를 끈 것은 다음 네 개의 설치물이다.

[불의 요정석]
[땅의 요정석]
[물의 요정석]
[바람의 요정석]

명칭 : 불의 요정석
설치 코스트 : 50만 PT(신력)

설명 : 불의 요정이 깃든 돌. 탑에 설치할 수 있는 건 한 번에 하나뿐. 조건을 만족하면 불의 요정을 소환할 수 있다. 불의 요정을 소환하면 요정석은 사라지지만, 새로 설치할 수 있다.

'불'의 부분을 다른 속성으로 바꾸면 그대로 각각의 설명이 되기에 여기서는 [불의 요정석]을 제외한 설명은 생략했다. 어째서 일반적인 소환이 아니라 요정석이라는 형태가 되었는지는 모르겠지만, 각각의 요정을 소환할 수 있는 설치물이다. 유감스럽게도 조건을 만족하지 않는 한 소환하지 못하는 모양이지만, 왠지 예상이 가는…… 그런 기분이 들기에, 바로 설치해 보기로 했다.

제73층의 [계층 합성]에 사용할 예정이었던 신력을 [불의 요정석] 설치에 돌렸다. 현재 제73층은 급하게 넓힐 예정이 없기에 이 정도는 샛길로 빠져도 된다. 설치하는 곳은 이번에도 지맥이 교차하는 곳으로 정했다. 유리 때 사례를 보더라도 요정과 지맥은 밀접한 관련이 있어 보이니까.

그래서 코스케는 바로 콜레트를 데리고 제46층으로 향했다. 현재는 콜레트만이라도 대략적인 지맥의 흐름을 찾을 수 있게 되었다. 세계수의 무녀로 수행을 쌓아온 산물이다.

제46층은 난화가 있는 층이다. 제46층에 설치하기로 한 이유는 단순한데, 불 속성을 가진 새는 멋있기 때문이다. 실제로 난화의 진화에 잘 활용할 수 있을지는 해 보지 않으면 모르니까, 이것만큼은 결과를 기다려야 한다.

[백합의 신사] 때와 마찬가지로 지맥의 교차점을 찾아서 관리층

으로 돌아와 설치……하려고 했는데 잘되지 않았다. 만약을 위해 후보를 몇 개 준비했는데, 그 후보지는 모두 [불의 요정석]을 설치할 수 없는 곳이었다. 결국 제46층과 관리층을 몇 번 왕복해 가면서 겨우 여기다 싶은 곳을 찾아 그곳에 [불의 요정석]을 설치했다.

이번에는 신사 같은 건물을 짓지 않고 [불의 요정석]을 그대로 설치했다. 처음에는 [백합의 신사] 때처럼 건물을 짓고 나서 [불의 요정석]을 설치하려고 했는데, 불가능했다. 어쩔 수 없었기에 [신사(소)]를 철거하고 [불의 요정석]을 다시 설치했다. 그리고 만약을 위해 [불의 요정석] 주변에 결계를 쳤다. 그런 작업을 마친 코스케는 다시 제46층 [불의 요정석]으로 향했다.

"이게 불의 요정석?"

"응. ……그런 것 같아."

코스케 일행의 눈앞에는 지름 1미터 정도의 구형 돌이 있었다. 겉보기에는 평범한 돌이었지만, 그런 코스케의 생각을 콜레트의 말이 가로막았다.

"이건………… 놀랍네."

"어……? 그래?"

"이거, 터무니없을 만큼 많은 정령의 힘이 깃들어 있어."

콜레트가 돌을 보면서 그렇게 말하자, 코스케도 다시금 [불의 요정석]을 살폈다. 코스케에게 정령들을 '보는' 건 그리 어려운 일이 아니다. 왼쪽 눈의 힘이 있기 때문이다. 그렇지만 세계수 때처럼 정령들이 직접 모습을 드러낼 때라면 몰라도, 자주적으로 모습을 감추고 있는 정령들을 처음부터 '볼' 수는 없다. 어디까지나 코스케가 인식하고 힘을 쓰지 않으면 안 된다. 그러나 정령이 있는지 어떤지 분간하기 위해서는 항상 왼쪽 눈의 힘을 발동한 상태여야 하기에 코스케도 최대한 피하고 싶었다. 그렇게 하면 처음 왼쪽 눈의 힘을 썼을 때처럼 정신을 잃어 버릴 위험성이 있기 때문이다. 온과 오프를 확실하게 분간해야만 정상적인 생활을 보낼 수 있다.

코스케는 콜레트의 말을 듣고 다시금 왼쪽 눈의 힘을 온으로 돌려서 [불의 요정석]을 봤다. 그러자 겨우 콜레트가 말하는 의미를 알 수 있었다. 돌 주변에 정령들이 오가는 게 아니다. 그러나 눈앞의 돌 안에는 틀림없이 정령의 힘이 깃들어 있다. 에세나나 유리 정도의 힘은 아니지만, 사실 이렇게 생각하는 코스케의 감각이 일반적인 관점과는 많이 어긋나 있다. 일반적으로 보면 상당히 커다란 힘이다.

"흐응. 그렇구나. 확실히 커다란 힘이 깃들어 있……나?"

코스케가 고개를 갸웃하자, 콜레트는 약간 비난하는 시선을 보냈다.

"있나? 가 아니야. 이거, 일반적으로 보면 상당히 커다란 힘이거든. 코스케의 감각이 어긋난 거야."

"우와. 너무해."

"그저 사실이야."

콜레트는 그렇게 말하며 코스케의 팔을 자기 팔로 옭아맸다. 여느 때처럼 코우히가 곁에 있지만, 코우히나 미츠키가 코스케 곁에 항상 있는 건 당연한 일이라서 콜레트도 전혀 신경 쓰는 기색이 없었다. 눈앞에서 과시하는 걸 본 코우히도 그녀의 그런 행동은 당연해졌기에 막지는 않았다. 오히려 비어 있는 반대쪽 팔을 자기 팔로 옭아맸다.

이것에는 코스케도 놀랐다. 코우히가 이런 행동을 (밤을 제외하고) 하는 건 굉장히 드문 일이니까.

"⋯⋯⋯⋯코우히?!"

"안 됩⋯⋯니까?!"

"아니아니. 설마. 그렇지는 않아."

"그럼, 한동안 허락해 주세요."

그런 두 사람의 대화를 콜레트가 히죽히죽 웃으며 지켜봤다. 물론 자신이 옭아매고 있는 팔은 그대로다.

"뭐, 가끔은 코우히와 이러는 것도 괜찮지 않을까?"

"아니, 그렇기는 하지만 말이야? 갑작스러워서 놀랐을 뿐이야."

"흐~응⋯⋯?"

"그 시선은 뭐야⋯⋯?"

"뭔가, 나 때보다 기뻐 보이니까."

"아니, 그렇지는 않아. ⋯⋯않⋯⋯겠지?"

코스케의 그 대답에 콜레트가 울컥했다.

"왜 거기서 의문형이 되는데."

"그야⋯⋯. 콜레트는 언제나 이렇잖아. 하지만 코우히가 자주적으로 이러는 건 아마 처음이거나, 굉장히 오랜만이고⋯⋯?"

"우⋯⋯. 나도 한동안 참을까?"

기본적으로 코스케에게 붙어 있는 걸 좋아하는 콜레트가 그런 말을 꺼냈다.

"…………무엇을 위해?"

"물론, 오랜만에 안아서 두근두근하게 해 주려고?"

"………할 수 있어?"

"무리!"

슬프게도 단호하게 부정하는 콜레트였다.

그런 코스케 일행 주변에는 이 계층의 소환수인 난화가 있었다. 몇 마리의 난화가 뭔가 신기한 걸 보듯이 [불의 요정석]을 살피고 있다. 때때로 [불의 요정석]을 부리로 찌르려는 개체도 있었지만, 어째서인지 그 직전에 멈췄다. 콜레트의 말로는, [불의 요정석]의 힘을 느끼고 있다고 한다. 섣불리 찌르면 안 된다는 걸 알아챈 걸지도 모른다. 코스케 일행은 한동안 [불의 요정석]과 난화를 살폈지만, 딱히 변화는 일어나지 않았기에(요정석과 난화들 어느 쪽도) 당분간 낌새를 보기로 했다.

난화들이 변화를 일으킬지 기다리는 동안, 방치하고 있던 코와 비룡들 일을 해결하기로 했다. 지금까지는 탑 내부의 적당한 층에 내버려 두고 있었지만, 관리층 메뉴에 딱히 비룡이 나오지는 않았다. 그런데 탑 LV이 올라가자 소환진에 비룡이 나타났다. 비룡들이 가진 높은 스킬 LV을 보고 상급 마물이라고 예상하고는 있었지만, 그 예상이 맞았던 셈이다.

코와 다른 비룡들의 스테이터스는 비슷비슷하다. 또한, 천혜 스킬 《의사소통》은 처음에는 코만 가지고 있었지만, 다른 두 마리도

생각을 연결할 수 있을지 시도해 보니 똑같이 연결할 수 있었다. 그리고 스테이터스를 확인하자, 천혜 스킬에 이《의사소통》이 추가되었다.

　유감스럽지만,《의사소통》은 말처럼 세세한 뉘앙스를 전할 수는 없다. 어디까지나 대략적인 감정 교환이 가능하다는 느낌이다. 참고로 코스케 이외의 멤버도 코와《의사소통》이 가능한지 시도해 봤지만, 그리 좋은 결과는 나오지 않았다.《의사소통》이 잘 이루어지는 건 코우히와 히, 미츠키와 미뿐이었다. 아마《의사소통》은 어디까지나 비룡들이 가진 스킬이라 본인(본룡?)이 원하는 상대에게만 쓰는 것이리라.

　모처럼 비룡을 소환할 수 있게 되었기에, 이번에는 풀어놓을 계층을 정하고 덤으로 거점도 만들기로 했다. 비룡들이 있는 계층은 제80층이다. 랭크를 고려하면 더 위쪽 계층에 만들어도 될지도 모르지만, 어디까지나 거점이기에 설치물을 지키는 걸 고려하면 이쪽이 타당하다. 참고로 코스케 일행이 이 탑을 공략할 때 고계층에 있던 함정 등은 거점을 만들 때 철거했다. 그러지 않으면 흉악한 함정에 걸려서 주변 일대가 폭발해 버리기 때문이다.

　설치나 소환이 끝난 제80층은 다음과 같이 되었다.

　제80층 비룡(10마리), [연못(신수)], [신성한 바위], [바람의 요정석]

　비룡의 숫자가 적은 건 소환 코스트가 1만 PT(신력)로 높은 데다, 소환진 하나당 소환할 수 있는 숫자가 한 마리이기 때문이다. 어느 정도 숫자를 갖출 생각이었기에 10마리까지는 소환했지만, 앞으로도 간단히 늘리기는 어려울지도 모른다. 적어도 늑대나 여우처럼 편하게 숫자를 늘릴 수는 없으리라. 어쩔 수 없기에 소수 정예로 갈 수밖에 없다. 애초에 자연의 균형을 고려하면 비룡들 같은 덩치 큰 소환수를 다른 소환수와 똑같은 숫자로 늘릴 수 있는지 의문이 들지만.

다른 계층처럼 설치물을 놓지 않는 건 비룡들에게 맞는 건물이 없기 때문이다. 아무리 그래도 비룡들에게 축사에 들어가라고 할 수는 없다. 애초에 코와 비룡들은 평소에 아무것도 설치되지 않은 계층에 방치해 두고 있었으니 딱히 문제는 없으리라. 대신해서 원래 연못이었던 곳에 [신석(대)]을 설치하자, 그대로 [연못(신수)]이 되었다. 당연히 이곳은 결계로 보호했다.

그리고 은근슬쩍 추가한 [바람의 요정석]은, 사실 처음부터 비룡들이 있는 계층에 설치하기로 정해 놨었다. 비룡들은 모든 개체가 《바람 마법》 스킬을 가지고 있기에, 그들이 [바람의 요정석]에게서 영향을 받지 않을까 알아보고 싶었기 때문이다.

[바람의 요정석]을 설치한 단계에서 저장해 둔 신력을 거의 다 썼다. 앞으로는 저축 생활의 시작이다. 현재는 매일 정기적으로 들어오는 신력이 어느 정도 되기에 딱히 걱정하지는 않았지만. 여기까지 설치를 마친 코스케는 슈레인과 피치(미츠키가 당연한 듯 따라왔다)를 데리고 제80층으로 향했다.

"큐오!"

"코, 잘 지냈어?"

"큐오."

코스케가 오랜만에 대면한 코에게 인사하자, 그도 기뻐하며 대답했다. 코와 비룡들은 한동안 제80층에서 생활하고 있었다. 얼추 인사(?)를 마친 뒤, 코스케는 슈레인과 피치를 봤다.

"지금부터 비룡을 소환할 거니까, 두 사람이 탈 수 있는지 시험해 볼래?"

"제, 제가, 말인가요……?"

"……변함없이 무리한 소리를 하는구나."

코스케의 요청을 받은 두 사람은 약간 기겁하고 있었다. 그걸 본 코스케는 미츠키가 비룡들을 데리고 왔을 때의 일을 떠올렸다. 동시에 이 두 사람도 그때의 자신과 똑같은 생각을 하고 있다는 걸 알았다.

"아, 응. 뭐, 두 사람의 마음도 이해해. ……나도 처음에는 그랬으니까. 하지만 한번 타 보면 의외로 즐거워."

슈레인과 피치는 조심조심 코를 봤다. 자칫 자극한다면 간단히 뭉개진다는 걸 아니까. 한편, 코는 의아한 듯 고개를 갸웃하고 있다.

"……큐?"

"뭐, 괜히 무리하면서까지 태울 생각은 없지만, 비룡을 이동 수단으로 쓰면 편리하니까."

코스케는 그런 말을 하고는 설치해 둔 소환진에서 차례차례 비룡들을 불러냈다. 일부러 바로 이름을 지어 주지는 않았다. 슈레인과 피치가 마음에 든 개체가 있다면 그녀들이 정한 이름을 채용할 생각이다.

비룡 일곱 마리를 소환하면 이번 소환은 끝이다. 이 일곱 마리 중에서 마음에 든 개체를 두 사람이 정한다. 참고로 이 단계에서 칭호에 (임시)가 붙은 건 다른 소환수와 똑같다.

"어쩔래? 역시 그만둘까?"

코스케가 재확인하자, 슈레인과 피치는 각오를 다진 모습을 보였다.

"코스케 공의 무리한 일은 지금 시작된 것도 아니니 말이지……."

"……그러게요~."

두 사람이 서로서로 뭔가 말했지만, 유감스럽게도 코스케에게는 들리지 않았다. 슈레인과 피치가 각오를 다진 걸 짐작했는지, 아니면 다가오려는 게 보여서인지, 소환된 비룡 중에서 두 사람을 향해 다가간 개체가 있었다. 각자 열심히 슈레인과 피치를 보고 있다.

"뭐, 뭐냐?"

"뭔가요~?"

"큐오."

슈레인과 피치가 고개를 갸웃하자, 코가 한 번 울었다. 코스케조차도 이 목소리만큼은 의미를 알 수 없었지만, 코와는 감정이 이어져 있기에 하고 싶은 말이 뭔지는 어느 정도 알았다.

"타 보래. 두 사람이 마음에 든 모양인데?"

비룡용 안장은 없기에 그대로 타게 된다. 코스케가 시범을 보이자, 두 사람도 각각의 비룡에 어찌어찌 탑승하는 데 성공했다.

"두 사람은 그대로 신력 염화의 요령으로 연결해 봐."

코스케가 조언하자, 두 사람은 신력을 각각의 비룡과 연결해 봤다. 코스케도 처음에 코와 연결할 때는 그 힘이 신력(의 일부)이었다는 걸 몰랐지만, 신력 훈련을 거쳤을 때 알게 되었다. 동시에 신력 염화 훈련을 한 두 사람이라면 비룡과도 연결할 수 있지 않나 예상했다.

"……어? 이건?"

"어라어라~?"

두 사람은 바로 알아챈 모양이었다.

신력 염화처럼 목소리를 전할 수는 없지만, 감정을 알 수는 있다. 한 번 연결만 되면 이후에는 간단하다. 코스케 때와 마찬가지로 말은 알고 있으리라. 유감이지만 비룡은 말을 할 수 없기에 감정을 느껴야 한다.

"알아챘어? 그게 비룡의 감정이니까 이제는 자유롭게 날아 봐."

코스케는 그렇게 말하고는 바로 코를 타고 하늘로 날아올랐다. 코에 타는 게 오랜만이었기에 한동안 하늘 여행(?)을 즐겼다.

(4) 비룡에 타자

코스케와 미츠키가 하늘로 올라가고 조금 뒤, 슈레인과 피치를 태운 비룡들도 하늘로 올라왔다. 역시 하늘을 날 때는 평범한 말로 대화할 수 없지만, 낌새를 보니 서서히 익숙해지고 있는 모양이었다. 처음에는 조심조심 타고 있는 느낌이었지만, 지금은 방향을 지시하는 정도는 되었다. 타기 전에 마음이 통했던 게 영향을 준 것이리라.

슈레인과 피치는 비룡을 타는 것이 고작이었기에, 그동안 코스케는 미츠키를 상대로 신력 염화로 대화할 수 있나 시도해 봤다. 비룡들과 이어져 있을 때 동시(?) 사용이 가능할지 걱정이었지만, 바로 쓸 수 있었다. 감각적으로는 차를 운전하면서 동승자와 대화를 나누는 느낌이다. 비룡들의 기승에 익숙해지면 슈레인과 피치도 쓸 수 있게 되리라. 하늘에서는 말로 대화할 수 없기에, 신력 염화를 쓸 수 있는 건 굉장히 편리했다. 대화가 가능하면 갑작스러운 예정 변경에도 대처할 수 있으니까.

코스케 일행은 그렇게 한동안 하늘을 날았지만, 언제까지고 이러고 있을 수도 없기에 지상으로 돌아왔다. 이후에는 슈레인과 피치가 각각의 비룡에게 이름을 지어 줬다. 다른 사람이 이름을 지어 주면 【권속(임시)】은 어떻게 되나 궁금했는데, 정상적으로 (임시)가 사라졌다.

코스케는 이것을 어느 정도 예상하고 있었다. 코스케가 이름을 지어 주는 게 중요한 게 아니라, 코스케가 그 개체의 이름을 인식하는 게 필요한 게 아닐까 싶었으니까. (임시)가 떨어진 걸 알고 나서는 딱히 중요한 것도 없었기에 코스케도 이 이상 조사할 생각은 없었다.

그래서 제80층 제작 말고도 이것저것 수확을 얻은 코스케 일행은 관리층으로 돌아왔다. 그러나 슈레인과 피치의 이야기를 들은 다른 멤버가 자기들도 비룡을 타고 싶다고 말했다. 이 반응은 하늘에서 돌아왔을 때 슈레인과 피치를 보고 어느 정도 예상하고 있었기에, 코스케도 반대하지 않았다. 그러나 관리층으로 돌아왔을 때는 이미 꽤 시간이 지났기에, 다른 멤버의 기승 훈련은 내일 다시 가서 하기로 했다. '반드시' 라면서 꽤 무서운 표정으로 못을 박아 왔지만, 딱히 문제는 없으리라.

다음 날. 약속대로 실비아와 콜레트를 데리고(슈레인과 피치도 따라왔다) 남은 비룡 중에서 상성이 좋아 보이는 개체를 골라 기승하는 법을 가르쳤다. 슈레인과 피치의 이야기를 들어서 그런지 두 사람 때처럼 거리감(?)도 없었고, 바로.비룡의 등에 오를 수 있었다.

현재는 네 명이 함께 하늘을 날고 있다. 지상에서 신력 염화를 시도해 봤는데(갑자기 실행하는 건 위험하니까, 사전에 슈레인에게 말해 뒀다), 딱히 문제없이 사용할 수 있었다. 이제 관리층 상주 멤버는 전원이 이동 수단을 얻게 된 셈이다.

특히 기뻐한 건 콜레트였다. 콜레트가 관리하는 제73층은 [계층 합성] 덕분에 상당히 넓어졌다. 그래서 비룡이라는 이동 수단이 생긴 건 관리할 때 굉장히 고마운 일이었다. 비룡이라는 이동 수단을 얻어서 기쁜 건 관리하는 층을 가진 슈레인과 피치도 마찬가지였지만.

"나나와 원리는 어쩔 거야?"

일행들이 하늘을 나는 사이, 함께 온 미츠키가 물었다. 이번에도 코우히가 관리층에 남아 있다.

"으~음……. 인간화가 가능한 원리는 몰라도, 나나는 어떨까?"

애초에 네 발로 버티면서까지 하늘을 날 필요가 있나 싶었지만, 무조건 하늘을 날지 않으면 안 될 상황이 있을 테니까 여차할 때는 소형화해서 코스케와 함께 타면 되리라.

"뭐, 본인들이 원하면 물론 가르쳐 주겠지만, 억지로 권할 생각 은 없을지도?"

"그래."

미츠키의 모습을 보고 뭔가 생각하는 바가 있었던 코스케가 시 선만으로 다음 말을 재촉했다. 언제나 행동을 함께하는 데다, 함 께한 기간도 길어서 하고 싶은 말이 있을 때는 별것 아닌 동작으로 도 알아챌 수 있다.

"이후에, 비룡들을 어떻게 해야 하나 싶어서."

이것은 코스케도 고민하는 표정을 보였다.

비룡은 늑대나 여우와는 달리 처음부터 상급 마물이다. 그리 간 단히 진화하지 않는다. 애초에 진화하지 않을지도 모른다. 그러 니 이런 말을 하긴 미안하지만, 숫자를 늘려서 실험할 필요는 없 다. 그래도 숫자를 늘린다면, 그건 순수하게 전력으로 늘린다는 뜻이 된다. 비룡은 이동 수단으로 필요하지만, 순수한 개체로서 의 전투 능력도 높다. 그러나 현재 탑 안에서 이렇게나 높은 전투 력을 가질 필요가 있느냐면 대단히 미묘했다. 탑을 지키는 것에 관해서는, 다른 곳에서 공격해 올 수단이 한정되어 있기에 그렇게 까지 높은 전투력은 필요 없다.

물론 코스케도 태평하게 보낼 생각은 전혀 없다. 여차할 때를 위한 수단은 최대한 준비해 둬야 한다는 건 알고 있다. 그렇지만, 소환 코스트가 비싼 비룡을 많이 모으려면 당연히 신력도 많이 들어간다. 사고가 빙글빙글 돌기 시작하는 걸 자각한 코스케는 커다란 한숨을 내쉬었다.

"뭐, 일단 하루에 하나씩 소환해서 20마리 정도 모이면 그만둘까?"

하루 1만 PT 정도의 소비라면, 현재 수입을 고려해 볼 때 그리 큰 부담은 아니다. 20마리만 하고 그만두는 건 비룡들의 먹이 때문이다. 저렇게 큰 덩치를 유지할 식량을 얻으려면 얼마나 넓은 구역이 필요할지 알 수 없다. 숫자가 너무 늘어나서 계층 내부의 먹이 연쇄(?) 균형이 무너져 비룡들이 굶주리기라도 하면 대책이 없다.

"그래……. 뭐, 그렇긴 하겠네."

코스케의 생각을 읽었는지 미츠키도 동의했다. 아무래도 좋지만, 최근 미츠키가 코스케의 생각을 읽는 수준은 에리스나 아수라급이 되었다고 느끼고 있었다.

"쓰지 않는 계층을 바로 쓰는 것도 방법이지만, 그러려면 코스트가 너무 많이 드니까."

"차라리 고계층에 거점을 만들지 그래?"

코스케는 미츠키의 말에 인상을 찡그렸다. 미츠키는 코스케가 이런 반응을 보이리라는 걸 알면서도 일부러 말한 거다. 코스케는 소환수(정확히는 권속)가 최대한 희생되지 않게 하려는 마음이 있어서 이런 일에 관해서는 약간 소극적이라고 할 수 있다. 그리고 미츠키 역시 이런 코스케를 좋게 여기고 있지만. 참고로 코스케가 처참한(?) 성격이었다면 아수라를 만날 일도 없었고, 자칫하면 [상춘정]에서 그대로 소멸했을지도 모른다. 코스케는 그런 걸 모르지만, 일부러 알려 줄 필요도 없었기에 아수라도, 에리스도 가르쳐 주지 않았다.

"………언젠가는 그렇게 해야만 하겠지만, 말이지. ……일단은 이 계층에서 낌새를 보기로 할까?"

"그러게. 그게 좋을지도 몰라."

게다가 일부러 비룡에만 고집할 필요는 없다. 소환수 후보는 또 있으니까. 게다가 제91층부터는 드래곤도 나오니까 기습이라도 당하면 비룡이라도 확실하게 쓰러질 거다. 스킬 레벨 업을 위해 이용하는 일은 있어도, 현재로서는 제91층 이상에 거점을 둘 생각은 하고 있지 않았다.

이 세계에서도 드래곤은 역시 격이 다른 존재니까.

나나 일행은 현재 숫자가 줄어드는 일 없이 순조롭게 제81층에서 토벌을 이어가고 있다. 그러나 그건 어디까지나 나나라는 존재가 있기 때문이고, 지금으로서는 다른 늑대가 강해진 게 아니다. 늑대 쪽은 앞으로를 기대하고 싶었다.

슈레인 일행은 한동안 비룡을 타고 기승 훈련을 이어 갔다. 코스케는 딱히 그렇게까지 애쓰지 않아도 되지 않나 싶었지만, 어째서인지 그녀들은 능숙하게 타는 것에 집착했다. 사실 코스케와 코의 비행을 본 그녀들이 그 속도와 능숙함을 목표로 삼았기 때문이지만, 코스케는 알아채지 못했다. 그저 열심히 한다고만 생각했을 뿐이다. 그녀들이 특훈하는 동안에는 미츠키가 그 모습을 지켜보기로 했다.

관리층으로 돌아온 코스케는 다시금 현재 탑의 상태를 재확인하며 각각의 층을 살피다가 문득 깨달았다. 거점이 있는 저계층의 신력 수입이 생각보다 더 늘었다. 소환수들이 강해져서 수입이 늘어나는 일은 예전에도 있었다. 그러나 최근에는 그 성장세도 잦아들었다. 이건 각각의 층에 있는 소환수들의 숫자가 안정되었기에, 쓰러뜨리는 마물의 숫자에도 한도가 생겼기 때문이다. 참고로 각 층 소환수들의 숫자는 대략 100마리가 될 때까지 모으고 있다. 이후에는 진화하면 당연히 개체가 강해지니까 토벌수도 늘어나지만, 그것도 간단하지는 않다.

그런 이유로 토벌수 자체가 늘어나지는 않았기에 당연히 신력 수입이 늘어나는 일도 없었다. 그러나 요 며칠 사이 그 신력 수입이 늘어났다. 관리 화면에는 각 계층의 신력 회수치를 볼 수 있다. 덤으로 매일 회수치를 그래프화하는 기능도 없다. 그걸 처음 본 콜레트 일행이 감탄한 표정을 짓기도 했다. 애초에 코스케는 평범하게 받아들이는 산수조차 제대로 하지 못하는 게 당연한 세계다 보니 그래프 자체가 드물어서 그 알기 쉬운 면에 감탄한 거다.

그건 넘어가고, 지금은 신력 수입이다. 그래프로도 다시 확인해 봤지만, 명백하게 신력 수입이 늘었다. 그래도 어디까지나 저계층인지라 중계층이나 고계층과 비교하면 미미한 성장이지만, 잘 생각해 보니 명백하게 이상한 점이 있다. 저계층일 텐데도 하루 수입이 처음 무렵에 만든 중계층 거점과 똑같은 수준이 되었다. 그만큼 많은 숫자의 마물을 저계층에서 쓰러뜨렸다면, 상당한 숫자를 쓰러뜨린 게 아니라면 이상하다. 물론 각 계층 소환수의 강함에 맞춰서 중급 마물 소환진을 설치하기는 했지만, 그것만으로는 부족하다. 명백하게 중계층급 마물을 상시 토벌하는 정도의 수입이었으니까.

원인을 직접 확인하기 위해 곧바로 가장 수입이 많은 제8층으로 향했다.

제8층으로 향한 코스케와 코우히를 처음으로 맞이한 건 알리사였다.

"어라. 코스케 님. 어쩐 일이신가요?"

여느 때처럼 신사 청소를 하던 알리사가 평소와 다른 기색을 보이는 코스케를 보고 고개를 갸웃했다.

"음, 알리사. 잠깐 묻겠는데, 전과 달라진 점 없어?"

"달라진 점, 말인가요?"

코스케가 질문을 들은 알리사는 고개를 갸웃했다.

"으~음. 신사에는 딱히 변화는 없는데요……. 유리 님에게 여쭤 볼까요?"

신사에 대한 거라면 실제로 그곳에 깃들어 있는 요정인 유리에게 묻는 게 빠르다.

"음, 아냐. 이 신사에 대한 게 아니라……."

코스케의 그 말에는 알리사도 더더욱 고개를 갸웃할 수밖에 없었다.

"주인님이 하시고 싶은 말씀은, 신사만이 아니라 이 계층에서 달라진 점이 없는가 하는 겁니다."

두 사람의 모습을 본 코우히가 웬일로 끼어들었다.

"달라진 점…… 말인가요. …………아아! 그러고 보니!"

"뭔가 있어?"

"전에 원리가 말했던 건데요. 이 계층의 마물이 강해졌다고 하더라고요……?"

바로 그게 코스케가 묻고 싶었던 것이었다.

"그래, 그거! 어떤 느낌이었어?"

코스케가 강하게 따지고 나오자, 알리사는 곤란한 표정을 보였다.

"저기……. 죄송합니다. 저는 밖에 거의 나가지 않으니까, 자세하게는……."

"아, 그랬지. 미안……."

알리사의 모습을 본 코스케도 반성했다. 애초에 결계 밖은 위험하니까 결계에서 나가지 말라고 처음에 말해 뒀었다.

"그럼…… 원리는?"

"원리는 지금 밖에 나가서 없어요. 바깥의 상황을 알고 싶으시면 유리 님에게 여쭤 보시는 게 어떨까요?"

"아, 그런가. 그럴게. 고마워."

코스케는 그렇게 말하고는 유리가 있는 곳으로 향했다. 알리사에게도 할 일이 있기에 언제까지고 잡아 둘 수는 없었다.

"주변 마물의 낌새인가요?"

"그래. 전보다 강해졌어?"

"확실히 강해졌네요. 마물들도 환경에 맞춰서 강해지고 있는 거 겠죠."

유리는 태연하게 코스케에게는 터무니없는 말을 꺼냈다.

"잠깐 기다려……. 환경에 맞춰서?"

"……혹시, 눈치채지 못하셨나요? 다른 계층은 모르겠지만, 이 계층은 예전보다도 마물의 레벨이 올라갔는데요?"

유리의 말을 듣자 코스케는 멍해지고 말았다.

"……무슨 원리로 그렇게 됐어?"

"죄송합니다. 그건 저도 알 수 없어요. 신들에게 직접 여쭤 보시는 게 어떨까요?"

유리는 코스케가 다수의 신과 교신할 수 있다는 걸 안다. 그래도 코스케는 그녀들과 평범하게 접하고 있기에 상대가 신인지에 대한 실감이 별로 나지 않지만.

아무튼 신력의 수입이 늘어난 원인을 알아냈으니, 이제는 어째서 그 원인이 일어났는지 조사하면 된다. 그러나 유리에게 어드바이스는 받기는 했지만, 에리스나 다른 신들에게 묻는 건 그만뒀다. 물어 보면 아마 해답을 가르쳐 주겠지만, 너무 의지하는 것도 재미가 없다고 생각했으니까. 적어도 마물의 레벨이 올라가서 신력 수입이 늘어났다는 건 알았다. 지금은 그것만으로 충분하다. 이제는 어째서 마물의 레벨이 올라갔는지, 그것에 관해서 이것저 것 시험해 보기로 했다. 아직 비어 있는 계층이 있기에 각각의 층에서 조사해 보면 되리라.

그보다도 우선은 지금 있는 거점의 상황이 어떻게 되었는지 조사를 시작했다. 결론부터 말하면, 소환수들이 있는 거점 주변은 마물의 레벨이 전체적으로 올라갔다. 반면 제5층이나 그 밖의 아인들이 있는 계층 주변에 나오는 마물은 변화가 일어나지 않았다. 물론, 이것만으로는 직접적인 원인을 조사하기 어려우므로, 이에 관한 조사는 장기전이 되는 걸 각오했다.

일단 거점 주변 마물의 레벨이 올라가기는 했어도, 소환수들이 쓰러뜨리지 못할 만큼 극단적으로 올라가지는 않은 것만으로도 충분했다. 이제는 새로운 계층을 만들어 그 변화를 살피면서 지금 있는 계층이 어떻게 되어가는지 확실히 지켜보기로 했다.

각 계층을 조사한 결과, 늑대와 여우가 있는 제7층~제9층은 대략 제41층(중급 하층) 정도 레벨의 마물이 나오고 있었다. 제46층~제48층은 그래도 상급 레벨의 마물이 나오지는 않았지만, 그래도 평균적으로 중급 중간 클래스의 마물은 나온다. 엘프나 그 밖의 아인들이 있는 계층, 그리고 모험가들이 진출한 계층도 조사했지만, 그곳은 딱히 변화가 일어나지 않았다. 만약을 위해 모험가들이 진입하지 않은 계층도 조사했는데, 여기서도 변화는 일어나지 않았다. 마물 레벨이 올라간 곳은 거점을 만든 계층 중에서도 소환수들이 있는 거점이 있는 계층인 셈이다.

소환수들의 거점과 다른 계층에 있는 거점의 차이는 두 가지가 있다. 하나는 각종 설치물을 설치했느냐 아니냐. 하지만 이걸 이유로 삼기에는 모순점이 많다. 예를 들어, 세계수나 버밀리니아 성은 유니크하다고는 해도 어엿한 설치물이다. 신력이 발생하는 양으로 따지면 다른 곳에 설치한 것보다 몇 단계는 많다. 설치물에서 발생하는 신력이 원인이라면 우선 제73층과 제76층의 마물이 강해지더라도 이상하지 않다. 그러나 엘프 일족이나 흡혈 일족에게 확인해 봤는데, 마물이 강해졌다는 말은 나오지 않았다.

설치물 중에서 또 하나 생각해 볼 수 있는 건 설치수인데, 이것도 이유로 생각하기는 힘들다. 코스케로서는 생각하기 힘들다기보다는 생각하고 싶지 않다는 게 정답이다. 싼 코스트의 설치물을 대량 설치하기만 해도 주변 마물 레벨이 올라간다니, 향후를 위해서라도 가능하면 생각하고 싶지 않다.

그래서 또 하나의 이유를 생각해 봤다.

그것은, 소환진의 설치다. 소환진은 소환수들이 있는 계층이 아니면 거의 설치하지 않으니 가능성은 이쪽이 더 높아 보였다. 탑에 설치할 수 있는 소환진에는 권속 소환용과 평범한 소환진이 있는데, 어느 쪽이 영향을 주는지는 아직 모른다. 게다가 각 계층 안에서 자연 발생하는 마물과 소환진 마물에 차이가 있는지도 모른다. 애초에 소환진이 영향을 주는지조차 아직 알 수 없기에, 전혀 손대지 않은 계층을 써서 시험해 보기로 했다.

시험해 볼 계층은 제10층으로 했다. [작은 샘(신수)], [축사], [신사(극소)]만으로 줄이고, 굳이 다른 건 설치하지 않기로 했다. 그곳에 천호 10마리와 지호 10마리를 데려왔다. 이 상태에서 변화가 일어나는지, 일어나지 않는지 경과를 관찰하는 거다. 기간은 정하지 않았지만 두세 달 정도 낌새를 보고 변화가 없다면, 이번에는 토벌용 소환진을 정기적으로 설치할 예정이다. 여기서 변화가 이어난다면 소환진이 원인이라 단정할 수 있을…… 거다. 장기전이 되겠지만, 그건 어쩔 수 없다. 마물의 레벨이 권속들보다 높아진다면 몰라도, 그럴 리는 없다. 신력 회수치가 올라가는 건 고마운 일이고, 마물 레벨이 올라가는 이유를 서둘러 조사할 필요는 없으니 코스케도 딱히 문제는 없다고 판단했다.

"그래서? 비룡의 기승 훈련은 어떻게 됐어?"

며칠 동안 코스케가 출현 마물 레벨 업에 관해 조사하는 사이, 여성진은 비룡 기승 훈련에 힘쓰고 있었다. 각각이 관리하는 계층은 괜찮은가 싶기도 하지만, 최근에는 딱히 문제도 일어나지 않고 안정적이기에 괜찮겠지.

"문제없느니라."

대표로 슈레인이 대답했다.

"흐응~."

요 며칠 사이에 상당한 자신감을 얻은 모양이다.

"뭐야? 믿지 않는 거야?"

반쯤은 대충 넘겨 버린 코스케의 대답을 듣자 콜레트가 따졌다.

코스케는 황급히 손을 내저었다.

"아니, 미안. 그렇지는 않아. 조금 생각하던 게 있어서……."

"이야기를 건성으로 듣고 있었다고?"

"……죄송합니다."

왠지 형세가 불리해지자, 코스케는 순순히 사과하기로 했다. 그런 코스케를 보고 콜레트가 표정을 평소대로 되돌리며 물었다.

"……그래서? 뭘 생각하고 있었는데?"

"으음, 아니. 대단한 건 아닌데."

"?"

"아니, 그게……. 오늘 저녁밥은 뭘까~, 해서."

그 대답을 듣자, 여성진의 눈썹이 곤두섰다.

"우왓, 기다려. 그러니까 미안하다고 했는데……."

코스케가 그대로 넙죽 엎드리려고 하자, 여성진은 일제히 한숨을 내쉬었다.

(5) 난화의 변화

[불의 요정석]을 설치한 제46층의 난화들에게 변화가 생겼다. 전체적인 레벨 업도 그렇지만, 고유 스킬 《불 마법》과 천혜 스킬 《화속성》이 늘어났다. 참고로 종족명은, 란카의 경우에는 【청화(靑和)】가 되었지만, 그 밖에도 【청난(靑鸞)】이 된 개체도 있었다. 스킬 구성에는 거의 차이가 없기에 뭐가 다른지 한동안 고민했는데, 결국 코스케는 알 수 없었다.

"으~음……. 무슨 차이일까?"

"무슨 소리야?"

코스케가 고개를 갸웃하자, 함께 와 있던 콜레트가 물었다. 코스케는 콜레트에게 개체에 따라 【청난】과 【청화】가 있다는 걸 설명했다.

"어쩌면…………."

"뭔가 짐작 가는 게 있어?"

"……성별의 차이라거나?"

"아니, 아무리 그래도 그건……. 나로서는 판단할 수 없는데."

조류의 성별 차이 같은 게 분간이 갈 리가 없다.

"그보다, 콜레트가 물어봐."

【청난】과 【청화】에는 《요정 언어》가 붙어 있기에 콜레트라면 어느 정도 대화를 나눌 수 있다.

"아, 그러네. 물어볼게."

난화 중에서 이번에 진화한 건 10마리 정도였기에 모든 개체에게 확인했다. 그 결과, 콜레트의 추측이 맞았다. 수컷이 【청난】이고, 암컷이 【청화】였다. 10마리 정도밖에 확인하지 못했지만, 아마 틀림없겠지.

그보다도 중요한 게 추가된 스킬이다. 진화하지 않은 개체 중에서도 《신력 조작》을 가진 이들은 있었지만, 고유 스킬 《불 마법》과 천혜 스킬 《화속성》을 가진 개체는 없었다. 진화한 건 틀림없이 이 두 가지 스킬 때문으로 보인다. 아무리 생각해도 [불의 요정석]의 혜택을 받아서 얻었다고밖에 보이지 않는 스킬이다. 《불 마법》은 명백하게 효과를 상상할 수 있는 스킬이지만, 《화속성》은 어떤 효과가 있는지 잘 모르겠다.

"…………으~음……."

코스케는 한동안 란카 앞에서 신음했다.

"·········포?"

그런 코스케의 모습에 감화되었는지, 어째서인지 란카가 머리를 툭 맡겼다. 그걸 본 코스케는 참지 못하고 목덜미를 향해 손을 뻗고 말았다. 란카도 그걸 싫어하기는커녕 기분 좋은 듯 눈을 가늘게 뜨고 쓰다듬을 받았다.

그 모습을 콜레트가 어이없다는 듯 바라봤다.

"······왜 그래?"

"아니, 딱히. 아무리 권속이라도 이렇게나 잘 따르는 건가 해서."

"어? 보통은 이렇지 않아?"

"글쎄? 애초에 사람이 소환수를 권속으로 삼는다는 이야기를 들어 본 적이 없어서 잘 몰라."

"으~음······. 뭐, 잘 따르는 건 곤란한 일도 아니잖아?"

"개인적으로는 그렇게 생각하지만, 다른 곳에서 보면 어떨까?"

코스케는 콜레트의 말에 고개를 갸웃했다.

"······무슨 뜻이야?"

"있잖아. 늑대든 여우든 평범한 감각으로 보면 마물이거든."

당연히 모두 토벌 대상이다. 그리고 이렇게나 잘 따르는 모습을 본 사람은 어떤 감상을 가지게 될까.

"··········뭐, 잘해 봐야 괴짜 취급일까?"

"코스케가 소환한 권속의 숫자가 알려지면, 코스케가 토벌 대상이 되어도 이상하지 않을지도."

"하하하······. 아니, 그런, 설마."

코스케는 메마른 미소를 지으며 콜레트를 바라봤지만, 그녀는 살짝 고개를 내저었다. 이 세계에도 테이머 같은 이들은 존재하지만, 그래도 대부분의 경우 몇 마리, 일류라 불리는 이들도 수십 마리와 계약할 뿐이다. 그에 비해 코스케는 각 종족이 100마리 단위로 있으니, 코스케를 모르는 사람이 본다면 그야말로 위협 말고는 아무것도 아니다.

"…………알려지지 않게 조심하겠습니다……."

"그러는 게 좋아."

코스케가 고개를 푹 숙이자, 콜레트는 크게 수긍했다.

애초에 모든 권속을 탑 밖으로 데리고 나올 일은 없겠지만, 조심하는 게 좋기는 했다. 예전의 나나와 원리처럼 몇 마리 단위라면 그리 경계할 일은 없으리라. 앞으로 권속들을 데리고 밖으로 나갈 일이 있을지는 모르겠지만.

모처럼 란카가 따르고 있기에, 코스케는 또 하나의 야망을 달성해 보기로 했다.

바로 란카를 데리고 제80층으로 향했다. 어째서냐면, 코와 만나게 해 주기 위해서다.

코의 거구를 보자 란카도 역시 처음에는 겁을 먹은 듯 코스케에게 달라붙었다. 그러나 코스케가 란카를 안고 한동안 코에 기승하자, 익숙해졌는지 코의 등 위에서 쉬고 있었다. 당연하지만 기승했다고는 해도 코의 등에 올라탔을 뿐 날지는 않았다. 코는 란카가 자기 위에서 쉬고 있는 걸 아는지 모르는지 거의 움직이지 않았다.

"……포포포."

"큐오?"

"포포."

"큐오."

잠시 뒤, 통하는지 아닌지는 잘 모르겠지만 두 마리가 대화(?)를 나누기 시작했다. 코스케는 그 모습을 바라보면서 편하게 있었지만, 갑자기 코가 코스케를 등에 태운 채 하늘로 날아올랐다.

"…………우왓?!"

갑작스러운 일이어서 코스케는 균형을 잃었지만, 코의 등에서 떨어지지는 않았다. 황급히 란카를 확인하자, 이미 날아오르고 있었다. 푸른 날개를 펼치고 코의 조금 전방을 유유히 날고 있다. 관찰해 보니, 코가 나는 속도가 조금 느린 모양이었다. 코스케를 등에 태우고 있으니 배려하면서 날고 있기 때문이리라. 실제로 누구의 비행 속도가 더 빠른지 조금 궁금했지만, 비교해 봤자 탑 안에 있는 한 거의 의미가 없으니 신경 쓰지 않기로 했다.

이윽고 두 마리는 만족했는지 조금 전에 있던 곳으로 돌아왔다. 코스케는 딱히 지시를 내리지 않고 완전히 코에게 맡겼다. 그러자 하늘 여행을 통해 두 마리 사이에 뭔가 인연 같은 게 생겼는지, 란카에게서 처음 만났을 때의 딱딱함이 사라졌다. 지금은 완전히 힘을 빼고 코의 등 위에서 쉬고 있다. 두 마리 사이에서는 변함없이 포포포, 큐오큐오 하는, 당연하게도 코스케가 이해할 수 없는 대화가 오갔다. 코스케는 그 대화가 끊어질 즈음에서 란카를 데리고 제46층으로 돌아가기로 했다.

제4장 탑에 신을 소환하자

(1) 에리스의 의뢰

코스케가 휴식 공간에서 쉬던 어느 날, 실비아가 말을 걸어왔다.

"코스케 씨. 지금 괜찮으신가요?"

"응? 뭔데?"

"조금 전에 에리사미르 신과 교신했는데요, 코스케 씨에게 전할 말씀이 있다고 하세요."

"어? 에리스가……?!"

정말 드문 일이었기에 코스케도 놀랐다. 만약 자르였다면 그리 놀라지 않았으리라. 자르는 코스케가 연락할 때마다 연락을 더 해 달라고 재촉해오기 때문이다. 반대로 에리스는 어지간한 일이 아니라면 재촉하지 않는다. 그런데 일부러 실비아를 경유하면서까지 연락해 왔으니, 무슨 일이 있는 거라고 여길 수밖에 없었다.

"……알았어. 바로 연락해 볼게."

"부탁드려요."

실비아가 그렇게 말하며 고개를 숙이는 걸 본 뒤, 코스케는 곧장 교신구를 꺼내서 에리스에게 연락했다.

『에리스, 할 말이 있다고 들었는데?』

『어라. 빨리 오셨네요.』

『응. 뭐, 지금은 딱히 급한 볼일도 없었으니까.』

『……그런가요.』

『응. 그래서, 무슨 일 있어?』

『있다고 한다면, 있습니다만……..』

웬일로 애매모호한 에리스의 말을 듣자, 코스케는 고개를 갸웃했다.

『별일이네. 정말로 무슨 일이야?』

『……솔직히, 이런 걸 저희 쪽에서 간섭해도 되는지 판단하기가 망설여져서요.』

에리스가 망설여진다니, 대체 얼마나 성가신 일일까? 코스케는 저도 모르게 대비했다.

『왠지 그런 말을 들으면 전력으로 거절하고 싶어지는데…….』

『……역시, 그러시겠죠.』

어째서인지 에리스도 코스케의 말에 동의했다. 그런 에리스의 태도를 보다 못했는지, 다른 목소리가 끼어들었다.

『에리스 언니, 기다려. 이 일에 관해서는 그분도 확실히 끼워서 이야기했을 텐데. 그걸 이제 와서 파기할 셈이야?』

들려온 건 스피카의 목소리였다.

『……그랬었죠. ……그분도 얽혀 있었죠.』

그분이 누구인지는 정말로 새삼스러운 일이다. 지금 이야기를 듣자, 코스케는 점점 귀찮은 일의 예감을 느꼈다.

『아……. 뭔가 정말로 성가신 일?』

『글쎄, 어떨까? 이번 일을 성가신 일로 느낄지 말지는 너에게 달리지 않았을까?』

그 말을 듣자, 코스케는 이야기를 들을 각오를 다졌다. 애초에 이 세계에서 신들이 하는 이야기를 거절할 수 있다고는 생각하지 않았으니까.

『하아. ……뭐, 됐어. 이야기 내용은 확실히 들려 달라고?』

『뭐, 내용 자체는 대단한 게 아니야. 내가 직접적으로 얽히는 내용이기도 하지.』

『……스피카가?』

『음. 뭐니 뭐니 해도, 내가 가호를 내린 상대에 대해서니까.』

코스케가 아는 한, 스피카가 가호를 내린 인물(?)은 윈리와 플로리아밖에 없다. 윈리에게 무슨 일이 있어 보이지는 않았다. 그렇기에 필연적으로 다른 한 명을 뜻하는 것이라고 추측했다.

『……플로리아 말이야?』

『오, 날카롭군. 그런 셈이야.』

『단순하게 양자택일했을 뿐이니까. 그보다도, 플로리아에게 무슨 일 있어?』

『플로리아에게 무슨 일이 있다기보다는, 네가 앞으로 뭘 좀 해 줬으면 하는 거야.』

스피카의 우회적인 말투를 듣자, 코스케는 눈썹을 꿈틀댔다.

『……뭘 해야 하는데?』

『아, 미안. 오해하게 한 모양인데, 정말로 대단한 일은 아니야.

플로리아를 관리층에서 보호해 줬으면 좋겠어.』

『보호라니…… 무슨 일이 있었는데?』

『아니, 딱히 아무 일도 없어.』

코스케는 저도 모르게 소파에 푹 잠겼다.

『……교신, 끊어도 될까요?』

『잠깐잠깐. 미안. 제대로 이야기할게. 딱히 놀리려는 건 아니야. 정확하게는, 이대로 아무 일도 하지 않는다면 반드시 무언가가 일어난다는 거야.』

『…………무언가라니?』

『그건 모르겠어. 아무리 우리라도 모든 걸 내다볼 수는 없으니까. 뭐, 너라면 잘 알고 있겠지만.』

스피카의 말대로다.

[상춘정]에서의 에리스를 아는 몸으로서는…….

『……코스케 님?』

쓸데없는 생각을 했더니, 지금까지 침묵하던 에리스가 갑자기 끼어들었다.

『아니, 응. 물론 알고 있지.』

코스케는 황급히 이야기를 원래대로 돌렸다.

『……너도 여러모로 힘들겠어.』

어째서인지 스피카가 동정하고 말았다.

『그건 넘어가고, 나로서는 무슨 일이 생기기 전에 나의 무녀를 보호해 두고 싶은 거야.』

『여기서 보호하면, 아무 일도 일어나지 않나?』

『단정은 할 수 없겠지만.』

코스케는 팔짱을 끼고 고민에 잠겼다. 확실히 성가신 일이라면 성가신 일이다. 그러나 스피카의 말투로 봐서는, 오히려 이 이야기를 받아들이지 않으면 탑 안에서 이런저런 귀찮은 일이 일어날 것 같았다. 이건 어디까지나 스피카의 이야기를 들은 코스케의 감이었지만.

『관리층에서 생활하게 하면 되는 거지?』

『그래, 맞아. 플로리아에게는 내가 전해 두겠어.』

『……그건, 역시 신탁?』

『다른 방법이 있나?』

스피카는 태연하게 대답했지만, 그걸 들은 코스케는 정말로 호들갑스럽다고 생각했다.

『교신구라는 걸 태연하게 만드는 네가 그런 생각을 하는 건가?』

『그것에는 저도 동의하겠습니다.』

에리스도 그렇게 말하자, 코스케는 내심 양손을 들고 항복했다.

『뭐, 그러니까 며칠 뒤에 플로리아를 맞이하러 가 줘. 준비가 되면 실비아를 통해 연락하겠어.』

『알았어.』

『그럼 부탁해.』

이번 에리스와 스피카와의 교신은 이걸로 끝났다.

교신을 마친 코스케에게 실비아가 다가왔다.

"……괜찮으신가요?"

교신 중의 이야기는 들리지 않았을 텐데, 실비아는 그렇게 물었다. 에리스에게 어느 정도 들은 것이리라.

"으~음…… . 솔직히 미묘하긴 하네. 여기서 보호하든 안 하든 뭔가 일어날 것 같아서…… ."

"그럼, 어째서 받아들이기로 정하셨나요?"

"뭘 해도 무슨 일이 생긴다면, 눈이 닿는 곳에 놔두는 게 좋을 것 같으니까."

무슨 일이 생기더라도 코우히나 미츠키의 눈이 닿는 곳에서 대처하지 못하는 일은 일어나지 않으리라는 것이 코스케의 생각이었다.

"…………그쪽이 아니에요."

"……뭐?"

살짝 중얼거린 실비아의 말은 코스케에게 닿지 않았다.

"아무것도 아니에요."

실비아가 조금 토라진 기색을 내비치자 코스케는 고개를 갸웃했다. 그런 코스케를 본 실비아는 다시 한숨을 내쉬었다.

"코스케 씨가 이런 걸 눈치채기를 기대한 제가 문제였죠."

"……무슨 소리야?"

"신경 쓰지 마세요. 제가 신경 쓰는 건 대단한 일이 아니니까요."

코스케는 점점 이해하지 못하게 되었지만, 유감스럽게도 실비아에게서 그 이상의 말을 들을 수는 없었다. 참고로 코우히도 코스케의 호위로 곁에 있었지만, 그녀도 실비아와 마찬가지로 한숨을 내쉬고 있었다는 걸 코스케는 알아채지 못했다.

사후 승낙이라는 형태가 되고 말았지만, 플로리아를 관리층에서 보호하겠다는 걸 다른 멤버에게도 이야기했다. 코스케는 미안함을 느끼고 있었지만, 딱히 반대 의견이 나오지 않고 수락되었다. 생각해 보면 각각의 멤버를 받아들일 때도 딱히 허가를 받은 기억은 없다. 슈레인 때는 그렇다 치더라도 실비아, 콜레트, 피치는 코스케가 데려와서 그대로 눌러앉게 된 패턴이었다. 피치는 슈레인이 얽혀 있었기에 그 패턴에 해당하는지는 미묘했지만.

그래서 일단 플로리아를 맞이할 준비를 했다. 약속한 날까지는 아직 시간이 있기에, 그동안 코스케는 평소대로 활동하며 보냈다.

실비아를 경유해서 플로리아의 준비가 되었다는 걸 들은 코스케는 바로 제5층 알렉의 저택으로 향했다. 이번에 데려온 멤버는 코우히와 실비아다. 코우히는 코스케의 호위로 왔고, 실비아가 온 건 플로리아와 같은 가호 보유자이기 때문이다.

알렉의 저택에 도착한 코스케 일행은 바로 응접실로 들어왔다. 그곳에는 이미 플로리아와 알렉이 기다리고 있었다.

"어라? 알렉 씨도 계셨나요?"

코스케가 묻자, 알렉은 벌레 씹은 표정을 지었다.

"이제 두 번 다시 딸을 만나지 못할지도 모르는데, 마지막 정도는 함께 있어도 되지 않겠나?"

예상 밖의 말이었기에, 코스케는 저도 모르게 침묵하고 말았다.

"⋯⋯⋯⋯⋯예?!"

코스케를 본 플로리아와 알렉은 당혹스러운 표정을 보였다.

"아니, 플로리아를 계속 관리층에서 보호한다면, 그럴 수도 있다고 들었다만?"

"아니아니, 잠깐만요. 그렇게 할 리가 없잖아요? 대체 누구에게 그런 이야기를…… 아, 물어볼 것도 없나."

플로리아의 얼굴을 본 코스케는 범인을 알아챘다.

"…………이야기를 어떤 식으로 들었는데?"

"먼저, 나에게는 이곳도 안전하지 않다는 것이었지."

"응."

"이대로 가면 목숨이 위험해질 수도 있으니, 코스케 공에게 보호받는 게 좋다고 들었고."

"……그래서?"

"한 번 보호받게 되면 밖으로 나오지 못할지도 모르니까 각오하는 게 좋다고 말씀하셨다."

"…………."

"덤으로, 가혹한 생활을 할 수도 있다고도 들었지."

"어디 사는 악덕 상인이야……?!"

코스케는 저도 모르게 태클을 걸고 말았다. 코스케의 그 말을 듣자 플로리아와 알렉은 놀랐고, 옆에서 이야기를 듣던 실비아는 필사적으로 웃음을 참았다.

"……아……. 일단 묻겠는데, 그 이야기는 누구에게 들었어?"

"물론, 스피카 신의 신탁이다만?"

코스케는 대체 무슨 『신탁』을 내린 거냐고 속으로 투덜댔다.

그런 코스케의 표정을 본 알렉은 뭔가를 눈치챈 표정을 지었다.

"…………우리는, 터무니없는 오해를 하고 있었나?"

코스케는 알렉의 말에 수긍했다.

"신탁을 어떤 식으로 받았는지는 모르겠지만요. 그런 일을 할 리가 없잖아요?"

"…………그런가?"

플로리아가 의아한 표정을 지으며 바라보자, 코스케는 호들갑스럽게 한숨을 내쉬었다.

"뭐, 여기에 있으면 위험에 처할 가능성이 있으니까 빈번하게 올 수는 없겠지. 하지만, 아무리 그래도 평생 못 만나는 일은 없지 않을까?"

코스케의 말을 듣자, 지금까지 상당히 절박한 마음가짐이었는지 알렉과 플로리아가 모두 안도한 표정을 보였다.

세 사람의 대화를 듣던 실비아가 알렉과 플로리아에게 못을 박았다.

"스피카 신의 신탁이니 그 말씀을 과장되게 받아들이신 면도 있겠지만, 그렇다고 방심할 수는 없어요."

실비아의 말을 듣자, 알렉이 눈썹을 꿈틀대며 물었다.

"무슨 뜻이지?"

"스피카 신께서 말씀하신 건, 여기에 있으면 반드시 위험에 처한다는 것이겠죠."

"……그렇지."

"그렇다면, 당신이 여기에 있는데도 노릴 수 있는 연줄을 개인이나 조직이 가지고 있다는 뜻이에요."

실비아가 무슨 말을 하고 싶은 건지 짐작한 알렉이 한숨을 내쉬었다.

"섣불리 모습을 드러낼 수는 없다는 건가."

"그렇겠죠. 그렇기에 관리층에 숨기는 거잖아요? 그곳이라면 한정된 사람밖에 올 수 없으니까요."

실비아는 일단 거기서 말을 끊고 플로리아를 봤다.

"그러니까 당신이 관리층에서 여기에 올 수 있는 건, 확실하게 괜찮다는 걸 알 때뿐이에요."

"스피카 신께서 하신 말씀도, 아예 잘못된 건 아니라는 건가."

"아뇨. 그건 단지 플로리아 씨가 신탁을 받아들이는 게 미숙할 뿐이에요."

"…………무슨 소리야?"

코스케가 의아한 듯 실비아에게 물었다.

"신탁이란, 코스케 씨가 만든 교신구처럼 신들의 말씀을 직접 듣는 게 아니에요. 많은 말이 들어찬 덩어리를 신에게서 단번에 받는 이미지를 연상하시면 돼요."

코스케는 그걸 듣고 압축된 데이터를 컴퓨터로 받을 때를 이미지했다.

"그걸 받는 건 인간이니까, 그걸 풀어서 사람이 이해할 수 있는 말로 변환하는 게 필요하죠."

앞선 예시로 따지면, 압축 데이터를 인간이 푸는 느낌이다.

"아, 그 단계에서 전언 게임처럼 말이 변환되거나, 누락되거나 하는 건가?"

"그렇게 이해하시는 게 좋아요."

실비아의 설명을 들은 코스케는 겨우 납득한 듯 끄덕였다.

"어라? 하지만 그런 것치고는 용케 오늘 온다는 걸 틀리지 않고 확실히 이해했네?"

"아뇨. 본래 예정과는 틀어졌을지도 몰라요. 하지만 그건 당연히 스피카 신께서도 알고 계시니까……."

"아, 틀어진 예정을 그대로 우리에게 전한 건가."

"뭐, 틀어졌는지 아닌지는 실제로 신탁을 받은 게 아니라서 알 수 없지만요."

코스케와 실비아는 별생각 없이 대화하고 있었지만, 그걸 들은 두 사람은 그럴 경황이 아니었다.

"……뭔가, 비상식적인 말을 들은 기분이 드는데."

"우연이구나, 플로리아. 나도 흘려들을 수 없는 말을 들은 것 같다."

부녀는 한 번 얼굴을 마주 보고는 다시 코스케 일행을 바라봤다.

""코스케 공이 만든 교신구?""

두 사람의 말을 들은 실비아가 바로 교신구를 보여 줬다.

"이거에요. 저는 이걸 써서 에리사미르 신과 직접 교신할 수 있죠."

태연하게 나온 내용 앞에서 부녀는 할 말을 잃었다. 그걸 본 코스케가 고개를 갸웃하며 실비아를 봤다.

"꽤 태연하게 말하네?"

"이 신구에 대한 건 믹센 신전에서도 파악하고 있고, 가호에 관해서도 어느 정도 추측은 하고 있을 테니까요."

"그렇구나."

실비아의 말에 알렉이 반응했다.

"······잠깐. 신전이 파악하고 있는데, 움직이지 않는다고?"

알렉의 말에 실비아와 코스케가 서로 쓴웃음을 지었다.

"움직이지 않은 건 아니었죠."

"오히려, 괜히 긁어서 부스럼이 생긴 느낌?"

두 사람의 미묘한 우회적 표현을 듣자, 알렉은 미츠키를 떠올렸다.

"············설마······."

"그 설마예요. 그때는 코우히 씨였지만요. 게다가 완전히 호랑이 꼬리를 밟았었죠."

그 코우히가 눈앞에 있는데도, 실비아는 가볍게 말했다. 플로리아와 알렉은 저도 모르게 코우히를 바라봤지만, 딱히 달라진 점은 없었다. 알렉은 저도 모르게 신전 관계자를 동정하고 싶어졌지만, 꾹 참았다. 아무리 알렉이라도 두 번이나 똑같은 실패를 반복하고 싶지는 않았으니까.

코스케와 실비아의 이야기를 들은 알렉은 지금까지 의문으로 여긴 일의 해답을 찾았기에 내심 납득하고 있었다. 딸인 플로리아도 중요하지만, 탑의 향후를 생각하면 신전에 대한 것도 제쳐놓을 수 없다. 조금 전 이야기를 생각하면 플로리아의 신변에 지금 당장 무슨 일이 일어나는 건 아닌 모양이었으니까.

그래서 기왕 코스케도 왔으니 신전 이야기를 꺼내기로 했다.

"……과연. 예전에 그런 일이 있었다면 지금 신전의 대응도 납득할 수 있군."

"그렇죠. 신전 측이 미츠키 씨에 대해서까지 파악하고 있는지는 모르겠지만, 설불리 손대지는 않을 거예요."

알렉은 실비아의 그 말에 쓴웃음을 지었다.

"그런 견해도 있겠지만, 다른 견해도 있지."

알렉의 그 모습을 보자, 다른 네 사람이 고개를 갸웃했다.

대표로 코스케가 알렉에게 물었다.

"그 말씀은?"

"신전은, 코스케 공이 고개를 숙이는 걸 기다리고 있을 거다."

그걸 들은 코우히가 바로 납득하며 고개를 끄덕였다.

그리고 웬일로 의아한 표정을 보이는 코스케를 향해 의견을 냈다.

"주인님. 이대로 제5층에 새로운 신전을 만들지 않는다면 어떻게 될까요?"

코우히의 그 말을 듣자, 코스케와 플로리아가 깜짝 놀란 표정을 지었다. 실비아만이 혼자 주변에 따라가지 못하고 있었다.

"……무슨 말씀이신가요?"

"그러니까 이런 거야. 사람이 늘어나면 늘어날수록 신전이라는 조직이 필요해져."

"실제로 지금은 그리 많지는 않지만, 신전을 만들어 달라는 탄원이 행정부에 오고 있지."

사람이 모이면 그만큼 신앙이라는 기댈 곳이 필요해진다. 이 세계에는 그 상징이 신전이다. 마물이 적은 다른 대륙에는 작은 마을에도 신전 한두 개 정도는 반드시 존재한다. 사람들이 늘어나면 신전이라는 존재를 원하게 되는 건 어느 의미 당연한 흐름이다.

"신전은 사람들이 기댈 수 있는 장소에요. 원하는 건 당연한 일이겠죠?"

"뭐, 그렇지. 하지만 있는 게 당연한 존재인 조직으로서의 신전이 이 탑에는 없어."

당초 코스케의 예정으로는 그저 탑을 공략하는 모험가를 불러들이기만 하면 충분했지만, 현재는 이미 그런 단계를 넘어섰다. 사람이나 물건이 많이 들어와서 급속도로 발전하고 있다. 알렉을 중심으로 한 행정부까지 형태가 잡히고 있는 현재의 제5층은 사람 숫자만이 아니라 이미 마을로서 기능하기 시작했다. 이 정도 규모의 마을에 성직자가 상주하는 신전이 하나도 없다는 건 매우 이례적인 일이다.

코스케가 실비아를 보며 물었다.

"일단 물어보겠는데, 이 세계에서 이런 규모의 마을에 그런 신전이 없는 일도 있어?"

"뭐, 거의 없죠. 아무리 작은 마을이라도 새로 생기면 신관이나 무녀를 파견해서……. 그런 건가요."

실비아도 겨우 납득한 듯 고개를 끄덕였다.

"게다가 이 정도 규모의 마을이 되었으니 신전도 어느 정도 커질 거다. 당연히 그에 걸맞은 신관이나 무녀가 필요해지지."

일행이 입을 모아 말하자, 실비아는 벌레 씹은 표정이 되었다.

"신전 측은 코스케 씨가 그 신관이나 무녀를 파견해 달라며 고개를 숙이는 걸 기다리고 있다는 건가요."

실비아는 무녀지만, 신전 관련으로는 때때로 이런 표정을 보일 때가 있다. 예전에 신전을 방문했을 때 코스케도 느낀 거지만, 아마 과거에 무슨 일이 있었다고 예상 중이다. 그렇다고 자세히 물어볼 생각은 없지만. 말할 필요가 있다면 언젠가 이야기해 주리라 생각하고 있었다.

"아니, 신전 측에서는 굳이 고개를 숙이든 안 숙이든, 어느 쪽이라도 상관없겠지."

알렉의 그 말에 코스케도 수긍했다.

"그렇겠죠. 안 오면 안 오는 대로 이 층 주민들이 신전을 바라면서 뭔가 행동을 일으키리라 보고 있을 테니까요."

"아마 틀림없을 거다."

신전 측에서 보면, 어떻게 돌아가더라도 코스케 일행에게 신전의 필요성을 알릴 좋은 기회가 된다고 보고 있으리라.

그러나 코스케 일행도 손쓸 방도가 전혀 없는 건 아니다. 그 방도란.

"제가 전면에 설까요?"

코우히가 진언했다. 코우히가 실제로 모습을 드러내 사람들 앞에 나타나면 그런 꿍꿍이 따위는 날아가 버린다. 실제로 코우히가 제5층 신전을 관리할 신전이나 무녀를 모집한다면 바로 모을 수 있다.

그러나, 그건 그것대로 쓰고 싶지 않은 수단이다.

"그걸 해 버리면 코우히가 자유롭게 움직이지 못할 가능성이 있으니까 기각."

이유는 이거다.

코우히의 위광으로 신관이나 무녀를 모으면, 그녀가 실제로 그들을 관리해야만 한다. 직접적으로 신전을 관리하지 않더라도, 간접적으로는 얽혀야만 한다. 게다가 굳이 코우히에게 의지하지 않아도 코스케에게는 복안이 있었다.

"요컨대 신전의 힘을 빌릴 것 없이, 지어 둔 건물에 신이 관여하고 있다는 걸 알리면 되잖아?"

그러면 건물을 관리하는 자는 딱히 성직에 있는 사람이 아니어도 된다. 아니, 코스케가 생각하는 일을 한다면 성직자들이 멋대로 모일 거다.

"그건, 그렇죠."

이 중에서 제일 신앙에 박식한 실비아가 수긍했다.

"하지만, 신이 관여하고 있다는 걸 어떻게 알리느냐가 문제인데요?"

"응. 그건 뭐. 지금 생각하고 있는 게 있거든. 전부터 시도해 보고 싶다고 생각했는데⋯⋯⋯⋯."

이어서 내놓은 코스케의 복안을 듣자, 그를 제외한 전원이 저도 모르게 경악한 표정을 지었다.

"설마, 그런 게 가능한 건가?"

가장 먼저 회복된 건 알렉이다. 지금 있는 멤버 중에서는 신과 가장 거리가 먼 존재이니, 신과 직접 연관되지 않은 게 도움이 되었을지도 모른다. 성실하게 수행을 쌓아온 실비아에 이르러서는 반쯤 멍한 상태가 되었다.

"아마도……지만요. 아무리 그래도 사전에 시도해 볼 수는 없으니까 실제 현장에서 해 볼 수밖에 없겠지만."

"실패할 확률은?"

"글쎄요? 그래도 뭐, 당사자 전원에게 확인해 보고 최대한 실패하지 않게 조정해야겠죠."

"흠……. 그럼, 뭔가 이벤트를 여는 게 좋을지도 모르겠군."

"차라리, 지금 있는 안 쓰는 신전을 없애고, 커다란 신전을 탑에 새로 지어 볼까요?"

"그런 게 가능한 건가?"

"물론이죠. 게다가 단숨에 지어지고요."

신전이 단숨에 생기는 건 퍼포먼스로도 충분할 거다.

"……뭐랄까, 그것만으로도 충분한 것 같은데."

알렉과 코스케 사이에서 착착 이야기가 정해져 나갔다. 그 모습을 코우히와 실비아와 플로리아가 반쯤 멍하니 지켜봤다. 상담하는 두 사람의 얼굴이 아무리 봐도 개구쟁이처럼 변했기 때문이다.

본론에서는 무척 어긋나고 말았지만, 탑의 향후를 위한 굉장히 중요한 이야기가 되었다. 물론 이번 이야기는 코스케가 와히드에게 말해 두기로 했다. 와히드가 크라운 중역들에게 이야기를 전할거다. 중역들도 탑의 미묘한 위치를 알고 있다. 아니, 매일 실감하고 있기에 쓸데없는 말은 하지 않으리라.

예정 밖의 이야기를 해서 체류가 길어졌지만, 오히려 필요한 이야기였기에 코스케도 만족했다. 그리고 플로리아를 보고 뭔가 말하려던 알렉을 슬쩍 넘긴 코스케 일행은 그녀를 데리고 관리층으로 향했다.

(2) 사전 준비

와히드의 지위는 알렉보다 상위에 위치한다. 일반적인 길드는 행정부에서 독립된 조직이기에 표면상의 상하 관계는 없다. 그러나 그걸 믿는 사람은 아무도 없다. 일반적인 조직 규모로 봐도 길드가 행정 기관을 넘어서는 일은 있을 수 없으니까. 그러나 탑에 있는 마을의 행정부와 크라운에 한해서는 그렇지 않다.

급속도로 발전했다고는 해도, 제5층 마을은 아직 발전하는 중이다. 반면 크라운은 모험가 부문만이 아니라 상인 부문도 원래부터 존재하던 길드를 삼켜서 규모를 키우고 있다. 결과적으로 현재는 사람, 물자, 돈, 모든 면에서 크라운이 행정부를 웃돌고 있다. 그래도 일개 조직인 크라운의 권한이 행정부보다 웃도는 건 좋지 않다. 따라서 크라운 총괄의 지위는 행정관인 알렉보다 아래가 되지만, 와히드는 코스케의 대리인이라는 지위도 있다. 고용된 행정관인 알렉보다도 코스케의 대리인인 와히드의 지위가 높은 건 달라지지 않는다.

그래서 지금 탑의 인간관계는 매우 복잡해졌지만, 어디까지나 제5층은 탑 내부이기에 관리자 권한이 있는 사람이 지위로는 우위에 있는 셈이다.

코스케는 그런 걸 굳이 정해야 하느냐고 생각하고 있지만, 이럴 때는 확실히 정해 두지 않으면 무슨 일이 생겼을 때 움직이지 못하게 된다고 각 방면에서 이야기를 들었다.

그런 사정이 있기에, 알렉에게 이야기한 내용은 와히드에게도 말해 주지 않으면 곤란하다. 그래서 그에게도 코스케가 직접 이야기하게 되었다. 알렉도 와히드도 그런 걸 신경 쓰지는 않겠지만, 이 경우는 주변에서 어떻게 느끼는지가 중요한 거다. 코스케도 귀찮기 그지없었지만, 이것도 앞으로 제5층을 확실하게 관리하려면 필요한 일이라고 판단했다. 참고로, 코스케의 발걸음이 제5층에서 멀어지는 이유도 바로 이런 일들 때문이었다.

코스케의 이야기를 들은 와히드는 그의 생각에 곧장 동의했다.

"신전에 관해서는 언젠가 말씀드리려고 했습니다."

와히드가 이렇게 말한다면, 슬슬 표면화된 문제였던 것이리라.

"그렇구나. 뭐, 아무튼 지금 말한 방법으로 어떻게든 해 보려고 하는데?"

"네. 그 방안이 실행된다면 문제의 대부분은 해결됩니다."

"그건 다행이네. 그밖에는 뭔가 없어?"

"아뇨, 딱히. 각 부문의 총괄들이 잘 움직여 주고 있어서 크라운은 거의 문제가 없습니다."

와히드가 그렇게 말하자 그 총괄들이 야유를 보냈지만, 그는 깔끔하게 무시했다.

"으~음……. 뭔가 이것저것 따지고 싶다면, 차라리 와히드와 지위를 바꿔 볼래?"

코스케가 농담 삼아서 묻자, 총괄들이 바로 침묵했다. 결국 와히드가 제일 힘들게 일하고 있다는 걸 잘 알고 있기 때문이다.

"뭐, 됐어. 그럼 준비는 부탁할게?"

"알겠습니다. 모두를 모아 이야기하도록 하겠습니다."

"그쪽은 맡길게."

코스케는 그런 말을 남긴 채 제5층에서 관리층으로 돌아갔다.

코스케가 떠난 크라운 본부에는 와히드가 소집한 이들이 모여 있었다. 크라운 측은 와히드를 포함한 총괄들과 부문장이 출석. 행정부 측은 알렉과 그 부하들이 모였다. 현재 제5층을 실질적으로 관리하는 멤버들이다.

거기서 다시금 알렉과 와히드가 코스케의 방안을 발표했다. 총괄들을 제외한 이들은 그 이야기를 듣고 할 말을 잃었다.

"아, 굳이 말하지 않아도 알겠지만, 실행할 때까지 발설은 금한다."

"자칫하면 신의 분노를 살지도 모르니, 굳이 말하려고 하지는 않겠죠."

알렉과 와히드가 그렇게 말하자, 이 자리에 있는 전원이 진지하게 끄덕였다. 알렉의 부하 한 명이 겨우 회복했는지 조심조심 물었다.

"아니, 하지만 저기…… 정말로 그런 일이 가능한 겁니까?"

만약 이제부터 코스케가 하려는 일이 가능하다면, 아마 역사상 최초가 되리라. 성공한다면 틀림없이 코스케는 역사에 이름을 남기게 된다. 그는 그 정도의 일을 실행하려는 것이다.

"글쎄, 어떻게 될까. ……하지만, 내가 이야기를 들었을 때는 어째서인지, 그가 실패하리라는 생각이 안 들더군."

이렇게 말한 건 알렉이다.

코스케에게 이야기를 들었을 때는 놀랐지만, 어째서인지 실패하리라는 생각은 들지 않았다. 이야기 내용이 내용인 만큼, 입장상 확답을 받는 걸 잊지는 않았을 뿐이다. 참으로 신기한 느낌이었지만, 이것만큼은 감각적인 것이라서 다른 이들에게 잘 전해 줄수가 없었다.

"그렇지만, 절대적이라는 건 있을 수 없으니까, 실패하는 것도 포함해서 사전 준비를 진행해 두고 싶다."

알렉의 당연하다면 당연한 의견에 전원이 수긍했다.

"원래는 절대 불가능하다고 생각할 텐데, 그들이라면……. 이런 생각이 드는 게 신기하군요."

쓴웃음을 섞어서 말한 건 슈미트다. 슈미트는 이 중에서는 코스케와의 관계가 긴 편으로 꼽힌다. 그런 슈미트가 말하자, 코스케와 직접 면식이 있는 이들도 수긍했다.

아직 코스케와의 관계가 짧은 알렉의 부하들은 의아한 듯 고개를 갸웃하고 있었다.

"……그렇습니까?"

"뭐, 너희가 그렇게 생각하는 것도 무리는 아니지. 나도 너희와 같은 처지였다면 그렇게 생각했을 테니까."

그렇게 말한 건 가제란이었다.

"뭐랄까……. 평소에는 극히 평범한 청년이라는 느낌인데, 여차할 때는 어마어마한 힘을 발휘하니까요."

다레스의 말이 주요 인물들이 코스케에게 내리는 현재의 평가다.

신능 각인기 하나만 봐도 코스케의 공적은 대단히 크다. 지금은 아직 크라운 카드만 주목하고 있지만, 곧 신능 각인기로 눈길을 돌릴 거다. 실제로 눈썰미 있는 자는 신능 각인기를 주목하고 있다. 그 제작자에게 주목이 모이는 것도 시간문제다. 유감스럽게도 신능 각인기는 양산할 수 없기에, 지금은 제작자 자신에게 주목이 모이지 않고 있을 뿐이다.

"너희도 제어하기 쉽다고 착각하지는 말라고."

가제란이 충고하자, 알렉의 부하들은 일단 수긍했다. 그들은 코스케와의 교류가 짧기에 이렇게 대응하는 것도 모르는 바는 아니다. 그렇기에 가제란도 그 이상은 말하지 않았다. 이건 직속 상사인 알렉의 역할이다. 알렉은 코스케의 힘을 얼마 전에 일부 들은 참이고, 미츠키에 대한 것도 있다. 굳이 호랑이 꼬리를 밟을 생각이 없는 알렉이 위에 있다면 바보 같은 생각을 하는 사람은 나오지 않으리라. 만약 나오더라도 코스케가 간접적으로 짓뭉갤 뿐이다. 물론 직접 나서는 건 코우히나 미츠키다.

그걸 알고 있기에 크라운 중역들도 아무 말도 하지 않는 거다. 알렉이 부하들을 잘 제어할 수 있을지가 문제인 셈이다. 하지만 알렉도 괜히 제3왕자였던 게 아니다. 결국 알렉의 사람 보는 눈은 확실해서, 이후로도 바보 같은 생각을 하는 자는 나오지 않았다.

회의 후, 코스케는 자르에게 연락을 보냈다.

『……또 굉장히 화려한 일을 벌일 생각이네.』

코스케는 자르의 말에 쓴웃음을 지었다.

『뭐, 기왕 이렇게 되었으니 당당하게 어필할까 해서.』

『흐～응. 뭐, 나로서도 재미있으니까 상관없지만. ……그래도, 우리 쪽에서 힘을 빌려줄 수는 없거든?』

『그건 당연하겠지.』

『알고 있으면 됐어. 정당한 권리를 행사한 거라면, 다른 이들도 반대는 하지 않을 테니까.』

『그런가?』

『당연하지. 오히려 반대했다가는 규탄당할 거야.』

『으엑. 그쪽 세계도 이것저것 있구나.』

자유롭게 활동하는 것처럼 보이는 자르도 사실은 세계의 룰에 따라 활동하고 있는 거다.

『그러지 않으면 세계의 관리 같은 건 못 하잖아?』

『지당하신 말씀입니다. 그러니까 언제나 샛길을 찾아서 땡땡이를 치고 있는 거지?』

『……호오. 꽤 대담한 말도 하게 됐네?』

자르가 얼음장처럼 차갑게 말했지만, 코스케는 과감하게 반박했다.

『아니, 그게. 양식미라는 건 중요하지 않아?』

『무슨 소리야?』

『평소 패턴이라면, 슬슬 에리스가 오지 않을까～, 해서.』

『너 말이야~. 그렇게 매번매번 원 패턴 같은 일이 일어날 리가…….』

어이없어하는 자르의 목소리에, 여느 때의 목소리가 끼어들었다.

『…………뭐가 원 패턴이라는 거죠?』

『으갸악……?! 어어어, 언니?! 어떻게 여기를? 안 들키려고 평소에 안 오는 곳으로 정했는데?!』

『스피카에게 들었습니다.』

『설마 배신을……?!』

『플로리아 건이 있었으니까요. 기꺼이 가르쳐 주던걸요?』

『치, 치사해. ……직권 남용!』

『그런 건, 자신이 해야 하는 의무를 다하고 나서 주장하세요.』

『으으으…….』

매번 이렇기에 옆에서 듣는 코스케도 이미 익숙해졌다. 게다가 순수하게 남 일처럼 즐기며 들을 수 있다.

『나중에 두고 보자고, 코스케!』

그랬더니 불똥이 튀었다.

『응……?』

『자르. 적반하장은 꼴사납다고요? ……코스케 님. 그럼 나중에.』

『응. 또 보자.』

그래도 뚝, 하고 이번 교신이 끝났다.

매번 에리스는 이렇게 절묘한 타이밍에 나타나는데, 나올 타이밍을 계산해서 나오는 게 아닌가 슬슬 의심되고 있었다.

그런 코스케의 모습을 지켜보던 여성진 중 한 명이 소파 위에서 머리를 감싸 쥐었다.

"…………실비아. 물어봐도 될까?"

"……예상은 가지만, 뭔가요?"

"코스케 공은, 언제나 저런 건가?"

"……뭐, 대개 그렇죠."

실비아의 대답을 들자, 플로리아는 커다란 한숨을 내쉬었다.

"…………그런가."

애초에 이렇게 간단히 신과 교신하는 것 자체가 말도 안 된다. 게다가 코스케의 편한 말투. 교신 때 신의 목소리는 주변 사람들에게 들리지 않지만, 코스케가 하는 말만 듣더라도 모르는 사람이 들으면 졸도할 수도 있다. 이걸 성직에 있는 사람이 듣는다면 틀림없이 제정신을 의심할 거다.

무녀이니만큼, 실비아는 플로리아의 마음을 잘 알았다.

"마음은 이해하지만, 빨리 익숙해지지 않으면 여기서 살아갈 수 없다고요?"

"…………그런 모양이야."

실비아의 조언을 들은 플로리아는 고개를 크게 좌우로 흔들었다. 그리고 양손을 자기 뺨에 찰싹 두드리자, 다음 순간에는 평소의 플로리아로 돌아왔다. 마음을 다잡는 속도가 빠른 건 그녀의 장점이기도 하다. 이런 성격이기에 예전 같은 일이 있었는데도 관리층에 바로 받아들여졌다. 다른 멤버도 마음을 터놓는 정도까지는 아니라도 평범한 관계는 되었다.

코우히와 미츠키를 제외한 멤버들은 두 사람의 대화를 쓴웃음과 함께 들었다.

"……누군가 가르쳐 준 사람이 없었나?"

"처음에는 누군가가 지적했었지만, 그것도 어느새 사라졌지 뭐냐."

그렇게 말한 슈레인이 시선을 보낸 건 콜레트 쪽이었다.

"……일일이 지적하는 것도 바보 같아졌거든."

"그러게요~."

결과적으로, 코스케를 막을 사람은 없어졌다. 참고로 코우히와 미츠키는 처음부터 코스케가 하는 일을 막을 생각이 없다.

"…………뭔가, 아까부터 말이 좀 심한 것 같은데?"

코스케가 항의하자, 코우히와 미츠키를 제외한 전원의 시선이 그에게 모였다.

"윽…………. 미안합니다?"

그 시선에 밀린 코스케가 저도 모르게 고개를 숙였다. 이만한 여성의 시선을 견딜 수 있는 사람이 있다면 꼭 좀 데려와 줬으면 좋겠다.

"그, 그건 넘어가고, 플로리아."

"뭐냐?"

"모험가들이 드디어 제51층에 도달했다고?"

이 정보는 관리층에 막 돌아왔을 때 플로리아에게 들었다. 자세히 묻기 전에 교신이 들어온 거였기에, 다시 그 이야기를 듣기로 한 거다.

"그래, 바로 어제였지. 탑 안에 던전이 있다는 화제가 모험가들 사이에서 들끓고 있어."

코스케에게는 드디어 들어온 정보였다. 한 층 한 층이 넓은 천궁탑 아마미야는 굳이 위로 올라가지 않아도 모험가들이 충분히 돈을 벌 수 있었으니까. 그렇기에 각 계층에 모험가들이 많이 모여서 하위층에서 돈벌이가 안 좋아지면, 실력 있는 이들이 더 위층으로 향하는 사이클이 돌고 있었다. 그리고 크라운 등록자 수도 늘어나면서 탑에 오는 모험가의 총 숫자가 늘어난 결과, 겨우 던전 층이 있는 제51층에 발을 들인 파티가 나오게 되었다.

"그래. 겨우 나왔나."

"관리하는 측으로서는 공략당하지 않는 게 낫지 않나?"

플로리아의 의견도 지당했지만, 각 층의 마물 토벌 수가 늘어나기를 바라는 코스케로서는 모이는 모험가의 숫자에 비해 예상 밖으로 느리다는 느낌이었다. 적어도 하위 던전인 제51층~제60층은 바로 넘어서 다음 계층인 제71층과 제72층까지는 도달했으면 하는 게 본심이다.

"…………그랬었나."

코스케가 설명하자, 플로리아는 팔짱을 끼며 고민에 잠겼다.

"그렇지만, 지금 이대로는 힘들 텐데?"

"아, 역시?"

"음. 무엇보다 이 탑의 각 층은 너무 넓어서 다음 층으로 간단히 발을 들일 생각이 나지 않으니까."

"으~음……. 그렇다고 전이문으로 연결해 버리는 것도 뭔가 아닌 것 같단 말이지."

"…………가능한 건가?"

"가능하지만……. 전이문으로 단축해서 공략하게 하는 건, 명색이 탑의 관리자가 할 일이 아니라고 생각해서……."

플로리아도 코스케의 말을 모르는 바는 아니다. 그러나 이동 거리가 늘어나면 그만큼 모험가의 코스트 퍼포먼스도 안 좋아지는지라 상층으로 향하는 자가 줄어드는 것도 당연했다.

"……한 번이라도 던전에 발을 들인 파티라면 단축할 수 있게끔은 못하는 건가?"

"크라운 카드를 전이문과 조합해서 조정하면 불가능하지는 않지만……. 어쩔 수 없지. 한번 검토해 볼까."

"음. 그러면 던전으로 가는 파티도 늘어나겠지."

"덤으로, 각 층에 안전 구역이라도 만들까."

"………가능한 건가?"

"결계로 덮기만 하는 간단한 거지만."

탑의 기능을 쓰면 그 이상의 것도 만들 수 있지만, 지금은 거기까지 할 생각이 없다. 코스케는 모험가 우선으로 탑을 운영할 생각이 없었으니까.

"안전하게 쉴 수 있는 곳이 있기만 해도 공략하는 방식이 전혀 달라질 테니까. 틀림없이 모험가들에게는 플러스가 될 거다."

"그런가……. 그럼 그 일과 합쳐서 그것도 발표하기로 할까?"

타이밍으로도 딱 좋았기에, 코스케도 결단을 내렸다. 굳이 발표하지 않고 설치해도 괜찮겠지만, 모처럼 이렇게 되었으니 공식적으로 발표하기로 했다. 전이문에 관해서는 그에 맞춰서 어떻게 운영할지, 아니면 아예 설치하지 않을지 정하기로 한 코스케였다.

(3) 각자의 생각

믹센 에리사미르 신전의 어느 방.

신전장에게 허가받은 사람만이 입실할 수 있는 그 방에 세 명이 모여 있었다. 그리고 그 세 명이 둘러싼 테이블 위에는 편지가 한 통 놓여 있다.

내용은 극히 간단했다.

말하기를, 천궁탑에서 신전 낙성식이 열리므로 신전 관계자도 아무쪼록 참석해 달라는 내용이다. 그러나 그들이 기다리던 내용은 전혀 적혀 있지 않았다. 그들이 원하는 내용이란, 신전을 짓겠으니 신관이나 무녀를 보내 달라는 것이었다.

예전에 실비아 뒤에 있던 코우히에게서 탑에 손대지 말라는 엄포를 받았지만, 신전 관계자들은 신관이나 무녀를 파견해서 신전의 세력을 늘리는 건 극히 당연한 일이라고 생각하고 있었다. 이 세계의 종교란 그런 법이고, 어지간히 작은 마을이 아닌 한 신전을 두지 않는 일은 없으며, 반드시 신관이나 무녀가 필요하다. 개중에는 폐쇄적인 마을 같은 예외도 있지만, 그런 곳에도 신앙이 없는 건 있을 수 없으니 신전을 대신하는 모종의 시설은 두고 있다.

그렇기에, 사람이 모이는 한 당연히 탑에도 신관이나 무녀가 필요하다고 생각한 것이 로렐을 위시한 에리사미르 신전의 실력자

3인이었다. 그러나 마침내 당도한 편지 안에는 신관이나 무녀를 파견해 달라는 내용이 전혀 적혀 있지 않았다. 믹센에 있는 다른 두 신전에도 연락해 봤지만, 내용은 똑같았다. 신관이나 무녀 파견에 관한 건 적혀 있지 않았다.

"………어떻게 된 걸까요?"

신전장인 로렐의 말이 나오자, 이제껏 침묵하던 나머지 두 사람이 꿈틀 반응했다.

"설마 녀석들, 겉으로만 꾸민 텅텅 빈 신전을 놔둘 생각인 건가?"

이건 사제장인 젤의 말이다.

"그것이야말로 설마겠죠. 그들에게는 그분이 계시지 않습니까?"

마지막 세 번째는, 최근 신관장으로 승진한 고젠이다. 예전에 있던 신관장은 지위가 올라서 다른 대륙에 파견되었기에 고젠이 올라왔다. 그들의 상식에 의하면, 신의 사도라 불리는 코우히가 텅텅 빈 건물로 만족하리라고는 생각하기 힘들었다. 하물며 신전도 아닌 관리층이라는 궁극의 단층집 같은 곳에서 생활하고 있으리라는 생각은 조금도 하지 않았다. 뭐, 단층집이라고 해도 넓이 자체는 방의 숫자도 포함해서 그런대로 넓지만.

"하지만, 평소에 그분을 그 탑의 마을에서 발견했다는 이야기는 거의 듣지 못했어. 그렇다면, 평소에는 다른 계층에 계시더라도 이상하지 않지 않나?"

"그거야말로 설마겠죠. 다른 곳에 살고 계신다면, 그곳의 관리는 누가 하는 겁니까?"

코우히 자신이 관리층의 유지 관리를 담당한다는 건 전혀 생각하지 못했다. 하물며 희희낙락 청소하고 있다는 건 상상의 범주 밖이다.

"그건 예전의 논의에서도 결론이 나오지 않은 일입니다. 지금할 이야기는 아니겠죠."

그대로 탈선할 것 같은 두 사람을 로렐이 가로막았다.

"그보다도, 지금은 이 편지입니다. 내용을 보건대, 탑 안에 지어진 마을에 새로운 신전을 짓는다는 건 틀림없어 보이네요."

"하지만 현재 신전 건설이 시작되었다는 이야기는 듣지 못했습니다만?"

젤의 말은 신전이 탑의 상황을 확실하게 파악하고 있다는 걸 의미했다. 성직자라고 해도 정보를 모으기 위한 인원 정도는 보유하고 있다. 오히려 언제 어느 때 다치더라도 이상하지 않은 모험가들이 회복 마법을 쓸 수 있는 신관이나 무녀를 신전에서 임시로 고용하는 건 드문 이야기가 아니다. 그런 신관이나 무녀들이 탑의 상황을 알리는 정보를 수시로 보내오고 있다. 그 정보 중에, 마을이 지어지는 구획에서 신전 건설이 시작되었다는 이야기는 전혀 없었다.

"대체 어떻게 된 걸까요."

상대의 생각을 전혀 읽을 수가 없기에 로렐조차도 한숨을 내쉬었고, 젤이 확인해 왔다.

"그거야말로 생각해 봤자 별수 없는 일이겠죠. 그보다도 이 초대에는 응하실 겁니까?"

"가지 않는다는 선택지는 없겠죠. 굳이 말하자면, 가야 한다고 생각합니다."

로렐의 말에 잠시 고민하는 모습을 보이던 젤은 다시 물었다.

"……그렇습니까. 달과 별은 어쩔 것인지 물어보셨습니까?"

달과 별이라는 건 자미르 신전과 스피카 신전을 말한다.

"아직 묻지는 않았지만……. 아마 함께 가게 되겠죠. 그들도 그분과 연결되어 있는 조직의 움직임을 주시하고 있을 겁니다."

이전에 에리사미르 신전에서 일어난 일은 다른 두 신전에게도 정보를 공유했다. 정보를 숨겨서 개별적으로 대처하기보다는 함께 움직이는 게 낫다고 생각했기 때문이다. 전이문을 고려하면, 믹센의 세 신전은 그야말로 그분이 있는 탑의 지척에 있다. 참고로 그들이 경계하는 건 어디까지나 예전에 모습을 보인 코우히다. 눈앞에서 신구를 만들었던 코스케에 대해서는, 중요 인물로 보고는 있지만 코우히 정도는 아니었다.

그래서 코스케에 관해서는 탑의 관리 책임자라는 정보 말고는 전해지지 않았다. 그들에게 현재 코스케의 존재는, 아무리 탑의 공략자라고 해도 그 정도다. 물론 코우히가 섬기고 있다는 건 예전 대면에서 알고 있기에 함부로 여기지는 않고 있다.

그만큼 신의 사자라는 코우히의 존재가 그들에게는 더욱 강렬했다.

"역시 그렇습니까. 그렇다면 저희도 가는 게 낫겠군요."

"……세 신전의 톱 세 명이, 짧은 시간이나마 전부 사라지는 건 거의 없는 일인데 말이죠."

젤과 고젠의 말에 로렐이 한숨을 내쉬며 수긍했다.

"어쩔 수 없지요. 다른 이들에게 대응을 맡길 수는 없으니까요."

로렐의 대답을 듣자, 젤이 고민하면서 말했다.

"달과 별 쪽 인원들과의 절충도 필요하겠군요."

"탑으로 방문하기 전에, 한 번 상의가 필요하겠죠. 제사장이 연락을 취해 주세요."

신관장이 신전 안의 신관이나 무녀, 신전 관리에 관한 전반적인 일을 다루는 직함이라면, 제사장은 외부에 나서는 얼굴마담이다. 당연히 다른 신전에 대한 대응도 제사장이 하는 직무 중 하나에 포함된다.

"네. 알고 있습니다."

"각 신전의 신전장에게는 저도 편지를 쓰겠습니다."

"잘 부탁드립니다."

제사장인 젤을 함부로 대할 신전 관계자는 없겠지만, 신전장의 친서가 있다면 더욱 이야기가 통하기 쉬우리라.

세 신전의 사이가 안 좋은 건 아니다. 코우히에 관계된 일이니 더욱 신중해진 것이다.

"그나저나………."

신관장이 나지막하게 중얼거렸다.

"그들은 우리의 힘도 빌리지 않고 대체 뭘 하려는 걸까요?"

신전, 혹은 신앙에 관해서는 자신들 신전에 속한 신관이나 무녀가 지식이 많다고 자부한다. 그런 그들조차도 크라운이 뭘 하려는지는 알 수 없었다.

"그건 지금 생각해 봤자 별수 없겠죠. 기일이 다가올수록 정보도 나오지 않을까요?"

"그렇게 되겠군요."

결국 그들은 그런 결론을 내리고 이날 회의를 마쳤다. 그러나, 유감스럽게도 그들의 예상과는 달리, 결국 초대받은 날까지 정보다운 정보는 얻을 수 없었다.

◆

천궁탑에서 열리는 신전 낙성식에 관한 안내는 딱히 믹센 신전에만 보낸 게 아니었다. 전이문이 설치된 다른 세 마을의 유력자나 유력 상인에게도 보냈다. 물론, 모든 유력자나 상인이 아니라 알렉이 보내야 할 사람을 골랐다.

탑 측에서는 딱히 와 주지 않는다 해도 곤란하지 않다. 이번에 탑에서 초대하는 명목은 어디까지나 신전 낙성식이므로 상업적인 거래나 정치적인 거래가 아니다……라고 되어 있다. 그러나, 그런 걸 믿는 사람은 아무도 없으리라. 천궁탑이 전이문을 써서 외부와의 접촉을 시작하고 나서 열리는 첫 공식적인 행사다. 초대장을 받은 사람들은 우선 틀림없이 탑의 마을이 앞으로 어디로 향할지를 정하게 되리라 보고 있었다. 그렇기에 알렉은 어느 정도 엄선된 사람에게만 초대장을 보냈다. 보내는 상대의 정보는 알렉이 주변인들에게 확인하거나, 와히드를 경유해서 데프레이야 일족이 모은 정보도 활용했다.

그렇게 모은 정보를 근거로 초대장을 보냈지만, 상대의 반응은 다양했다. 공통적인 건, 그날은 시간을 내거나 혹은 대리인을 보내서라도 식전에 참가하겠다는 것이었다. 애초에 이 대륙에서 마을의 유력자들이 한자리에 모일 기회는 거의 없다. 이동에 시간이 걸리는 데다 마물의 습격이라는 사고가 일어나기 쉽기 때문이다. 그런 의미에서도 천궁탑이라는 곳에 유력자들이 모이는 건 대단히 의미가 있었다. 그래도 참가자 중에서 거기까지 생각하고 행동한 사람이 얼마나 되는지는 알 수 없다.

그저 단순히 탑 안을 보고 싶은 사람. 이걸 계기로 탑 안에서 장사를 벌이고 싶은 사람. 크라운의 독점 상태를 어떻게든 무너뜨리기를 획책하는 사람. 탑의 관리자를 만날 수 없을까 기대하는 사람. 이유는 다양했다.

류센 마을의 라이네스 크라켄 역시 초대장을 받은 사람 중 하나였다.

"…………흠."

초대장의 글을 모두 읽은 라이네스는 편지를 책상 위에 놓고 고민에 잠긴 표정을 보였다.

"어떤 내용이었습니까?"

그렇게 물은 건 라이네스의 오른팔인 릭 바이스터였다. 릭이 묻자, 라이네스는 책상 위의 편지를 그대로 릭에게 건넸다. 릭은 실례한다고 말하고는 편지를 읽기 시작했다. 그래도 문장 자체는 매우 짧았다. 보름 뒤에 탑 안에서 신전 낙성식이 열리므로, 그 식전에 참가해 달라는 내용이었다.

"어떻게 생각하나?"

"……솔직히 말씀드리자면, 어째서 이제 와서 이러느냐는 느낌이 드는군요."

탑 안에 조직으로서의 신전이 없다는 건 모두가 아는 사실이다. 확실히 그것에 불만을 품은 사람이 탑 안에 있는 것도 파악하고 있었지만, 이렇게 급하게 대응할 일로 보이지도 않았다.

"덧붙이자면, 굳이 이 이벤트를 위해 유력자를 모으는 의미를 모르겠습니다."

물론 이런 이벤트가 있을 때 유력자들을 모으는 건 드문 일이 아니다. 오히려 이런 이벤트를 구실 삼아 다양한 대화의 자리를 갖는 게 보통이다. 그러나, 이 편지는 그런 내용이 전혀 적혀 있지 않았다.

"글쎄……. 이건 완전히 내 추측인데……."

그런 전제를 둔 라이네스가 말을 이었다.

"그쪽은, 유력자를 모으는 것만이 목적이라는 느낌이 드는군."

"무슨 말씀이십니까?"

"만약 탑과 관련이 있는 이들만 교류하는 게 목적이라면, 사전에 통보하고 대화의 자리를 가졌을 거다. 하지만 그런 기색은 전혀 없어. 물론 식전 이후에 세팅해 뒀을 가능성도 있기는 하겠지만."

"네."

"그렇다면, 이번의 이 이벤트는 교류회가 아니라 우리와 같은 사람들에게 뭔가를 보여 주고 싶은 게 아닐까?"

라이네스의 말을 들은 릭은 고민하는 표정을 보였다. 라이네스도 릭에게 이야기하면서 자신의 생각을 정리하고 있었다. 참고로 라이네스의 이 예상은 정답이었지만, 유감스럽게도 보여 주고 싶은 게 뭔지는 알 수 없었기에 이 앞은 예상할 수 없었다.

"보여 주고 싶은 것⋯⋯이라. 설마 건축한 신전은 아니겠죠?"

"글쎄다⋯⋯. 아무리 그래도 그건 아니겠지만⋯⋯. 이 편지로 는 이 이상을 상상할 수 없군."

이번에 받은 편지에는 너무나도 정보가 적었다. 예상해 보려고 해도 도저히 이 이상은 할 수 없었다. 편지를 본 시점에서 라이네 스는 참가를 확정했지만, 정보는 최대한 모으고 싶었다. 라이네 스는 적어도 이 일에 관해서는 초대장을 받은 다른 이들과도 이야 기를 나눠 봐야겠다고 생각했다.

◆

"⋯⋯⋯⋯⋯흥."

남자는 지금까지 보던 종이를 책상 위에 내던졌다. 그리고 그곳 에 적혀 있는 글을 보고 입가를 미약하게 일그러뜨렸다. 그 내용 은, 이번에 열리는 천궁탑 신전 낙성식에 탑의 공략자가 나온다는 정보였다. 지금까지 앞 무대에는 전혀 나오지 않았던 탑의 공략자 가 이런 자리에 나온다는 정보는, 남자에게는 천재일우의 기회였 다. 탑 어딘가에 숨어서 앞 무대에 전혀 나오지 않던 자에게 손대 는 건 너무나도 어려웠으니까.

적어도 지금까지는 그랬다. 그러나, 틀어박혀 있는 걸 그만두고 앞 무대에 나온다면 이야기는 다르다. 남자는 설령 그곳이 탑 안이라도, 모습만 보인다면 얼마든지 방도가 있다고 생각하고 있었다. 지금까지는 크라운이라는 조직의 확장을 억누를 수 없었지만, 조직이란 톱이 쓰러지면 일시적이라도 반드시 혼란이 일어난다. 그 혼란을 틈타서 자신에게 유리하게 움직이도록 조작하거나, 혹은 직접 움직이면 된다. 남자는 몇 번이고 그런 일을 반복해왔다. 그렇기에 이번에도 잘 되리라 확신하고 있었다.

"……이봐. 알을 불러라."

남자는 곁에서 대기하던 노예에게 짧은 지시를 내렸다.

노예는 그 말에 따라 바로 방을 나섰다.

"……지금까지는 묵묵히 지켜볼 수밖에 없었지만……. 후후후."

남자도 크라운이 발행하는 크라운 카드의 유용성은 이해하고 있다. 조직 자체를 손에 넣지는 못하더라도, 가능하다면 카드 제작 노하우를 손에 넣고 싶었다. 그걸 자신이 일으킨 혼란 속에서 손에 넣는다면, 남자에게도 매우 의미가 있다.

그걸 생각하자, 남자는 자연스레 웃음이 떠올랐다. 이 시점에서 자신의 실패는 전혀 생각하지 않았다. 지금까지 몇 번이고 똑같은 일을 해서 성공해왔기에 나오는 자신감이었다.

……그러나, 남자는 모른다. 코스케가 하려는 일이 남자의 그런 꿍꿍이를 날려 버린다는 것을. 유감스럽게도 예지 같은 건 불가능한 남자에게 있어서 탑에서 일어난 일은 예상 밖이라고 할 수준이 아니었다.

(4) 전설의 시작

신전 낙성식을 위한 주변의 준비는 착착 진행되었지만, 정작 코스케는 마지막 준비를 진행하지 못하고 있었다. 일단 자르에게 이야기를 해놓기는 했지만, 목적을 달성하려면 코스케 자신의 힘으로 이뤄내야만 했으니까. 무리해서 부탁하면 그녀들의 힘으로 달성할 수 있겠지만, 코스케는 자신의 힘으로 달성하는 것에 의미가 있다고 생각했다.

코스케가 신전 낙성식에서 하려는 것은, 소환이다. 물론 일반적인 소환이 아니라, 신위(神威) 소환이라고 하는 것이다.

아스가르드 세계에서 아직 한 번도 성공 사례가 없는 신의 소환. 그걸 하려는 것이다. 어떻게 성공 사례가 한 번도 없음을 아느냐면, 예전에 잡담으로 교신할 때 자르에게 들었기 때문이다. 신이 알려 준 정보이니 틀림없겠지.

신이 이 세계에 나타날 때는 어디까지나 신 쪽에서 나오는 것이고, 사람의 사정으로 소환되지는 않는다. 그러나 신위 소환은 그걸 가능하게 하는 기술이다.

신위 소환의 존재 자체는 어느 신에게서 받은 정보라 그걸 의심하는 사람은 없다. 그렇지만, 지금까지 성공한 사례가 한 번도 없어서 사람, 혹은 아인이 신위 소환을 하는 건 불가능하다고 여겨지고 있다. 그 신위 소환을 성공시킬 수 있다면 신전에도 격이 생기리라 보았기에 그때 코스케가 알렉에게 제안한 거다.

성공하리라는 예상은 어느 정도 하고 있었다. 자르에게 신위 소환에 관해 배우고 나서 몇 가지 실험을 반복하며 예전부터 소환할 수 있을지 시험해 보고 있었으니까.

소환진 자체는 신위 소환을 가르쳐 준 신이 전해 주었고, 변질이 일어나지도 않았다고 한다. 이제는 그 소환진을 발동만 하면 되지만, 이게 간단하지는 않았다. 아무리 마력이나 성력을 주입해도 소환진이 발동하지 않았으니까. 신력을 써서 소환진을 만들어도 잘 풀리지는 않았다.

힘을 주입하는 것만으로는 발동하지 않는다는 걸 알았기에, 그 이외의 방법도 시도해 봤다. 그저 소환진을 그리기만 하는 게 아니라 타이밍이나 속도 등 다양한 조건을 바꿔서 실험을 반복했다. 그 덕분에 어찌어찌 소환진이 발동하는 지점까지는 성공했지만, 그 이상 진행되지 않았다. 저도 모르게 교신이라는 최종 수단을 의지할까 했지만, 그래도 그건 그만뒀다.

이것저것 시도하다가 막혀 버린 상황에서, 코스케는 다시금 그 소환진을 재검토했다. 몇 번을 봐도 소환진 자체에 문제가 있어 보이지는 않는다. 문제는 무엇을 소환하느냐인데……. 거기까지 생각한 코스케는 문득 깨달았다.

"……어라? 신을 소환한다니…… 무슨 신을 소환하는 거지?"

일반 소환진은 그 소환 대상을 나타내는 내용이 진 안에 포함되어 있어서 대상을 확실히 정하고 소환한다. 이건 탑에서 사용하는 권속들의 소환진이나 예전에 코스케가 난화들을 소환한 소환진도 똑같았다.

코스케는 다시금 신위 소환진을 검토해 봤다.

"…………우와. 그런 거였나."

눈치채면 간단한 일이었다.

신위 소환진은, '신을 소환한다'라는 건 표기되어 있지만 어떤 신을 소환하는지는 나와 있지 않았다. 일반적인 소환진이라면, 예를 들어 '개를 소환한다'라면, 적당한 종류의 개를 소환하게 된다. 그러나 이 적당한 종류라는 게 문제다. 말을 바꾼다면, 애완용으로 기르면서 이름을 지은 개는 소환되지 않는다. 개체를 특정하는 이름을 가진 존재를 소환진으로 소환하려면 이름을 확실하게 지정해야만 한다. 여기서 다시 탑에서 사용하는 소환진을 예시로 든다면, 모두 '~를 소환한다'로 되어 있기에 이름이 붙은 개체는 소환되지 않는다. 그렇기에 코스케가 하나하나 이름을 지어서 권속화하는 것이다.

이 조건을 신위 소환진에 적용한다면, '신을 소환한다'라는 조건은 쓰여 있지만 이름은 나와 있지 않다. 이 세계에 이름이 없는 신이 있다면 이 조건으로도 소환될 가능성이 있겠지만, 그런 신은 들어 본 적이 없다. 일단 실비아에게도 확인해 봤는데…….

"애초에 이름이 있기에 신이라 부르는 존재가 되는 거예요. 이름이 없는 신은 생각할 수 없어요."

그렇게 단언했다. 그렇다면 신위 소환진이 발동하지 않는 해답은 간단하다. 이름이 지정되지 않았기에, 어떤 신을 소환하는지 알 수 없어서 발동하지 않은 거다.

그렇다면 이름을 지정하면 되지 않냐고 생각하겠지만, 그리 간단하지는 않았다. 아무리 그래도 신이 전해 준 소환진이라 그런지, 신위 소환진에는 개체명을 넣을 틈이 없었기 때문이다. 이 시점에서 코스케는 신위 소환진을 개량하는 걸 포기했다. 조금이라도 바꾸려고 하면 바로 진이 무너져서 소환진으로 성립되지 않는다는 걸 알았으니까. 그렇다면, 다른 수단으로 개체명을 넣을 수밖에 없다.

거기서 코스케가 생각한 것이 주문 영창이었다. 소환진과 영창을 조합하는 건 드물지 않다. 무엇보다 코스케나 코우히나 미츠키처럼 영창 없이 소환진을 발동하는 쪽이 이상한 거다. 영창을 진행한다고 해도 소환진과 조합하는 방식은 다양하다. 신위 소환진에서는 적어도 소환하는 대상을 확실하게 정해놔야 한다. 이후에는 어떻게 신위 소환진과 영창을 조합할지를 생각하면 된다.

신위 소환진을 전해 준 신이 어째서 영창에 관해서 전하지 않았는지는 수수께끼다. 일부러 전하지 않았던 걸지도 모르고, 단순히 잊어버린 걸지도 모른다. 코스케는 만약 신위 소환진이 성공적으로 발동한다면 에리스에게라도 확인해 보기로 했다.

그런 흐름을 거쳐서 어떻게든 영창과의 조합이 해결된 것 같았기에, 낙성식에서 소환을 진행할 것을 알렉에게 제안했던 것이다.

문제는 마지막 준비가 진행되지 않아 낙성식 전에 실험을 위한 소환을 하지 못했다는 점이다. 신위 소환진과 영창 조합이 올바른지 시험해 보려고 해도 간단히 되지 않았다. 애초에 아무리 소환진을 쓸 수 있다고 해도, 신을 그렇게 간단히 펑펑 소환할 수 있을

리가 없다.

코스케는 이 신위 소환진을 일회용이 아닐까 의심하고 있었다. 실험에서 신의 소환에 성공하더라도, 실제 써 봤을 때 성공하지 않으면 의미가 없다.

"…………으~음. 어떻게 할까…….."

코스케로서는 준비 없이 바로 시도하고 싶지 않았지만, 사정이 사정인 만큼 이렇게 말하고만 있을 수도 없다.

예전에 자르에게 이야기했을 때 소환하는 날짜를 전해 놨기에, 그 전에 실험했을 때 잘 될지도 알 수 없다. 거기까지 생각한 코스케는 사전 실험을 할 생각을 완전히 포기했다. 애초에 알렉이나 와히드에게는 소환 자체가 성공하지 않을지도 모른다고 말해 놨다. 신위 소환진을 발동한 시점에서 이미 소환사로서 최고 레벨이라는 걸 알릴 수 있기 때문이다. 더욱이 코우히나 미츠키라는 대변자가 있으니, 여차할 때는 두 사람이 동시에 정체를 드러낼 수도 있다. 신의 소환 자체가 불가능하더라도, 그것만으로도 충분히 임팩트가 있다. 이 경우, 코스케가 덤 취급이 되어 버리지만 그건 딱히 신경 쓰지 않는다. 요컨대, 탑의 관리자가 범상한 존재가 아니라는 걸 알리기만 하면 된다.

결국, 코스케로서는 어중간한 상태임에도 사전 실험을 진행하지 않고 실제 소환을 시도하게 되었다.

◆

제5층은 정착한 사람도 늘어나서 이미 큰 마을이라 불러도 좋을 규모가 되었다. 애초에 아직도 확장하는 중이라, 앞으로 더더욱 커질 예정이다. 제5층의 토지는 아직 남아 있기에, 마을이 넓어지는 건 아무런 문제도 없다. 물론 마물의 발생을 고려해야만 한다는 주석은 딸려 있지만.

　지금도 건축 중인 건물이 늘어선 마을 한곳에 사람이 모여 있었다. 그 집단은, 탑의 대표인 코스케의 이름을 내걸고 정식으로 신전 낙성식에 초대한 사람들이다.

　그 숫자는 약 100명.

　절반은 탑 바깥의 유력자이고, 나머지 절반은 크라운 관계자다. 유력자 중에는 당연히 신전 관계자도 포함되어 있다. 또한, 크라운 관계자로는 모험가들이 초대되었다. 명목상은 참가자지만, 당연히 뒤에서는 이벤트를 경비해 달라는 의뢰도 받았다. 그렇지만 유력자 중에는 모험가가 끼어서 앉는 걸 싫어하는 사람이 있기에 설치된 의자는 반씩 나뉘어 있다. 어떤 배치로 앉는지는 굳이 말할 것도 없으리라.

　이런 배치는 도르와 가제란이 상의해서 이루어졌다. 행정부가 설립되었다고는 해도, 여전히 정식 경비 조직은 움직이고 있지 않기에 모험가가 주체가 되는 건 어쩔 수 없다. 이건 향후의 과제이기도 하다……라는 것이 알렉의 말이다. 교체가 격심한 모험가들에게만 마을 방어를 맡겨서는 마을로서 성립되지 않는다. 경비 조직은 돈 먹는 하마지만, 특히 이번 같은 이벤트를 진행할 때는 꼭 필요한 존재다. 그래도 제대로 된 조직을 만들려면 시간도 돈도

든다. 늦어진 이상, 이번 이벤트는 모험가들에게 애써 달라고 부탁했다.

외부 참가자들은 이번 한정 통행증을 들고 탑 안으로 들어왔다. 당연히 그 통행증은 들어올 때 통과한 전이문밖에 쓸 수 없다. 게다가 1회 한정이다. 한 번 그 통행증을 들고 탑 밖으로 나가면 돌아올 수 없다. 그 설명은 탑 안에 올 때 충분히 했기에, 탑 밖으로 나가려는 사람은 없었다.

이윽고, 준비된 의자가 거의 모두 메워진 시점에서 드디어 이벤트가 시작됐다.

처음에는, 임시로 설치된 목조 무대 위에 사라사가 올라갔다. 사라사는 크라운 상인 부문 총괄이므로 탑 외부인에게도 얼굴이 잘 알려져 있다. 오늘 역할은 사회자다.

사라사는 확성기 비슷한 마도구를 써서 사회를 시작했다.

"아~. 여러분, 오늘은 갑작스러운 초대였는데도 불구하고 모여주셔서 정말 감사합니다."

인사부터 시작해서, 다시금 크라운과 행정부의 중역들 소개가 이루어졌다. 당연하지만 참가자의 절반은 시시하게 바라봤다. 오늘 목적은 탑을 공략한 장본인의 얼굴을 보는 것이었으니 당연하다면 당연했다.

그리고 드디어 주역인 코스케가 소개되었다. 그 순간, 참가자들의 시선이 무대에 모였다.

그 시선을 한 몸에 받게 된 코스케는 굳어지려는 표정을 감추느라 안간힘을 썼다. 코스케 옆에는 당연하게 코우히와 미츠키가 서 있다.

이곳에 모인 참가자의 절반은 내심 어떻게 생각하든 입이나 표정으로는 드러내지 않았다.

나머지 절반인 크라운 관계자의 일부, 특히 모험가들 사이에서는 "저게 탑을 공략했다고?!", "거짓말이지……?!" 등의 거침없는 의견이 오갔다. 단, 아무리 무법자들이라도 목소리 톤은 내리고 있다.

그런 목소리나 시선을 깔끔하게 무시한 코스케는 사라사의 소개 후, 인사를 한 번 한 뒤에 무대 위에 준비된 의자에 앉았다. 참고로 다른 멤버는 관리층에서 대기 중이다. 굳이 전원의 얼굴을 보여 줄 필요는 없었기 때문이다.

코스케가 착석하자, 사라사가 이벤트를 진행했다.

"자, 그럼 모여 주신 여러분. 여기에 오실 때 의아하게 생각하지는 않으셨나요? 그렇습니다. 신전 낙성식인데도 불구하고 모인 곳에는 신전이 없습니다."

사라사가 일단 말을 끊고는 참가자들을 돌아봤다. 참가자들은 그 말을 듣고 고개를 끄덕이거나 무표정을 유지하는 등 다양한 반응을 보였다.

"이번에는 탑이 가진 힘의 일부를 보여드리기 위해 이런 형태를 준비했습니다. ……그럼, 부탁드립니다."

이 흐름은 원래 정해져 있었다. 사라사에게 말과 시선을 받은 코스케는 바로 신력 염화를 써서 관리층에 있는 슈레인과 연결했다.

『슈레인. 부탁해.』

『알았느니라.』

짧은 대화 후, 코스케 일행이 있는 무대를 사이에 둔 참가자들 반대편에, 조금 커다란 신전이 단숨에 출현했다. 사전에 슈레인과 상의해서 관리 메뉴로 설치하기로 했던 거다. 이것에는 유력자들 쪽에서도 상당한 웅성거림이 들려왔다. 지금까지 제5층에서 탑의 기능을 사용한 건축은 전이문을 연결하기 전 최초의 건축물뿐이었기에, 지금까지 이 기능을 보여 준 적이 없다. 작은 규모의 신전이라고는 해도, 그게 단숨에 지어졌으니 놀랄 수밖에 없었겠지. 여담이지만, 사고가 일어나지 않게 신전 건축 예정지는 아무도 들어오지 않게 경비하고 있었다. 신전이 무사히 지어졌기에, 앞으로는 임무에서 해방되리라.

"이것이 탑이 가진 힘의 일부입니다. 유감스럽게도 여러 조건이 있어서 그리 간단히 쓸 수 있는 힘은 아니니까 너무 기대하지는 말아 달라는 것이 대표님의 말씀입니다."

대표라는 건 코스케지만, 그가 직접 말하면 체면이 서지 않기에 사라사가 대변했다. 참고로 이 말을 번역하면, '신력을 쓰지 않으면 안 된다는 조건이 있어서 당신을 위해서 신력을 쓸 수는 없으니까, 쓸데없는 말은 하지 말아 줘.' 라는 것이다. 요컨대 아무리 탑의 힘을 사용한 건축을 부탁해 봤자 헛수고라는 뜻이지만, 눈치가 빠른 이들이 모여 있기에 말 뒤에 숨은 의미를 확실하게 눈치챘으리라. 어떤 대응을 보일지는 각자 다르겠지만.

탑 측에서 보기에는 지금 신전 설치만으로도 참가자들에게 충분한 임팩트를 준 셈이지만, 이벤트는 지금부터가 진짜다.

"신전 건설은 이걸로 끝이지만, 여기서 탑의 대표님이 이 신전에 축복을 내릴 것입니다. ……그럼 부탁드립니다."

지금부터가 코스케에게는 진짜 이벤트다. 의자에서 일어난 코스케가 참가자들에게 등을 돌려 신전을 바라보자, 전원의 시선이 모였다. 지금까지의 인생에서 이 정도의 주목을 받아 본 적이 없었던 코스케는 등 너머인데도 압박감 같은 걸 느꼈다. 그걸 뿌리치고자 크게 숨을 내쉬고 소환에 집중했다. 수십 초 정도 시간이 지난 뒤, 겨우 집중하게 된 걸 느낀 코스케는 신위 소환을 위한 영창을 시작했다.

《코스케의 이름으로 소환을 바란다.》

코스케가 영창을 시작한 순간.

낙성식 출석자 전원이 코스케에게서 나오는 힘을 느끼고 몸을 떨었다. 이 세계의 주민은 크고 작은 차이는 있어도 힘을 느끼는 능력이 있다. 언제라도 마물들의 습격을 받을 위험성이 있는 생물로서 가진 본능이라고 할 수 있다. 그중에서도 수행을 쌓은 성직자들의 반응이 현저했다. 코스케가 지금 사용하는 건 신력이며, 성직자들이 평소에 쓰는 성력이 아니다. 하지만 그렇기에, 코스케에게서 나오는 힘의 특이성과 힘에 사고를 빼앗겼다.

"…………이게 무슨."

그렇게 중얼거린 건 믹센 에리사미르 신전장 로렐이었다. 그러나, 그녀는 말을 할 수 있었던 만큼 그나마 나았다. 주변에 앉은 성직자들은 코스케의 힘에 닿아 망연자실해 있다. 명색이 신전 안에서도 높은 지위의 직함을 가진 이들이다. 성력이든 마력이든 힘에 대한 감응력이 높아서, 코스케의 힘이 얼마나 큰지 그대로 느낄 수 있는 거다. 로렐이 비교적 멀쩡했던 건, 그들보다 내성이 강해서일 뿐이다.

그것과는 별도로, 성직자들 정도의 영향은 받지 않는 이들도 있었다. 그건 그들이 강자라서 그런 게 아니라, 그저 힘에 대한 감수성이 낮기 때문이다. 하지만 그렇다고 코스케의 힘을 낮게 보는 건 아니다. 오히려 감수성이 낮아서 평소에 느낄 수 없던 힘을 이보다 더할 수 없을 만큼 느끼고 있다. 반대로 말하면, 코스케가 그 정도의 힘을 발하고 있다는 뜻이다.

《소환을 바라는 건 세 명의 천녀(天女)들.》

코스케의 영창은 주변 상황과는 상관없이 이어졌다.

이 단계에서 참가자들은 그저 코스케의 힘에 닿았을 뿐, 코스케가 무엇을 하려는지는 알아채지 못했다. 이 자리에 있는 이들 중에서 코스케가 뭘 하려는지 이해하고 있는 건, 사전에 들었던 와히드 일행 정도였다. 알렉도 물론 알고는 있었지만, 그래도 코스케에게서 느껴지는 힘의 크기에는 감탄이라는 말밖에 떠오르지 않았다. 동시에, 코스케와의 사이가 틀어지는 선택을 하지 않았던 과거의 자신을 칭찬했다. 이 정도의 힘을 눈앞에서 보게 된다면, 적대한다는 생각조차 바보 같아진다. 그리고 알렉은, 아마 이 자리에 있는 참가자들도 똑같은 생각을 하리라 여겼다.

《하나는 태양의 빛 에리사미르.》
《하나는 별의 빛 스피카.》
《하나는 달의 빛 자미르.》

영창이 이어졌지만, 그 힘은 줄어들 줄 모른 채 더더욱 강해졌다. 그걸 제일 가까이서 느끼고 있는 건 코우히와 미츠키다. 주변 상황을 경계하던 미츠키는 살며시 코우히의 모습을 살폈다. 코우히는 황홀한 모습으로 코스케를 보고 있었다. 미츠키는 자신도 비슷한 표정이리라 생각했다. 코우히와 미츠키는 애초부터 아수라가 코스케를 위해 창조한 존재다. 그것에는 의심이라는 감정이 끼어들 여지가 없다. 그러나, 지금 이렇게 눈앞에서 코스케의 힘을 보게 되자, 지금까지 이상으로 강하게 이끌렸다.

그리고 동시에, 지금까지 없었던 힘조차도 자신의 안에서 느껴졌다. 그 힘은 자신들이 코스케와 연결되어 있다는 걸 확실하게 느끼게 해 줬다. 미츠키는 이 힘이 어떤 것인지는 나중에 천천히 생각해 보기로 하고, 아무튼 지금은 코스케가 하려는 일을 마지막까지 똑똑히 지켜보기로 했다.

《빛의 상징이신 세 명의 천녀여.》
《나의 소망에 응하소서.》

참가자들은 여기까지 이어져 온 코스케의 영창을 숨 쉬는 것도 잊은 채 바라봤다. 이 영창은, 참가자 중 누구도 들어 본 적이 없다. 그러나 여기에 있는 모두가, 이 영창이 지금까지 본 적도 없는 결과를 불러오리라는 것을 느꼈다.

　그렇기에 코스케의 모습을 놓치지 않고자 그 일거수일투족을 지켜보고 있는 것이다. 그리고 참가자들 가운데서 제일 먼저 그걸 알아챈 것은, 역시 성직자들이었다. 코스케의 영창에 들어가 있는 이름을 짐작했기 때문이다. 일반적으로 알려지지 않은 이름이지만, 여기에 있는 건 지위가 높은 이들이다. 그 이름이 기록된 문헌을 목격했다. 그래도 설마 하는 마음은 있었지만, 다음 영창으로 그 생각은 완전히 깨져 버렸다.

《신위 소환진이여. 나의 소원에 응하여 그 위엄을 나타내소서.》

　코스케가 그렇게 영창한 다음 순간, 신전 상공에 세 개의 소환진이 나타났다. 이 자리에 있는 성직자 중에서 그 소환진을 모르는 사람은 한 명도 없었다. 고위 성직자라면 신위 소환진은 당연히 알고 있다.

　그도 그럴 것이, 신을 사람의 손으로 소환한다는 것은 성직자들의 오랜 연구 과제였으니까. 한 번이라도 성공한다면, 적어도 신전 안에서 그 지위는 반석이라고 봐도 좋았다. 그렇기에 모두가 한 번은 손대 보지만, 그 모두가 실패로 끝났다.

《나의 이름으로 나타난 소환진이여.》
《나의 말을 듣고 세 천녀의 소환을 실행하소서.》

그 영창으로 모든 준비가 끝났다. 코스케는 지금까지 계속 모아 온 신력을 모조리 신위 소환진에 쏟아 부었다. 신의 왼쪽 눈을 썼을 때를 제외하면, 이 세계에 내려오고 나서 처음으로 신력을 힘 껏 사용했다. 처음에 신의 왼쪽 눈을 썼을 때처럼 폭주하지 않았던 건, 그래도 어느 정도 신력을 많이 써 왔다는 증거다. 결국 처음 때처럼 쓰러지지 않고 마지막까지 영창을 끝낼 수 있었다.

코스케의 영창과 신력을 받은 신위 소환진은 기뻐하듯이 다양한 색으로 점멸했다. 그것도 이윽고 멎었고, 마지막으로 강한 빛을 한 번 내고는 사라졌다. 그리고 그 후에는, 세 명의 여신이 남았다.
『불평할 여지 없이 합격이네요.』
『축하해. 네가 역사상 최초의 소환자야.』
『코스케라면 해낼 줄 알았어.』
소환된 세 명의 여신들이 입을 모아 코스케에게 말을 건넸다. 코스케가 에리스의 모습을 보는 건 [상춘정] 이후 처음이다. 자르는 예전에 빛 속에서 만났기에, 대면은 그때 이후 오랜만이다. 스피카는 처음 대면했다.
"여어. 스피카는, 처음 뵙겠습니다……라고 해야 할까?"
『이야기는 자주 나눴으니 처음이라는 느낌은 안 들지만 말이지.』

키득 웃은 건 자르였다.

『그나저나……. 소환된 내가 말하는 것도 좀 그렇지만……. 세 명 모두 불러도 괜찮았나?』

"딱히 이상한 점은 없는데? 굳이 따지자면, 피곤한 느낌은 들지도? 이렇게나 신력을 사용한 게 처음이라서 그렇겠지만."

코스케의 고백을 듣자, 세 명의 여신은 어이없다는 표정을 보였다.

『뭐랄까……. 이런 많은 사람들 앞에서 그런 말을 해도 되는 건가요?』

에리스가 배려하듯이 물었지만, 코스케는 어깨를 으쓱하며 말했다.

"그거야말로 새삼스럽잖아?"

코스케의 대답을 듣자, 여신들은 즐거운 표정을 지었다.

『그럼, 오래 있을 수는 없으니 당신의 소원에 응해 준 뒤에 우리는 떠나겠습니다.』

에리스가 그렇게 말하자 스피카와 자르가 각각 신전을 향해 손을 들었고, 그에 맞춰 에리스도 신전을 향해 손바닥을 들었다. 세 명의 여신이 펼친 손바닥에서 빛이 나오자, 그 빛이 하나로 뭉쳐 신전을 감쌌다.

『……이로써, 이 신전은 우리의 가호 아래에 들어왔어.』

"고마워."

코스케가 감사를 표하자, 세 명의 여신들은 모습을 감췄다. 그걸 지켜본 코스케는 이벤트 참가자들을 돌아봤다. 코스케를 응시하

는 참가자들의 시선은 뭐라 말하기 어려웠다. 그리고, 지금 일어난 일이 현실이라는 걸 깨닫는 데는 한동안 시간이 필요했다.

아스가르드 세계에서 신의 축복을 받은 것……. 신여물(神與物)은 그런대로 많은 숫자가 확인되어 있다. 역사상으로는 신의 현현이 몇 번이고 확인되어 있기에, 그때 신에게 물건을 하사받았다는 이야기도 드물지 않기 때문이다. 당연히 그런 건 신전에 모인다……고 생각하겠지만, 모든 신여물이 신전이라는 조직에 있는 건 아니다. 어째서냐면, 신의 축복을 받은 것을 소유자에게서 강제로 빼앗거나 손에 넣으려 하면 모종의 '벌'을 받을 수 있기 때문이다. 실제로 과거에 신전 측 사람들이 신여물을 강제로 손에 넣으려 하다가 그들에게 신벌이 떨어졌다는 기록이 많이 있다. 그렇기에 기본적으로 신여물은 정당한 소유자 말고는 불가침 영역에 속한다.

신여물 취급을 받는 것들은 다양하다. 손바닥에 올라가는 작은 물건부터 무기, 방어구 부류, 그리고 신전 등의 건물까지 다채롭다. 공통점은 신이 직접 접촉한 것이나 신의 손으로 직접 건네준 것이다. 현재, 신여물로 인정받은 것의 대부분은 신전 측이 파악하고 있다. 물론 신전 측은 인정하지 않고 소유자가 신여물이라 주장하는 것도 있지만, 그런 건 어디까지나 임시 취급을 받는다. 그중에는 신여물이라 거짓말을 하는 자도 있지만, 그들에게 신들이 뭔가를 하지는 않는다.

그런 이야기는 넘어가고, 신여물로 인정받은 것은 신전이라는 거대 조직조차도 섣불리 손댈 수 없기에 그 가치는 이루 말할 수 없다. 당연히 어떻게든 소유자에게 정당하게 양도받으려는 사람이 나오는 것도 어느 의미로는 당연하다 할 수 있다. 설령 그것이 돈거래라고 해도, 소유자가 인정만 하면 되니까 거금을 건네는 사람도 나온다. 이런 경우에도 양자의 합의가 있기에 신벌은 떨어지지 않는다. 세세한 선은 알 수 없지만, 설령 계약이라는 형태더라도 속여서 맺은 계약이라면 인정되지 않기도 한다. 그래서 어디까지나 기준은 신에게 있다고 여겨진다.

코스케가 세 여신을 소환해서 비호 아래에 들어가는 형태로 축복을 받은 제5층 신전은 그런 의미에서는 틀림없는 신여물이다. 그러므로, 설령 신전 측이라도 섣불리 손댈 수 없다. 코스케도 당연히 그런 노림수가 있어서 이번 소환을 실행한 거다.

그러나, 이번 이벤트의 참가자들은 그런 걸 생각할 경황이 없었다. 신께서 새로운 신여물을 이 세상에 내렸다는 것도 의미는 있다. 그러나 그 이상으로, 신여물을 만든 계기가 된 과정이 중요했다.

그 과정이란, 코스케가 실행한 신위 소환이다. 역사상 최초로 신이 사람의 손으로, 사람의 의지로 현세에 소환된 것이다. 이것이 소동을 부르지 않을 리가 없고, 당연히 곧장 온 세상에 소문으로 퍼지리라. 설령 함구령을 내리더라도 무의미하다. 실행한 코스케가 이 소문을 막을 생각이 없으니까. 수많은 목격자가 있는 가운데 실행된 신위 소환이다. 신전 측이 신여물로 인정하지 않겠다고 아무리 주장해 본들, 신전이라는 조직의 위엄이 실추되는 짓밖에 되지 않는다. 그렇기에 신전 측은, 이번 소환과 함께 제5층 신전을 신여물로 인정할 수밖에 없다.

소환 때 나타난 세 명의 신은 틀림없는 진짜라는 걸 알 수 있었다. 그것 자체를 의심해 버리면 신전 및 고위 성직자로서의 의의가 사라진다. 그게 가짜라고 말한다면, 최악의 경우 신의 신도로서 가진 힘조차 잃어 버릴 수도 있다.

그리고 제5층 신전을 신여물로 인정한다는 건, 당연히 신전 측에서 어떻게든 관여하고 싶은 건물이 된다. 그러니 지금까지의 방침은 전환할 수밖에 없다. 고개를 숙여서라도 제5층 신전에 신관이나 무녀를 체류하게 할 수밖에 없는 거다. 그러지 않으면 어째서 축복을 받은 제5층 신전에 신관이나 무녀를 파견하지 않느냐는 질문이 쇄도할 것이 뻔하다. 탑 측에도 질문은 가겠지만, 아마 신전 수준은 되지 않으리라. 탑 측에서는 아무리 문의해 봤자 신전 측에서 타진이 없다는 한마디만 하면 되니까.

세 명의 신이 떠나자, 행사장은 곧바로 커다란 소란에 휩싸였다. 그중에서도 로렐은 지금까지 세웠던 신전의 책략이 모두 헛되이 끝나 버렸다는 걸 깨달았다. 그리고 향후를 생각하며 한숨을 내쉬었다. 사태가 이렇게 되었으니, 신전에서는 반드시 신관이나 무녀를 파견해야만 한다. 그러나 탑 측에서 보면 딱히 제5층 신전을 관리할 신관이나 무녀가 없어도 된다. 신여물인 제5층 신전의 관리는 어디까지나 소유자인 코스케가 맡게 되니까. 그 코스케가 딱히 신관이나 무녀가 없어도 된다고 해 버리면, 굳이 신전 측의 입김이 들어간 신관이나 무녀를 쓰지 않아도 되는 거다. 제5층 신전을 찾는 사람들도 신위 소환을 진행한 코스케의 말을 받아들일 것이다. 제5층 신전은 어디까지나 신여물이기에 가치가 있는 거니까. 적어도 이 신전에서 세 명의 신이 소환되었고, 그 세 명의 신이 축복을 내렸다는 점이 중요할 뿐이지 알맹이는 부차적이다.

"……책사가 책략에 빠지다. 이렇게 말해야 할까요."

주변 성직자들이 여전히 멍하니 있는 가운데, 잠깐이나마 다른 두 신전의 신전장과 시선을 교차한 로렐은 그렇게 중얼거렸다. 로렐의 심정은 이미 체념의 경지에 이르렀다. 어떻게든 탑에 있는 이권의 일부라도 얻어 보려고 책략을 세웠는데, 그 책략이 통째로 날아가 버렸다. 세 명의 신을 소환한 코스케는, 신전 관계자들에게는 신의 사자인 코우히와 동등한 대우를 받을 수밖에 없다.

즉, 신벌이 두렵다면 괜히 신을 건드리지 말라는 것이다.

상대는 같은 인간이니까 이런저런 방도가 없는 건 아니다. 그러나 코스케의 곁에는 항상 코우히가 대기하고 있다. 코스케를 자극하면 코우히가 나오는 데다, 이번 일로 코스케 자신에게도 힘이 있다는 게 드러났다. 섣불리 대응한다면 신전 측의 권위가 실추되는 사태로만 끝나지 않게 된다. 앞으로 어떻게 될지 생각하며, 로렐은 커다란 한숨을 내쉬었다.

라이네스는 주변의 소란을 들으면서 옆에 앉은 충신 릭에게 물었다.

"…………진짜인가?"

라이네스 자신은 상인으로는 초일류지만, 마력이나 성력에는
어두운 편이다. 그 몸으로 느낀 감각, 혹은 본능은 눈앞에 나타난
세 명의 신이 틀림없는 진짜라고 호소했지만, 자신보다 이런 일에
는 훨씬 자세한 릭에게 확인해 봤다.

"······························틀림없습니다·······."

릭은 겨우겨우 그 말을 쥐어 짜냈다.

세 명의 신이 발하는 신기를 정면에서 받아서 여전히 그 영향에
서 벗어나지 못한 거다.

"그런가·············."

라이네스는 그렇게 말하고는 눈을 다시 코스케에 대해 생각해
봤다. 신을 소환하는 것만으로도 역사적 위업이건만, 이번에는
셋이나 소환했다. 그 압도적인 역량은 순식간에 모험가들 사이에
퍼질 거다. 모험가는 타인의 역량에 민감하다. 의뢰 내용에 따라
서는 적대할 수도 있으니 당연하다. 강자의 소문을 모르는 모험가
는 무모한 도전을 감행하고 사라지는 법이니까. 그리고 때로는 힘
의 신봉자가 되는 것이 모험가들이기에, 아마 크라운에 재적한 모
험가는 앞으로 더더욱 늘어나리라고 보는 게 자연스럽다. 현재도
그렇지만, 이제는 더더욱 손댈 수 없는 조직이 되어 가리라. 거기
까지 생각한 라이네스는 크라운과의 향후 관계를 생각하며 몸을
떨었다.

(5) 신의 감시와 영향

세 명의 신을 소환하는 위업을 본 참가자들도 겨우 마음의 안정을 찾았다. 소란을 억지로 잠재우지 않고 방치하던 사회자 사라사가 슬슬 때가 왔다고 봐서 다시 이벤트를 진행하려던 그때, 코스케를 향해 무언가가 날아왔다.

그것은, 몇 자루의 단검이었다. 모두 코스케의 급소를 노리고 있었기에 맞으면 틀림없이 치명상이 되었으리라. 참고로 코우히도 미츠키도 그 단검을 알아챘지만, 굳이 움직이지 않았다. 움직일 필요가 없다는 걸 알고 있었기 때문이다. 그 단검은 코스케에게 맞기 직전에 깡, 하고 날카로운 소리를 내며 튕겨났다. 코스케도 이렇게 될 걸 알고 있었지만, 그래도 자신을 노린 단검에는 식은 땀을 흘렸다.

그러나 그런 심정은 조금도 내색하지 않은 채 피식 웃었다.

"……이런 상황에서도 의뢰를 완벽하게 해내려 하는 건 대단하다고 생각하지만……. 명색이 신의 축복을 받은 신전의 범위 안에서 암살 같은 게 가능할 것 같나요?"

코스케의 그 말을 듣자, 실행범은 곧장 그 자리를 이탈했다.

"쫓아라……!!!"

가제란의 말이 주변에 울려 퍼지자, 경비하던 모험가들이 그자를 쫓기 시작했다. 이번에는 다른 의미로 행사장이 소란스러워졌다. 코스케의 시선을 받은 사라사가 참가자들에게 이야기하기 시작했다.

"소란스럽게 해서 죄송합니다. 암살범은 조만간 저희가 붙잡을 테니 신경 쓰지 말아 주세요."

"도망치고 있잖나……!!!"

참가자 중 누군가가 외쳤다.

사라사는 그 목소리를 듣자 방긋 웃으며 말했다.

"전이문을 쓰지 않으면 이 계층에서 도망칠 수 없습니다. 그분은 우리 안에서 도망치는 거나 다름없죠."

외친 남자는 사라사의 그 말을 듣고 침묵했다. 그녀의 말이 거짓말이 아니라는 걸 알고 있기 때문이다.

"참고로, 탑의 보안상 자세히 말씀드릴 수는 없지만, 그자의 마력 패턴은 이미 파악하고 있습니다. 아무리 모습을 바꾸더라도 전이문을 지나려는 시점에서 포착할 수 있죠."

마력 패턴은 지문과 마찬가지로 개개인이 다르고, 평생 바꿀 수 없는 데다 의식적으로 변경할 수도 없다.

"……그렇다면, 그 암살범을 붙잡는 건 시간문제라는 건가?"

참가자 중 한 명이 물었다.

"그렇게 되지요."

사라사가 단언하자, 겨우 참가자들의 분위기가 누그러졌다. 참고로 모험가들은 딱히 소란을 부리지 않았다. 이런 일이 항상 일어나는 업계이기 때문이다.

"그럼, 약간의 소란이 벌어졌습니다만 무사히 신전 설치와 축복이 마무리되었으니 식전을 이어가도록 하겠습니다."

사라사는 그렇게 말하며 다시 식전 진행을 시작했다.

코스케 암살 미수라는 예정 밖의 이벤트가 있었지만, 신전 낙성식은 순조롭게 진행되었다. 무엇보다 세 명의 신 소환이라는 역사적 위업을 목격한 참가자들은 아직도 흥분이 식지 않았다. 그런 와중에, 모험가들에게 좋은 소식도 탑 측에서 발표되었다.

예전에 코스케가 플로리아와 이야기하던 것이다.

던전 계층의 시작인 제51층에 도달한 파티를 위한 단축 전이 서비스 개시와 각 계층의 안전 구역 설치에 관해서였다. 이건 조금 전 암살 미수 소동 때에는 소란을 부리지 않았던 모험가들이 웅성댔다. 이후의 계층 공략과 자신들의 활약에 크게 얽히게 되는 일이니 당연했다. 이 식전이 끝나면 바로 분석 등이 시작될 것이 눈에 선했다.

반대로 유력자들의 반응은 시원찮았다. 이것도 당연하다면 당연했다. 간접적으로는 더 많은 종류의 소재를 모험가들이 가져오므로 관계는 있지만, 직접적으로는 관계가 없기 때문이다.

그렇게 낙성식이라는 이름의 이벤트가 끝났고, 드디어 참가자들이 기다리던 입식 파티 시간이 되었다. 당연히 참가자들이 노리는 건 코스케. 그러나, 주최 측인 사라사가 그런 마음을 깨뜨리는 내용을 발표했다.

"……또한, 이후의 입식 파티에 탑의 대표이신 코스케는 참가하지 않으니 양해해 주세요."

어느 의미로는 그때가 제일 소란이 커졌다고 해도 좋았다. 모험가도 포함해서 참가자 대부분이 코스케와 직접 대화를 나누는 걸 노리고 있었으니까. 그 목표가 바로 빗나갔다.

소란에 대답하고자 코스케가 말했다.

"조용히 해 주세요. 애초에 저의 목숨을 노리리라는 걸 아는 파티에 군이 출석할 필요는 없다고 생각했습니다. 여러분은 마음껏 파티를 즐겨 주세요. 그럼."

그런 말을 남긴 채 코스케는 자리를 떠나려 했다. 그걸 만류한 건 라이네스였다.

"기다려 주시죠. 그 말씀이라면, 조금 전 당신의 목숨을 노린 암살자와 관련이 있는 겁니까?"

"네. 그렇죠. 이 중의 몇 명이 그자를 고용해서 저지른 겁니다."

코스케가 단정하며 말했다. 물론 단정할 만한 증거가 있기에 한 언동이다.

"굉장히 단정적으로 말씀하시는데, 뭔가 증거라도?"

다른 참가자가 일어나서 말했다. 그 말에 반응하듯, 참가자 몇 명이 그렇다며 목소리를 높이기 시작했다. 그걸 확인한 코스케는 순간 놀란 표정을 지은 뒤, 일어난 남자를 향해 쓴웃음을 지었다.

"여기서 증거 같은 게 필요하다고 생각하시나요? 펠키아 경."

"…………뭐라고?"

"저를 대신해서 설명해 주실 수 있을까요? 로렐 신전장님? 아, 그런 표정은 짓지 말아 주세요. 제가 설명하는 것보다는 성직자인 분이 설명하는 게 설득력이 있잖아요?"

갑자기 화제가 넘어오자, 로렐은 인상을 찌푸리면서도 펠키아 경이라 불린 남자에게 말을 시작했다.

"……이분, 코스케 공은 조금 전 세 분의 신을 소환했습니다. 그것만이 아니라, 우리 눈앞에 있는 건물은 신의 축복을 받았죠."

"……무슨 말을 하고 싶은 거지?"

"신께서 이 땅을 성지로 인정하셨다는 뜻입니다. 펠키아 경."

성지라는 건, 신의 직할지나 다름없다.

"…………"

"이 땅에서는, 그 어떤 모략도 신들이 지켜보십니다."

"……아무리 신이 지켜보고 있더라도, 그걸 사람이 어떻게 안다는 거냐?"

신이 지켜보고 있더라도, 그 신의 말을 듣지 못한다면 의미가 없다고 말하려는 모양이다.

유감이지만, 펠키아의 말은 코스케의 다음 발언으로 분쇄되었다.

"저기~, 여기에 교신구라는 게 있는데요……."

코스케의 그 한마디를 듣자, 신전 관계자의 시전이 코스케가 든 도구로 쏠렸다. 믹센 신전에서 실비아가 사용한 신구에 대한 정보를 공유한 것이리라. 그러나, 그게 무엇을 의미하는지 모르는 펠키아는 눈썹을 찌푸리며 의문을 입에 담았다.

"……교신구라고?"

"단적으로 말하면, 신과 대화할 수 있는 신구죠."

"…………뭣?!"

"애초에 아무런 실마리도 없이 신의 소환 같은 게 가능하다고 생각하시나요? 제대로 사전에 연락을 나누고 소환한 겁니다."

물론 교신 없이 하려고 해도 가능하긴 하지만, 그런 걸 굳이 말할 생각은 없다. 덤으로, 한 번 소환하고 나서는 신위 소환진이 단발적인 게 아니라는 걸 확인했지만, 그것도 퍼뜨릴 생각은 없었다.

"아, 착각하지는 말아 주세요. 딱히 신의 신탁이 있다고 해서 여기서 당신들을 어떻게 할 생각은 없으니까요."

"…………그러고 보니, 몇 명이라고 했었나?"

그렇게 말한 건, 지금까지 침묵하던 라이네스였다.

"네. 직접 관여한 건 펠키아 경, 혼드 공, 아이네스 공이라던데요?"

그야말로 누군가에게 들었다는 듯한 말투였기에, 코스케의 말을 들은 이들은 그 세 명을 바라봤다. 고용주의 이름을 누구에게 들었는지는, 이 자리의 전원이 조금 전 소환을 봤기에 굳이 확인하지 않았다.

"그런고로, 세 분과 크라운의 거래는 정지하도록 하겠습니다. 다른 분들은 마음대로 해 주세요. 그야말로 증거가 없으니 강제할 수도 없으니까요. 그럼."

그런 말을 남긴 채 코스케는 코우히와 미츠키를 데리고 그 자리에서 사라졌다. 모처럼 기회가 왔으니 효과를 확인하고자, 유리에게 들었던 능력을 써서 백합의 신사로 탈출한 것이다. 남은 참가자들은 얼굴을 마주하면서 앞으로 어떻게 할지 논의하기 시작했다. 물론 펠키아, 혼드, 아이네스 세 명이 그 논의에서 빠진 건 말할 것도 없다. 신들의 경고를 받은 상대와 결탁하지 않는 건 당연한 일이었다.

백합의 신사로 전이한 코스케는 여우 버전의 원리를 쓰담쓰담하고 있었다.

신위 소환을 포함한 조금 전의 일로 상당한 정신력을 소모했기에, 원리로 치유하고 있는 것이다. 신위 소환으로 신력을 소모하기도 했지만, 이후에 있던 펠키아 경과의 대화가 더 힘들었다. 애초에 그런 높으신 분을 상대로 직접 교섭하는 건 가급적 하고 싶지 않았다. 그렇지만 상황적으로는 그 자리에서 억누르는 게 낫다고 생각했기에, 코스케도 억지로 밀어붙였다.

코스케가 그 자리에서 펠키아, 혼드, 아이네스의 이름을 꺼낸 건 대충 찍은 게 아니다. 에리스를 위시한 세 명의 신들이 확실하게 지적했다. 그 자리에서 바로 사라진 것처럼 보였던 세 명의 신들은 실제로는 모습을 보이지 않았을 뿐, 그 자리에 남아 있었다. 뭔가 움직임이 있으면 알려 달라고 부탁하기는 했는데, 설마 정말로 움직일 줄은 몰랐다. 신들이 남아 있던 건 어디까지나 보험이었지만, 그 보험이 제대로 통한 것이다. 이런 일로 신의 힘을 쓰게 될 줄은 몰랐지만, 반대로 신전에 축복을 내리는 걸로는 부족하다고 들어서 일부러 남아 달라고 부탁한 거다.

덤으로 백합의 신사로 전이하는 건 생각보다 더 쓸 만한 기술이라는 걸 알았다. 기본적으로는 코스케만 전이할 수 있지만, 백합의 신사도 예전에 유리가 말했던 대로 레벨 업(?)한 모양이라 코스케를 제외한 사람도 그의 신체 일부와 접촉하고 있다면 함께 전이할 수 있게 되었다. 백합의 신사가 습격당하는 건 현재로서는 생각하기 힘들기에, 다른 사람도 함께 전이할 수 있게 된 건 상당히 좋은 개선이라 할 수 있었다. 그래서 실험을 겸해서 백합의 신사로 전이해 본 것이다. 결과는 성공. 함께 돌아온 코우히와 미츠키는 생각보다 기뻐했다. 코스케의 호위를 자부하는 두 사람은 아무리 백합의 신사가 코스케에게 안전지대라고 해도 그를 혼자 두고 싶지는 않았다. 그런 의미에서는 두 사람에게도 좋은 결과라 할 수 있었다.

코스케는 오늘은 이제 일하고 싶지 않아~ 라는 모드가 되었지만, 그럴 수도 없어서 원리를 한동안 쓰다듬은 뒤에는 관리층으로 돌아왔다. 그리고 거기서 와히드에게 그가 떠난 뒤의 전말을 듣게 되었다.

우선 코스케가 선언한 대로, 앞으로 크라운은 앞선 세 명과는 일절 거래하지 않기로 정했다. 그래서 코스케가 떠난 뒤에 열린 입식 파티에서는 크라운 관계자와의 논의 자리는 열리지 않았다고 한다. 그게 영향을 주었는지, 입식 파티에 모인 이들 중에서 앞선 세 명에게 적극적으로 말을 거는 자는 없었다. 대신, 노림수가 통했다고 해야 할지, 그 이외의 유력자들 사이에서는 적극적으로 논의가 이루어졌다. 당초에는 코스케가 없어져서 그런지 가까운 사이끼리 모여서 그리 활발하지 않았다. 그러나 파티 후반부에는 탑을 쓰거나, 혹은 배를 쓰지 않으면 가기 어려운 마을 유력자들의 논의가 활발하게 이루어졌다.

코스케도 앞으로는 탑을 중계 거점으로 삼아 다양한 거래가 이루어지면 좋겠다고 생각하고 있었다. 전이문 사용을 제한하고 크라운에서 거래를 전부 독점하는 것도 가능하기는 하지만, 그런 경제 상태가 건전하다고는 생각하지 않았다. 탑 내부 유통을 크라운만 담당한다면, 필연적으로 조직의 경직화가 일어난다. 단적으로 말해서, 간단히 돈을 벌 수 있기에 게을러지는 자가 나오기 쉬운 거다. 조직이 굳어져 버리면, 아무리 돈을 잘 벌더라도 발전할 수는 없다. 애초에 코스케의 첫 번째 전제는 탑 안에 정착하는 이들을 늘리는 것이고 돈을 버는 게 아니다. 사람이 모이면 당연히 돈도 들기에 돈벌이를 부정할 생각은 없다. 그렇지만 순서가 거꾸로 되어서는 안 된다고 생각하고 있다. 코스케의 최종 목표는 어디까지나 탑의 발전이고, 돈벌이는 그 수단이다.

그 자리를 소란스럽게 만든 펠키아, 혼드, 아이네스 세 명은 그가 그 자리에서 선언한 대로, 구속 같은 물리적인 수단을 취하지는 않았다. 펠키아 자체가 '경'이라 불릴 정도의 실력자라서 애초에 그가 있는 마을의 형리 등은 도움이 안 되기 때문이다.

센트럴 대륙에 국가는 존재하지 않는다. 그러나 각 도시의 지배자는 확실히 존재한다. 지배자가 어떻게 선출되는지는 각 도시에 따라 다르다. 펠키아가 소속된 케네르센에서는 대대로 그를 위시한 다섯 가문 중에서 선출되어 왔다. 그렇기에 '경'이며, 간단히 손댈 수 있는 인물은 아니었다. 펠키아 자신은 케네르센 도시의 지배자 선출에서는 이미 제외되었다. 그래도 다섯 가문 중 한 가문의 당주로서 여전히 힘을 가지고 있다. 코스케가 보기에는 참용케도 그런 가문 사람이 일부러 탑까지 나왔다 싶었다.

그러나 이건 코스케의 인식 부족이었다. 이런 인물이 직접 나올 만큼 탑의 존재를 무시할 수 없게 된 것이다. 그러나 케네르센이라는 범위에서 본다면 펠키아는 상당한 실력자지만, 다른 세 도시를 왕래할 수 있는 탑에서 본다면 한 도시의 일개 유력자에 불과하다. 케네르센의 다른 네 가문과 거래할 수 있다면, 탑으로서는 딱히 문제가 없다. 실제로 파티에는 다른 네 가문 사람도 참석했다. 그들은 당연한 듯이 다른 도시의 유력자들과 이야기를 나눴다. 결국, 적어도 이번 소동에서 펠키아는 크라운과의 관계가 단절되었고, 다른 도시의 유력자들과도 멀쩡한 논의를 나누지 못하는 결과가 되었다. 덧붙이자면 펠키아, 혼드, 아이네스 세 명은 향후 탑 출입이 일절 허용되지 않게 되었다.

아무리 그래도 세 명과 관계된 모든 인물의 출입을 금지하는 건, 색출하는 노력까지 포함해서 거의 불가능하므로 단속은 포기했다. 물론 세 명이 직접 경영에 참여하는 상회가 나올 때는 단속하게 되지만, 개별적인 행상인을 가장해서 전이문을 사용한다면 사전에 색출하는 건 거의 불가능하다. 알게 된 시점에서 대처는 하겠지만, 도마뱀 꼬리 자르기를 할 뿐이니 그 이상의 대처는 하지 않기로 정했다. 그래도 행상인 레벨에서 크라운의 상인 부문과 거래하는 건 곤란하다. 지금까지의 행상인 계약과 이번 유력자들의 거래를 통해 모험가들이 가져오는 소재를 대부분 써 버린 상황이었으니까. 지금으로서는 새로운 행상인이 크라운을 상대로 거래하는 건 거의 불가능하므로, 세 명이 관여하는 거래는 사실상 이루어지지 않게 되었다.

제5장 탑에서 신역으로 가자

(1) 플로리아가 본 코스케

　제5층에서 신위 소환을 하고 난 뒤, 코스케는 한동안 여러 잡무에 쫓겨 움직이지 못하게 되었다.

　처음에 한 일은 각 층에 모험가용 안전지대를 설치하는 일이다. 이쪽은 단순히 마물 침입 방지용 결계를 치고 숙박용 건물을 설치했다. 당연히 크라운 직영 여관이다.

　처음에는 아무것도 설치하지 않고 결계만 치고 끝내려고 했지만, 슈미트가 차라리 소규모 역참 마을로 만드는 게 어떠냐고 제안했다. 그것에 가제란이 찬성하자, 코스케는 그대로 밀리고 말았다. 그러나 코스케도 역참 마을 비스무리한 걸 만드는 대신 크라운 이외의 중개는 전혀 인정하지 않는다는 조건을 냈다. 이로써 제5층을 제외한 각 층은 완전히 크라운이 독점하게 되었다.

　여관이 될 건물은 탑의 기능을 써서 지었다. 이건 크라운 공예 부문장 다레스가 한탄했지만, 반대로 크라운 상인 부문장 슈미트는 기뻐했다. 다레스가 한탄한 건 공예 부문이 나설 차례가 없어졌기 때문이고, 슈미트가 기뻐한 건 건물 건축 기간을 기다리지 않고 영업할 수 있게 되었기 때문이다. 지금까지는 평원이나 삼림이었던 곳에 갑자기 건물이 세워지자 일부 모험가들은 놀란 모양이었지만, 탑의 신비라고 하고 넘어갔다. 이미 탑의 대표인 코스케가 신을 소환했다는 소문은 순식간에 퍼졌으므로, 이런 일이 가능해도 이상하지는 않다.

건물을 단숨에 지은 신비한 일이 코스케의 힘이라는 소문을 수집한 데프레이야 일족이 피치를 통해 보고했을 때, 그는 대단한 오해라고 생각했⋯⋯지만.

"어라~? 못 하시는 건가요?"

어째서인지 피치가 의아한 표정을 보였다. 반사적으로 그건 탑의 힘이지 자신의 힘이 아니라고 대답하려던 코스케는 저도 모르게 생각한 걸 입 밖으로 내고 말았다.

"가능할 리가⋯⋯. 아, 어라? 건물 소환도 불가능하지는 않, 나?"

코스케의 말을 들은 사람들은 그를 게슴츠레 바라봤다.

"아, 아니, 잠깐 기다려. 가능하다고 해도, 다른 곳에 이미 지어진 건물을 소환하는 거라면 가능하다는 것뿐이고⋯⋯."

"충분해요~."

코스케가 변명하자 웬일로 피치가 태클을 걸었지만, 그때 모두가 나이스라고 생각했다.

"보통은 그런 건 불가능하니 말이다."

그렇게 말하며 끄덕인 건 슈레인이었다. 그리고 주변의 반응을 본 코스케는 빠르게 백기를 들었다.

"애초에 신위 소환 같은 걸 실행해 버리지 않았느냐."

"말도 안 돼요~."

일행들은 직접 현장에서 소환을 보지는 않았지만, 확실히 성공했다는 건 들었다. 그러나 직접 보지 않기도 했고, 코스케를 알고 있었기에 받은 충격은 적었다. ……관리층에 막 온 플로리아를 제외하고는.

플로리아도 사전에 신위 소환에 대해 듣기는 했지만, 정말로 성공할 줄은 몰랐다. 설마 했는데, 성공했다고 들었을 때는 망연자실한 느낌이었다. 가호를 받은 몸이라 신의 존재가 가깝기에, 신에 얽힌 이야기와도 가까운 존재다. 당연히 플로리아는 나중에 실비아에게 코스케가 신위 소환을 손쉽게 성공시킨 이유를 물었지만, 코스케 씨라서 그렇다는 한마디로 넘어가 버렸다. 실비아는 무녀로 수행을 쌓아 왔기에 어떤 의미로는 플로리아 이상의 충격을 받았을 텐데도 이런 태도였기에, 그녀도 그 말을 받아들이기로 했다. 그렇게 코스케의 상식과 동떨어진 모습은 경사스럽게도(?) 관리층에 있는 이들의 공통 인식이 되었다.

안전 구역을 만든 건 제6층, 제41층~제45층까지 합계 여섯 층이다. 여관은 제41층, 제43층, 제45층까지 합계 세 층에 설치했다. 모든 층에 여관을 두지 않은 건, 한동안 낌새를 보기 위해서다. 슈미트의 말로는 모든 층에 놔도 수익은 나오겠지만, 안전 구역을 두게 된 애초의 목적은 돈벌이를 위해서가 아니라 모험가들의 공략 상황을 바꾸기 위해서다.

코스케도 좀 더 위쪽 계층으로 와 줬으면 하는 마음이 있었기에 설치했다. 아마 여관을 설치했으니 그 계층에 오랫동안 머무르는 이들도 나올 것 같았지만. 참고로 여관 종업원은 전이문이 아니라 전이 마법진을 써서 이동시켰다. 이건 코스케가 개발한 마법진으로, 탑의 계층을 신경 쓰지 않고 이동할 수 있다. 소환 마법진을 응용해서 만들었는데, 이걸 공개했을 때 주변의 반응은 굳이 말할 것도 없었다. 소인원이 사용할 때는 전이 마법진이 더 편리하므로 앞으로는 쓸 기회가 늘어나리라.

여관에서 사용할 물자도 전이 마법진으로 옮기게 되었기에 운영에 지장은 없다. 단, 이건 물자의 양이 적을 때고, 대량으로 이동시킬 때는 전이문을 설치한다. 굳이 남들 눈에 띄는 곳에서 쓸 생각은 없지만, 날카로운 모험가라면 눈치채는 사람도 나오리라 생각하고 있다. 자신들도 쓰게 해 달라고 말하는 모험가가 나올지도 모르지만, 그런 의견은 무시하기로 했다. 불만 있으면 여관을 쓰지 않으면 된다고 말하면 될 뿐이다.

건물을 설치하자마자 바로 안전 구역 여관의 영업을 개시했다. 여관을 짓는다는 게 정해졌을 때부터 슈미트가 미리 선수를 쳐서 종업원을 육성했기 때문이다.

안전 구역 설치에 동반해서 제5층 마을에서의 활동도 확실히 규정했다. 크라운을 제외한 외부 길드의 활동도 인정하지만, 특히 상인 길드의 활동에 관해서는 대대적인 제약을 걸기로 했다. 상품 반입은 예전처럼 진행하지만, 관세 대신 통행료를 받는다. 외부용 전이문도 상인이 이용할 수 있는 건 하나의 전이문뿐이다. 그렇지만 제5층에 창고를 만들고 그곳에서 거래한다면 육로나 해로로 멀리 돌아가는 것보다 월등히 싸게 먹힌다. 샛길 같은 방식이었지만, 탑 측에서 규제할 생각은 없었다.

탑으로서는, 이 경우에는 행정부가 되지만, 땅값으로 얻는 수입도 있기에 그걸로 충분하다는 생각도 있었다. 금전적인 수익은 크라운이 독점하는 것보다 적겠지만, 이것도 마을에 사람을 정착시킨다는 커다란 의미가 있다. 창고 혹은 그에 딸린 건물을 만들려면 당연히 그걸 짓고 관리할 인원이 필요하니까. 그중에는 사무소로 쓰기 위해 정착하는 사람도 나올 것이다. 금전적인 수익보다도 그쪽을 중요시했다.

애초에 크라운의 수익은 전이문을 사용한 교역도 크지만, 그와 동등하게 모험가들이 가져오는 소재 판매 수익도 크다. 슈미트는 장래에는 각 여관에 구매 창구를 부설할 거라고 말했다. 소재 판매 수익의 증가를 노리는 거다. 성공할지는 모르겠지만, 슈미트는 성공하리라 예상했다. 안전 구역에서의 매매가 시작된다면 모험가들의 왕복 이동 거리가 단축되기에, 그만큼 많은 양을 벌 수 있다.

결과가 나올 때까지 기간이 필요하지만, 그쪽 조정은 크라운에서 하기로 했기에 코스케가 직접 관여할 일은 거의 없었다.

◆

플로리아에게 있어서 코스케를 한 단어로 표현한다면 '수수께끼'다. 처음 만났을 때는 아무런 힘도 없는 평범한 사람으로 보였다. 그래서 지금 생각하면 참 대단한 착각을 하고 얕잡아 보는 태도를 보이고 말았다. 무슨 인과인지 그 코스케가 지배하는 탑의 관리층으로 오고 말았지만, 코스케를 보는 시선은 완전히 달라지고 말았다. 만약 할 수만 있다면 과거로 돌아가서 극히 평범한 인간으로 판단했던 자신을 두들겨 패 주고 싶었다.

플로리아가 관리층으로 오게 된 날에, 그는 자신의 아버지에게 터무니없는 말을 했다.

신위 소환을 하겠다고.

그걸 처음 들었을 때는 내심 바보 같은 짓을 한다고 생각했다. 물론 그때의 대화에서 코스케가 신구를 만드는 직공이라는 건 들었으니 범상치 않은 사람이라는 인식은 있었다. 그래도 신위 소환이라니, 그저 헛소리라고밖에 들리지 않았다.

그렇지만 아버지도 그걸 받아들였다. 플로리아는 아버지도 실패를 전제로 두고 받아들였다고 생각했다. 그만큼 신위 소환은 터무니없는 이야기니까. 그러나 그 자리에서 논의가 끝나고, 아버지와 헤어져 관리층으로 오게 된 플로리아는 거기서 코스케와 함께 생활하면서, 어쩌면 가능할지도 모른다고 생각하게 되었다. 플로리아가 보기에 코스케가 평소에 하는 일은 전부 상식 밖이었기 때문이다.

플로리아가 지금까지 확인한 것만 따져 보면, 코스케는 특히 소환과 신구 제작에 재능이 있어 보였다. 본인에게 물어보니, 소환은 탑에서 소환진을 설치하다 보니 흥미가 생겼다고 한다. 신구 제작은 그냥 하다 보니 되었다는 모양이다. 처음 들었을 때는 저도 모르게 현기증이 났다. 본인에게는 자각이 없어 보였지만, 까놓고 말해서 지식만으로도 일류 학자를 뛰어넘고 있다.

대체 언제부터 신구를 만들기 시작했는지 신경이 쓰인 플로리아가 묻자 탑을 지배하고 나서 지식을 익혔다는 대답이 돌아왔다. 천궁탑이 공략되었다는 소문이 돈 지 아직 1년도 지나지 않았을 텐데. 고작 그런 기간에 어떻게 이 정도의 지식을 익히게 된 것일까. 게다가 코스케는 탑에서 거의 밖으로 나가지 않았다고 한다.

그 해답은, 관리층의 어느 방에 있었다. 멤버들이 연구실이라 부르는 그 방에는 많은 책이 놓여 있었다. 책 자체가 귀한 이 세계에서 개인이 이렇게 많은 장서를 보유하고 있는 건 있을 수 없다. 어떻게 모은 건지 궁금했던 플로리아가 옆에 있던 실비아에게 묻자, 탑에 책을 꺼내 주는 기능이 있다고 한다. 플로리아는 유감스럽게도 아직 자신을 경계하고 있는지 의심해서 그 이상 자세한 이야기를 묻지 못했다.

생각해 보면, 플로리아는 관리층에 오고 나서 아직 탑에 관한 자세한 이야기를 듣지 못했다. 똑같은 가호 보유자이기에, 그녀는 실비아와 함께 있을 때가 많다. 필연적으로 플로리아는 실비아와 이야기를 나누는 일이 많았는데, 기본적으로 극히 일반적인 이야기만 하고 있었다. 식객 같은 존재라는 걸 자각하고 있는 플로리아가 굳이 깊은 걸 묻지 않았다는 사정도 있다. 참고로 실비아와 함께 있는 일이 많은 건, 그저 가호 보유자끼리라는 것만이 아니라, 그녀가 관리하는 층이 없다는 이유도 있었다.

코스케가 신위 소환을 실행하고 나서 며칠이 지난 어느 날의 일이다.

플로리아는 코스케가 수수께끼의 행동을 보이는 걸 목격했다. 식사 중에 모두가 말을 걸어와도 건성으로 넘기고, 아무것도 없는데 넘어지거나, 그러더니 갑자기 중얼중얼 뭐라 중얼거리기 시작했다. 옆에서 보면 완전히 위험한 사람이다. 플로리아가 저도 모르게 실비아에게 의문의 시선을 보낸 건 어쩔 수 없는 일이었다.

"………저건, 괜찮은 건가?"

질문을 받은 실비아는 쓴웃음을 돌려줬다.

"네. 괜찮아요. 저도 처음에 봤을 때는 무슨 일인가 했으니까요."

"……그런가. 뭔가 있는 건가?"

"뭔가 있다기보다는……. 또 터무니없는 생각을 떠올리시는 거겠죠. 신위 소환을 떠올렸을 때도 저런 느낌이었어요."

"그랬었나?"

"코스케 씨는, 뭔가 깊이 생각할 때는 주변이 안 보이게 돼요. 덕분에 옆에서 보고 있으면 저런 느낌이 되어 버리죠."

"천재와 무언가는 종이 한 장 차이라는 건가."

플로리아가 그런 감상을 남기자, 실비아가 눈을 깜빡였다.

"천재? 코스케 씨가요?"

"아닌가?"

실비아는 저도 모르게 고개를 갸웃했다.

"천재, 라고 한다면, 그럴, 지도, 모르겠네요?"

참으로 애매한 대답이 돌아왔다. 실비아의 안에 있는 코스케의 이미지에서 천재라는 단어는 와닿지 않았으니까.

"…………누가 천재라고?"

고개를 갸웃한 실비아에게 코스케가 물었다.

조금 전까지 소파 위에서 끙끙 앓고 있었는데, 지금은 참으로 상쾌한 표정이다.

"아뇨. 플로리아 씨가, 코스케 씨를 그렇게 말씀하셨어요."

그 말을 듣자, 코스케는 허를 찔린 표정을 지었다.

"……천재?! 내가?"

무심코 자기를 가리키며 놀라더니, 이어서 웃었다.

"아니, 재미있는 소리를 하네. 내가 천재였다면 세상은 천재로 넘쳐났겠지."

코스케는 자기가 천재라고는 조금도 생각하지 않고 있었다. 원래 가진 지식이 이 세계 주민들과는 근본적으로 다르다는 것과, [상춘정]에서의 경험을 활용하고 있을 뿐이라고 생각하니까. 특히 신력 다루는 법에 관해서는 아수라에게 받은 왼쪽 눈의 힘과 [상춘정]에서 배운 게 없었다면 건드릴 수조차도 없었으리라.

그러나 그런 걸 알 리가 없는 플로리아는 고개를 갸웃했다.

"……그런가? 신위 소환 같은 걸 해 놓고서?"

"그건 내가 천재여서 했던 게 아니야. 조금 특수한 사정이 있었으니까 했을 뿐이지."

전생에 대한 건, 코우히와 미츠키 말고는 아직 아무에게도 알리지 않았다. 코스케도 언젠가는 이야기해 줄 마음은 있지만, 지금 당장 이야기할 건 아니라고 생각하고 있었으니까.

"⋯⋯⋯⋯그런가."

플로리아는 아직 납득하지 못했지만, 이 이상은 물어봐선 안 된다고 판단하며 끄덕였다.

"그런데, 또 뭔가 떠올리셨나요?"

코스케의 표정으로 알아챈 실비아가 화제를 바꿔서 그런 의문을 꺼냈다.

"응. 뭐, 그렇지."

코스케는 그렇게 말하며 씨익 웃었다.

(2) 클래스 체인지

코스케는 제10층으로 왔다.

계층은 딱히 의미가 없다. 어느 정도 탁 트인 곳이면 어디든 좋았다. 주요 목적을 달성하기 전에, 예전부터 계속해서 진행하던 자연 발생하는 마물에 변화가 있는지를 확인했다. 결과부터 말하자면, 출현하는 마물에 변화는 없었다. 그러나 결론을 내리기는 아직 너무 이르기에 조금 더 소환진을 설치하지 않은 채 놔둘 생각이다. 참고로 [슬라임 소환진]도 설치하지 않았는데, 요호는 굶지 않고 제대로 사냥하며 생활하고 있었다.

이번의 목적은 따로 있다. 함께 온 건 관리층에 상주하는 멤버 전원이다. 코스케가 실행하려는 걸 이야기하자 전원 따라온 거다.

코스케가 이곳에서 하려는 건 『송환』이었다.

소환이라는 마법이 있는 세계다. 당연히 송환이라는 이론도 기술도 존재한다. 송환은 특수하므로 쓸 수 있는 사람의 숫자가 한정되어 있지만, 세 명의 신을 동시에 소환하는 것만큼 희귀한 것도 아니다. 그렇다면 코스케의 탈인간적인 면에 익숙한 멤버들이 어째서 이걸 보러 왔느냐면, 그 송환되는 곳이 말도 안 되기 때문이다.

코스케는 처음에 [상춘정]으로 가겠다고 말했지만, 곧이어 그 이름이 알려지지 않았다는 것을 멤버들의 반응으로 알 수 있었다. 신들이 평소에 사는 곳이라 말을 바꾸자, 코우히와 미츠키를 제외한 전원이 놀란 표정을 지었다. 아수라가 만든 존재인 두 사람은 [상춘정]에 있었던 적은 없어도 그 정보는 가지고 있다.

멤버들은 애초에 코스케가 [상춘정]이라는 이름을 아는 것에도 놀랐지만, 그 이상으로 송환을 써서 신들이 사는 곳으로 간다, 혹은 갈 수 있다는 사실에 놀라워했다. 참고로 이 세계의 사람들은 신들이 사는 곳을 신역이라 부른다. 사람의 몸으로 그런 곳에 갈 수 있는 건 전설급 이상의 이야기일지도 모른다. 예전에 세 명의 신들을 소환했던 것도 이미 전설급이지만, 그 이상의 충격이었다.

이번에 코스케가 하려는 송환은 영혼만 보내는 게 아니다. 제대로 육체까지 동반해서 송환하는 거다. 참고로 이건 세 명의 신들을 소환한 신위 소환을 근거로 만들었다. 코스케가 [상춘정]에서 소환을 할 수 있었으니, 그럼 송환도 할 수 있는 게 아닐까 하는 단순한 발상이었다. 코스케가 그 말을 했을 때 모두가 어이없어한 건 말할 것도 없다.

제10층에서 모두가 지켜보는 가운데, 코스케는 준비를 진행했다. 준비라고 해도 어느 정도 떨어진 곳으로 가서 송환진을 기동하기만 하면 된다. 당연하게도, 당초에는 코우히와 미츠키 중 한명이 코스케를 따라갈 생각이었다. 그러나 웬일로 코스케가 그걸 거절했다. 이유는 단순하게, 다수의 사람을 송환할 수 있을지 확증이 없기 때문이다. 그럼 실험을 인정할 수 없다고 두 사람이 끈질기게 물고 늘어졌지만, 코스케의 의지와 또 하나의 이유로 인해 막혀 버렸다.

　그 이유란 백합의 신사로 오는 전이 기능이다. 만약 송환에 실패하더라도 코스케 혼자라면 바로 전이해서 신사로 돌아올 수 있다. 탑 바깥에서도 전이할 수 있다는 건 이미 실험이 끝났다. 송환이 실패하더라도 목이 단숨에 잘리지 않는 한, 코스케만이라면 바로 전이할 수 있다. 반대로 동행자가 있으면 바로 전이할 수 없을 가능성이 있으니 혼자 가는 게 낫다는 코스케의 주장에 두 사람이 설득당한 형태가 되었다.

　그래서 코스케 혼자 송환을 진행하게 되었는데, 실은 별로 걱정하지 않았다. 딱히 교신으로 확인하거나 한 건 아니지만, 실패하지 않는다는 확신과도 같은 예감이 있었으니까.

　그런 신기한 기분과 함께, 코스케는 영창을 시작했다.

　신위 소환 때와 마찬가지로 영창과 마법진의 발동을 동시에 진행하자, 코스케를 중심으로 한 마법진이 지면에 그려졌다. 마법진 하나의 규모로 보면 신위 소환을 위한 마법진보다 컸다. 신위 소환을 진행했을 때는 세 개 동시 발현이었지만, 이번에는 하나뿐이다.

　결과는 바로 나타났다. 송환진은 바로 사라졌고, 그 위에 있던 코스케도 동시에 사라졌다.

　"······성공했어?"

　상황을 지켜보던 콜레트가 실비아에게 물었다. 교신으로 확인하기 위해서다.

　"······바로 확인할게요."

　실비아가 그렇게 말하자, 코우히와 미츠키를 포함한 전원의 시선이 그녀에게 모였다.

　송환진의 반응을 느끼고 성공을 확신한 코스케는 송환진 발동과 함께 다른 곳으로 송환되었다. 딱히 큰 사고가 일어나지도 않고 제대로 목적지에 도착했다. 코스케가 송환진으로 지정한 곳은, 그가 [상춘정]에 왔을 때 처음 에리스가 데려간 곳인 아수라의 집무실이다.

　코스케가 그걸 확인했을 때, 이미 아수라가 어이없는 듯도 하고 기쁜 듯한 복잡한 표정으로 눈앞에 서 있었다.

　"·········여어, 오랜만."

　오랜만에 그 미모를 보자 순간 넋을 잃을 뻔했지만, 그래도 어떻게든 인사를 했다.

　"그러네. 오랜만이네. ······그보다, 정말로 성공할 줄은 몰랐어."

　"으음, 그런가?"

　코스케는 아수라라면 미리 내다보고 있을 줄 알았다.

"그야 그렇지. 영혼만이라면 몰라도……. 아니, 그것도 보통은 못 하지만, 육체를 그대로 유지한 채 여기에 오다니, 보통 생각조차 할 수 없는 일이거든?"

"뭐~? 그랬어?"

실제로 그걸 해 버린 코스케는 그렇게까지 놀랄 일인가 싶었다. ……아수라의 다음 말을 들을 때까지는.

"그렇다니까. 뭐, 그건 넘어가고, 현인신(現人神)으로의 클래스 체인지, 축하해."

아수라는 웃으면서 짝 소리를 내며 양손을 맞댔다. 코스케는 그 말의 의미를 이해하는 데 시간이 걸려서 잠시 멍해져 있었다.

"………………뭐? 아니, 잠깐 기다려?!"

"뭘 놀라는 거야. 영혼만의 존재라면 몰라도, 육체를 그대로 가 진 채 여기로 왔잖아? 신과 동등한 존재가 되는 건 당연하겠지?"

"………………뭐어???!!!"

코스케도 뒤늦게나마 자신이 저지른 일이 무엇인지 깨달았다.

"뭐, 물론 여기에 오는 것만이 조건인 건 아니지만. 여러 조건을 만족했고, 마지막 한 발짝이 여기에 오는 것이었어."

아수라의 말을 듣자, 코스케는 저도 모르게 그 자리에 주저앉았다.

"…………그럴 생각은 없었는데……."

"자자. 딱히 상관없잖아. 지금까지와 거의 다르지 않으니까."

"……그런가?"

"그럼. 애초에 신력을 그렇게나 자유자재로 사용하는 시점에서

현인신 두 발짝 앞까지는 왔던 거니까. 이후에는 신위 소환이 결정타고, 이번 송환이 마지막 한 발짝이었다는 느낌일까?"

"그렇, 습니까……."

코스케는 저도 모르게 침울해졌다. 이러면 또 멤버들에게 인외 취급을 당하겠구나 싶었기 때문이다.

"그건 한참 전부터 늦었다고 생각하는데?"

아수라까지 단언하자, 코스케는 시무룩해지고 말았다.

"하아……. 이제 됐습니다. 인외로 쳐도……."

"평범한 인간이든, 현인신이든, 코스케는 코스케니까 상관없잖아."

참고로 이후에 세 명의 천녀들에게도 인외 취급을 당하게 되지만, 코스케는 아직 알지 못했다.

한동안 침울하게 있던 코스케는 문득 아수라에게 묻고 싶은 게 있었다는 걸 떠올렸다.

"그러고 보니, 이 왼쪽 눈의 힘은 결국 뭐야?"

그 질문을 받자, 아수라는 허를 찔린 표정을 지었다.

"눈치채지 못했어?"

"…………어?"

"……그래. 그건, 당신 자신의 힘인데?"

아수라의 대답을 듣자 이번에는 코스케가 놀란 표정을 지었다.

"뭐?! 그게 뭐야? 아수라의 힘이 아니었어?!"

"아, 그런 거였구나. ……그래. 확실히 나의 힘이라고 말하긴 했지만, 내가 선물한 건 계기를 줬을 뿐이야."

"무슨 뜻이야?"

"내가 한 일은 눈을 통해 신력이라는 힘을 쓸 수 있게 계기를 줬을 뿐. 그 신력을 어떻게 쓰는지 정하는 건 코스케 자신이야."

거기까지 들은 코스케는 겨우 아수라가 하려는 말을 알았다.

신역에 있을 때 어느 정도 신력 쓰는 법을 배우기는 했지만, 영혼뿐인 존재였던 이상 육체를 통한 발현이 어려울 가능성이 있었다. 아수라는 그런 일이 생기지 않게 왼쪽 눈을 통해 신력을 발현할 수 있게 해 줬을 뿐이다.

"그렇다면, 스테이터스 표시는……."

"응. 당신 자신이 신력을 통해 개발한 힘이라는 거지. 말할 것도 없지만, 당연히 이 세계에서는 처음 일어난 현상이야. 현세의 생물들은 물론이고, 현존하는 어느 신도 그런 힘을 가지고 있지 않아."

설마 하던 말을 들은 코스케는 무심코 신음하고 말았다. 그런 코스케의 모습을 본 아수라는 방긋 웃으면서 말을 이었다.

"스테이터스 표시라는 첫 이치를 창조한 것과, 크라운 카드였던가? 그걸 퍼뜨려서 스테이터스라는 개념을 세계에 알렸어. 덕분에 현인신이 되기 위한 조건 하나를 만족했다고 할 수 있지."

"……으으음. 혹시, 평범하게 마안으로 발현했다면……."

"지금까지 평범하게 확인할 수 있는 현상이었다면, 현인신이 되는 조건을 만족하지는 않았을 거야."

아수라가 마무리 일격을 날리자, 코스케는 체념한 듯 한숨을 내쉬었다.

"뭐랄까……. 처음부터 내가 그쪽 길을 선택했다는 건가…….
무의식적이기는 했지만…….."

"그렇게 되겠네."

그렇게 말한 아수라가, 그 후에 배려하는 표정을 지었다.

"……현인신이 된 것이, 그렇게 싫어?"

아수라가 묻자, 코스케는 황급히 고개를 내저었다.

"음, 아냐. 그렇지는 않아. 그저 놀랐다고나 할까, 마음의 정리
가 되지 않았달까……. 싫다는 마음은 없어."

코스케는 자기 자신도 의아했지만, 아수라에게 말했듯이 싫다
는 감정은 없었다. 또 놀림감이 될 소재가 늘어나서 침울해지기는
했지만, 딱히 현인신이 된 것을 기피하는 건 아니었다.

"……뭐, 탑의 멤버들에게 퍼뜨리지만 않는다면……. 아니, 설
마?!"

갑자기 그에게서 시선을 돌리는 아수라를 본 코스케는 불길한
예감을 느꼈다.

"아아, 응. 미안. 여기에 온 시점에서 현인신 인정은 끝났으니
까, 아마 에리스 쪽에서 퍼뜨렸을지도……?"

"아, 잠깐. 그것만큼은 그만둬. 당장 그만둬."

코스케는 필사적으로 확산을 막으려 했다. 그걸 본 아수라는 바
로 어딘가에 연락하기 시작했다.

"……응. 그래. 아, 역시나. 응……. 아니 뭐, 어쩔 수 없지 않을
까? ……응. 기다리고 있을게."

통신을 마친 아수라는 조금 어이없다는 표정을 지었다.

"뭔가, 본인에게 확실히 사과하고 싶으니까 에리스가 이리로 온다는데."

"······사과?"

상황을 이해하지 못한 코스케가 고개를 갸웃했다. 대화까지 들은 건 아니라서 무슨 일인지 알 수는 없었다. 사실 해답을 도출하는 걸 무의식적으로 거부하고 있다는 면도 있지만.

그런 코스케 앞에 순간 빛이 나타났다가 사라졌고, 이후에는 에리스가 남았다. ······고개를 숙인 상태로.

"············죄송합니다."

"으으음······. 상황을 잘 모르겠는데······?"

에리스의 모습을 보고 어렴풋이 상황을 이해했달까, 뇌가 겨우 움직이기 시작한 코스케는 일단 그렇게 대답했다.

"······이야기하지 않으신 건가요?"

에리스는 약간 의아한 듯한 표정으로 아수라를 보았다.

"뭐, 이런 건 본인에게 말하는 게 낫다고 생각해서."

"······그렇습니까. 감사합니다."

그렇게 말하며 아수라에게 고개를 한 번 숙인 에리스는 코스케를 보고 다시 고개를 숙였다.

"죄송합니다. 실비아에게 교신이 들어왔을 때, 무사히 도착했다는 이야기와 동시에 현인신이 되었다는 것도 포함해서 전달했습니다."

에리스치고는 굉장히 섣부른 행동이었지만, 어느 의미로는 예상 그대로의 내용이었기에 코스케는 그녀의 반응에 생각보다 더 당황했다. 코스케도 설마 이 정도의 일로 고개를 숙인다고는 생각하지 않았으니까.

"으음, 아냐. 딱히 그렇게 사과할 정도의 일은 아니니까. 알려졌으면 그건 그것대로 딱히 상관없어."

"………정말이십니까?"

에리스가 뭔가 불안한 표정으로 바라보자, 코스케는 살짝 미소를 지었다.

"정말이야 정말. 그러니까 에리스도 너무 신경 쓰지 마. 뭐, 나중에 놀림감이 되겠지만 어차피 그때뿐이고."

코스케는 탑의 멤버가 이런 중요한 이야기를 멋대로 다른 사람에게 퍼뜨릴 리가 없다고 생각하고 있었다. 그런 코스케를 보자, 에리스는 안심한 표정을 보였다.

"……감사합니다."

그리고 다시 고개를 숙였다.

"아아, 응. 이제 고개를 숙이는 것도 그걸로 끝내자."

못을 박아 두지 않으면 에리스가 언제까지고 고개를 숙일 것 같았기에, 코스케는 다시 웃으며 말했다. 에리스도 이번에는 "네."라고 대답하고 살짝 끄덕이는 것으로 그쳤다.

그대로 있으면 언제까지고 질질 끌 것 같은 분위기였기에, 코스케는 화제를 바꾸기로 했다.

"그럼, 또 하나 확인하고 싶은 게 있는데. 스테이터스에서 에리스가 여신이 아니라 천녀가 되어 있는 건 어째서야?"

아수라와 에리스가 동시에 얼굴을 마주 봤다.

"……말씀하시지 않았던 건가요?"

"말하지 않았어……. 그보다, 애초에 스테이터스에 대해 이야 기한 것도 조금 전이니까."

두 사람의 대화를 들은 코스케는 문득 조금 전 아수라에게 막 들은 이야기를 떠올렸다. 스테이터스는 코스케가 개발한 현상이라는 것이다.

"……어라? 그렇다면, 내가 멋대로 여신이나 천녀를 구별하고 있다는 거?"

코스케의 의문을 듣자, 두 사람은 미묘한 표정을 지었다.

"그렇다고 할 수도 있고, 그게 아니라고 할 수도 있겠네."

"애초에 스테이터스 표시는 확실히 코스케 님이 고안하신 거지만, 표시되는 정보는 그렇지 않습니다."

"세계기록이라고 불리는 것에서 정보를 꺼내서 코스케가 알기 쉽도록 스테이터스 화면처럼 표시하는 거야. 당연히 꺼낼 때 신력을 쓰는 거지."

코스케는 두 사람의 해석을 필사적으로 이해하려 노력했다.

"그렇다면, 표시 내용 자체는 원래 이 세계에서 인식하고 있는 건가?"

"그렇게 되겠죠."

에리스는 코스케의 말을 긍정했다.

"애초에 신위 소환에서도 세 명을 천녀라고 불렀잖아? 세계가 세 사람을 천녀로 인식하지 않았다면, 소환은 성공하지 않았을걸?"

듣고 보니 그렇다.

신위 소환 영창에서는 세 사람을 천녀로 불러 소환을 성공시켰다. 종교적인 지위는 넘어가더라도, 월드 레코드에서는 세 사람을 천녀로 인식하고 있다는 뜻이 된다.

"아~. 내 스테이터스에서 에리스가 천녀라고 나오는 건……."

"월드 레코드와 코스케의 취미가 합쳐진 결과……라는 건 농담이고, 월드 레코드에서 세 사람은 천녀라고 인식되고 있다는 거야."

아수라의 해설을 듣고 어찌어찌 납득한 코스케는 고개를 끄덕였다.

"그렇구나. ……그래서, 월드 레코드라는 건 뭐야?"

"미안해. 이것에 관해서는 아직 자세한 이야기를 해 줄 수 없어. 세 자매도 잘 모르거든."

"아직이구나."

"응, 맞아. 아직이야."

코스케가 지적하자, 아수라는 빙긋 웃었다. 그걸 본 코스케는 더 이상 추궁하지 않았다. 아수라는 필요하다면 제대로 가르쳐 준다는 걸 알기 때문이다. 뭔가 이유가 있으니까 가르쳐 주지 않는다. 게다가 에리스도 자세히 모른다고 하니까, 진정한 의미로 아수라 클래스의 신이 아니면 알아선 안 된다는 것도 이해할 수 있다.

코스케도 굳이 긁어 부스럼을 만들 생각은 없었다.

(3) 삼대신 자매

한동안 이야기를 나누는 사이, 조금 전 일을 계속 끌고 있던 에리스의 딱딱함도 풀려서 예전과 같은 태도로 돌아왔다. 월드 레코드 이야기 말고는 코스케가 아스가르드로 간 이후의 이야기를 이것 저것 들었다. 아수라도 에리스도 코스케의 행동은 체크하고 있었 지만, 그래도 본인에게 이야기를 듣고 싶어 했다. 코스케가 [상춘 정]을 나오고 나서 어느 정도 시간이 지났기에, 할 말은 얼마든지 있었다. 무엇보다 두 사람이 잘 들어주는지라 이야기가 끊어질 일 도 없었다. 덕분에 상당한 시간이 흘렀지만, 본인들은 개의치 않 고 이야기를 열중해서 들었다.

　……손님이 왔다는 것도 깨닫지 못한 채.

"……굉장히 즐거워 보이네에."

"아수라 님도 에리스 언니도, 평소에도 저러면 좋을 텐데……."

갑자기 목소리가 늘어나자, 코스케는 무심코 그쪽을 봤다. 목소 리는 몇 번 들어 본 적 있지만, 모습을 보는 건 소환했을 때 이후 처 음이다. 그때도 생각한 건데, 두 사람 모두 분위기는 몰라도 생김 새는 에리스를 많이 닮았다.

"잠깐, 스피카?! 나는 평소에도 이런 느낌이라고?"

"그런가? 뭐, 아수라 님이 그렇게 생각하신다면 그렇겠지."

"으으. 뭔가 납득이 안 가는 대답이네."

아수라는 스피카의 대답을 듣자 왠지 토라진 표정을 지었다.

"저, 저도 평소에도……."

"""그건 아니야."""

에리스에게는 코스케를 제외한 전원이 바로 태클을 걸었다. 게 다가 본인도 자각하고 있는지 그 이상 항변하지 않았다.

"그래서, 두 사람은 왜 여기에?"

코스케가 묻자, 스피카와 자르는 충격받은 표정을 지었다.

"코스케를 만나러 온 건데, 안 됐던 건가?!"

"일부러 허가를 받으면서까지 만나러 왔는데…….'

"아……. 아니, 미안. ……그런데, 허가가 뭐야?"

"여기는 아수라 님이 사는 곳이라고? 허가 없이 출입할 수 있을 리가 없잖아?"

노골적인 화제 전환이었지만, 자르는 그걸 추궁하지 않고 평소처럼 대답했다.

"뭐?! 그랬어?"

[상춘정]에 오고 나서 아스가르드에 갈 때까지 코스케는 계속 여기서 지냈는데, 그런 건 몰랐다. 송환으로 여기를 지정했을 때도 딱히 허가를 받은 적은 없었다.

"그래. 허가 없이 갑자기 여기로 송환해 온 코스케는 여러 의미에서 용감해."

스피카의 말을 들은 코스케는 식은땀을 흘리면서 아수라를 봤다.

"어머. 나는 코스케라면 언제든 환영인데? 실제로 여기에 왔을 때 아무 일도 없었잖아?"

아수라의 말로는, 애초에 허가를 받지 않으면 마법적이든 물리적이든 이 건물에 들어올 수 없다고 한다. 코스케가 탑에서 그대로 송환할 수 있었던 건, 처음부터 아수라가 코스케의 출입을 허가했기 때문이었다.

"으~음……. 가능하면 생각하고 싶지 않지만, 만약 허가가 없었다면?"

"당연히, 송환은 실패지."

"덤으로 말하면, 최악의 경우 적당한 공간에 내팽개쳐졌을지도 몰라."

스피카와 자르의 대답을 듣자, 코스케는 새삼스럽게 자신이 꽤 위험한 다리를 건넜다는 걸 깨달았다. ……그러나 그 대화를 듣던 에이리스가 두 사람의 말을 부정했다.

"두 사람도 너무 위협하네요. 코스케 님이 그 송환진을 쓰시는 한, 이 건물의 결계에 튕겨나더라도 밖으로 쫓겨나는 정도일 겁니다. 그렇게까지 큰일이 생길 일은 없어요."

"내가 걱정하는 건, 코스케가 아니라 다른 이들인데."

"그럼 그렇게 말해야죠. 코스케 님이 착각하시잖아요."

"아, 코스케는 이상한 부분에서 둔하니까."

어째서인지 삼대신이 함께 고개를 가로저었다.

"……으으음. 무슨 소리야?"

코스케는 세 사람의 모습을 웃으면서 바라보던 아수라에게 도움을 요청하는 시선을 보냈다.

"요컨대 세 사람은, 코스케가 자신의 힘에 너무 관심이 없고 둔하다고 말하고 싶은 거야."

"으응~?! 그런가?"

"우리를 소환하고, 게다가 탑에서 여기로 송환진을 써서 온 데다, 현인신이 된 사람이 무슨 소리를 하는 거야?"

그렇게 말한 건 스피카였지만, 다른 세 사람도 고개를 끄덕였다.

"으으음, 네. ……죄송합니다."

"알면 됐어. ……그건 그렇고, 조금 전의 말은 농담이 아니라고?"

"그래. 다른 인간이나 아인들이 쓰면 확실하게 실패하니까, 섣불리 가르쳐 주지 않는 게 좋아."

"………알았어."

신들의 충고를 들은 코스케는 진지한 표정으로 끄덕였다.

이 세계에서 [상춘정]은 단순히 신역이라 불린다. 신들이 사는 지역이라는 뜻이다. [상춘정]이라는 이름 자체도, 우연을 제외하면 특별한 의미를 가지고 쓰이지는 않으리라. 송환진에는 [상춘정]의 이름이 적혀 있기에, 그 송환진으로 신역에 갈 수 있다는 걸 알면 [상춘정]이 신역의 이름이라는 게 들켜 버린다. 그러나 코스케 측에서 [상춘정]에 관해 퍼뜨릴 생각은 없다.

"아, 딱히 그건 신경 쓰지 않아도 되는데? 일부러 숨기던 것도 아니고, 이름이 퍼져 봤자 뭔가 일어나는 것도 아니니까."

아수라는 그렇게 말하며 코스케를 안심시키려는 듯 미소 지었다.

"……역시 아수라 님."

"……조교는 완벽하네."

"……두 사람. 그런 건 생각은 하더라도 말로 꺼내면 안 돼요."

이런 잠자코 넘어갈 수 없는 말이 들려왔지만, 코스케는 기분 탓이라고 생각하기로 했다.

"그런데, 코스케는 다른 사람들에게 얼굴을 보일 생각은 없어?"

자르가 갑작스럽게 묻자, 코스케는 고개를 갸웃했다.

"다른 사람이라니?"

"물론, 이 신역에 사는 사람들인데?"

"……으으음. 신역에 사는 사람이라면…….”

"당연히, 아스가르드의 신들이지."

코스케는 지긋지긋하다는 표정을 지었다.

"……좀 봐주시죠.”

새삼스럽다는 기분도 들지만, 이 이상 신들과 얽히는 건 어떤가 싶었다. 그러나 사태는 코스케의 예상을 아득히 뛰어넘었다.

"흠……. 그러면 탑에 직접 들이닥치게 될 텐데, 괜찮은가?"

"…………무우슨소리죠오?"

코스케가 저도 모르게 굳어지자, 아수라가 쓴웃음을 지으며 대답했다.

"당신 탓이기도 하거든? 송환이라는 방법이라 해도, 그 탑에서 여기로 이어지는 길을 만들어 버렸으니까.”

"그래도 마음 편히 갈 정도는 아니지만, 길을 따라서 당신을 만나러 갈 사람들이 나오겠죠.”

생각지도 못한 사태였기에 코스케는 머리를 감싸 쥐었지만, 이건 아무리 생각해도 자업자득이었다.

"으으음. 어째서 그렇게까지 만나고 싶어 하는 건데?"

코스케가 그런 의문을 던지자, 코스케를 제외한 전원이 한숨을 내쉬었다.

"있잖아, 코스케. 신역에 사는 사람들이 아스가르드의 역사상 최초로 생긴 현인신을 만나고 싶다고 생각하는 게, 그렇게 이상한 일이라고 생각해?"

"……………………아니요."

그래도 이런 말까지 나오게 되니, 코스케도 신들의 사정은 이해할 수 있었다. 뭐, 기껏해야 신기한 동물 같은 대우라고 생각하는 정도였지만. 여기에 있는 한 아수라의 허가가 없으면 들어올 수 없기에 그런 일을 겪지 않았지만, 그렇다고 이대로 내버려 둔다면 더더욱 사태가 성가셔질 것 같았다. 여러 신들이 탑에 직접 방문하는 사태는 사양하고 싶었다. 코스케는 아무래도 한 번은 여기에서 모습을 드러내지 않으면 안 되는 모양이라는 걸 깨닫고 우울해졌다.

기왕이면 귀찮은 일은 한 번에 끝내고 싶었기에, 면회 희망자는 아수라의 저택 주변에 모이라고 했다. 면회라고 해도 한 사람 한 사람(한 신 한 신?)과 대화하다 보면 아무리 지나도 탑으로 돌아갈 수 없기에 한꺼번에 상대하기로 했다.

다른 신들과 만나겠다고 정하고 나서 10분 뒤. 어디에 이렇게나 있었는지 모를 신들이 저택 주변에 모였다. 슬쩍 보기만 해도 약 100명. 신역이니만큼 전원이 신이니까, 아마 전이라도 써서 이동한 것이리라.

그건 넘어가고, 어찌 된 영문인지 모인 신들은 전원 여성이었다. 처음에는 어쩐지 여성이 많다고 생각한 정도였지만, 어디를 봐도 남자는 찾을 수 없었다.

"……그러고 보니, 남신이 있다는 말은 못 들었는데……."

코스케의 중얼거림을 들은 자르가 눈을 깜빡였다.

"어라? 몰랐어? 이 세계의 신은 여성밖에 없다고?"

"……뭐?! 그랬어?"

"응. 처음으로 생긴 현인신이자 유일한 남성 신이니까, 주목받는 것도 당연하지."

아수라가 즐거운 표정으로 말했다.

"코스케 님이 처음에 이 신역으로 오셨을 때, 아수라 님이 바로 여기에서 보호하신 건 그런 이유도 있습니다."

물론 영혼만 왔던 코스케가 소멸할 위기였기에 바로 보호해야만 했던 이유도 있지만, 그 이외의 이유도 있었다. 여성만이 사는 정원에 남성이 한 명이라니. 이건 아수라가 아니더라도 보호하려고 했겠지. 코스케는 그렇게 생각했다.

저택 주변에 모인 여신들은 코스케의 등장을 이제나저제나 기다리고 있었다. 애초에 코스케의 소문은 꽤 예전부터 있었다. 코스케가 이 신역에 처음 왔을 때는 아수라와 에리스만 대응했는데, 그동안 저택 출입이 엄격해졌었다. 이제껏 그런 일이 거의 없었기에 당연히 그 이유가 뭔지 주목이 쏠렸다. 그것이 헤매어 들어온 남자(의 영혼)를 숨기고 있었기 때문이라는 이야기가 퍼졌을 때는 이미 코스케가 아스가르드로 간 뒤였다. 이후에도 주로 코스케 자신의 행동 때문에 소문이 끊이지 않았다.

결정타가 된 것이 삼대신의 신위 소환이다. 여신들은 아스가르드 세계를 좋아한다. 그러지 않다면 성실하게 신의 역할을 담당하지 않았으리라. 그렇다고 빈번하게 아스가르드에 강림할 수도 없다. 그렇기에 신위 소환이 가능한 코스케에게 주목이 쏠린 것도 당연했다. 여신들이 신역에서 멀찍이 지켜보는 것과 강림이나 소환으로 직접 아스가르드를 그 눈으로 보는 건 받는 인상이 전혀 다르기 때문이다.

그렇기에 여신들은 강림에 강한 동경심을 품고 있는데, 소환할 수 있는 사람이 나왔다면 또 이야기가 다르다. 신위 소환을 하려면 삼대신처럼 소환자와 신 사이에서 인연을 맺어야만 한다. 설령 직접 대화를 나누지 않더라도 한 번 보기만 해도 인연은 맺을 수 있다. 이 정도로 인원이 많으니 코스케가 소환을 해 줄지는 알 수 없지만, 그래도 없는 것보다는 나은 셈이다.

덧붙이자면, 삼대신과 인연을 맺고 현인신이 되어 버린 (옛) 인간 남자라는 것 자체에도 주목이 쏠렸다. 물론 구경꾼 근성으로 온 사람도 없는 건 아니지만, 그런 다양한 이유로 많은 여신들이 모였다.

여신들에게 뭉개질 것 같으면서도 어떻게든 대면을 마친 코스케는 한동안 저택 안에서 축 늘어졌고, 삼대신과 아수라가 쓴웃음을 지으며 그를 바라봤다.

"미안해. 최대한 거칠게 나서지 말라고 말하기는 했는데……."

아수라가 미안한 듯 말했다.

"마지막에는 참지 못하고 터져 버릴 뻔했으니까."

스피카가 딱하다는 표정으로 코스케를 바라봤다.

"……………………그게 최대한 억누른 거였구나……."

축 늘어진 코스케가 어떻게든 말을 쥐어 짜냈다. 여러 의미에서 인기 폭발인 상황이었지만, 가능하면 두 번 다시 경험하고 싶지 않았다. 역시 여신들이라 다들 미인이었고, 처음에는 둘러싸여서 기쁘다는 마음도 있었지만, 마지막은 그럴 여유가 날아갔다.

"죄송합니다. 원래는 어느 정도 저희가 억눌러야 했는데……."

"그걸 했다가는 우리만 독점하려 한다는 반발이 일어날 것 같아서 못 했어."

아무리 삼대신이라고 해도, 특히 이번 일에 관해서는 삼자매도 강제로 진행할 수는 없었다. 그만큼 이 신역에서 코스케는 중요한 위치에 있지만, 정작 그에게 그런 인식이 있을지는 미묘했다.

"……슬슬 부활했어?"

방에 비치된 소파에 여전히 누워 있던 코스케의 얼굴을 아수라가 들여다봤다.

"……아아, 응. 뭐, 괜찮기는 한데?"

"그럼 슬슬 돌아가는 게 좋아. 현인신이니까 코스케 자신은 문제없지만, 다른 아이들을 생각하면 말이지?"

아수라가 삼자매를 보며 웃었다. 그 시선을 받은 세 사람도 쓴웃음을 지었다.

실은 다시 만나고 싶다는 탄원이 세 사람에게 끊임없이 오고 있었다. 이대로 신역에 계속 있다가는 여러 의미에서 무슨 일이 일어날지 알 수 없다. 아무리 그래도 이 저택에 돌격해 올 사람은 없겠지만.

그런 분위기를 미묘하게 짐작한 코스케도 어떻게든 일어났다. 다시 똑같은 일을 당하는 건 코스케도 사양하고 싶었다. 그래서 아수라의 제안을 고맙게 받아들이기로 했다.

"알았어. 그럼 슬슬 돌아갈게."

"아, 잠깐 기다려."

귀환을 위한 송환진을 그리려던 코스케를 아수라가 막았다. 그리고 코스케에게 살짝 손짓했고, 다가온 그의 이마를 오른손 검지로 툭 찔렀다.

"자. 이제 이 신역에서 직접 그 신사로 날아갈 수 있게 되었어."

아수라가 말하는 그 신사란 백합의 신사를 말한다. 원래는 신역에서 전이할 수 없지만, 아수라가 허가해서 할 수 있게 만들었다.

"……어? 괜찮아?"

"괜찮아. 통 크게 허가해 줬다고 할 정도는 아니니까. 이 신역으로 송환에 성공한 선물이야."

"그렇구나. 그럼 고맙게 받을게."

"그렇게 해 줘."

"그래, 고마워. 그럼 세 사람도 나중에 보자."

아수라에게 감사를 표한 뒤, 코스케를 바라보던 삼대신에게도 손을 흔들었다.

"네. 그럼 나중에."

"잘 가."

"언제든 올 수 있게 되었다고 해서 교신을 잊지는 말라고?"

자르만 작별 인사가 아니라 교신을 졸랐지만, 그건 그것대로 자르다웠기에 코스케는 웃으면서 그 자리를 떠났다.

코스케가 백합의 신사로 전이하자, 어째서인지 유리가 넙죽 엎드린 상태로 맞이했다. 아니, 굳이 따지자면 사과의 뜻이라기보다는 마중의 뜻이라는 게 올발라 보였다. 왜냐하면, 첫마디가 "어서 오세요."였기 때문이다. 그때부터 왠지 불길한 예감은 들었다. 일단 모두가 걱정할 것 같아서, 그 자리에서는 딱히 신경 쓰지 않고 관리층으로 돌아갔는데, 원인은 바로 판명되었다.

코스케가 돌아온 걸 알아챈 멤버들이 성대하게 환영해 줬기 때문이다. 인외로 클래스 체인지해서 축하한다면서. 그걸 본 코스케가 그 자리에서 쓰러져 버린 건 말할 것도 없다.

성대한 환영을 받은 코스케는 곧장 현인신이 된 것을 다른 곳에 퍼뜨리지 않았는지 확인해 봤다. 이쪽은 역시 잘 알고 있는 사람들뿐이어서 관리층 밖으로 퍼지지는 않았다. 유리는 애초에 코스케와 연결된 부분이 있기에 송환한 시점에서 어느 정도 짐작했고, 아수라의 개입으로 눈치챌 수 있었다. 참고로 또 한 명(?)인 에세나도 눈치챘지만, 굳이 직접 남들 앞에 나서지는 않기에 거기서 퍼지는 일도 거의 없으리라.

일단 상황을 확인한 코스케는 겨우 안심했지만, 그걸 본 여성진이 다시금 코스케를 놀리기 시작해서 이날이 끝날 때까지 놀림감이 되었다. 아직 이 분위기에 익숙해지지 못한 플로리아가 신이 된 코스케에게 이래도 되나 끙끙거렸던 건 또 다른 이야기다.

하룻밤이 지나 다음 날.

코스케는 여느 때처럼 관리 메뉴를 체크하기 시작……하려다 굳어졌다. 메뉴를 확인하자 탑 LV이 올라가 있었다. 그건 좋다. 조건만 만족하면 언젠가는 LV이 올라간다는 거야 알고 있었으니까 딱히 굳어질 일은 아니다.

문제는 그 조건이었다.

《관리장이 신에 속할 것.》

이것이, 탑이 LV 10으로 올라가기 위한 조건이었다. 코스케는 참으로 무리한 조건이라고 생각했지만, 실제로 신의 일원이 된 몸인지라 설득력이 없었다. 어디서 길을 벗어나 버렸나 하는 생각이 들기도 하지만, 이미 늦었다. 전생하겠다고 결심했을 때는 느긋하게 살 생각이었는데, 그런 예정은 순식간에 무너졌다. 코우히와 미츠키를 동료로 넣은 시점에서 눈에 띄지 않는다는 목표는 바로 내던졌으니, 사실 그렇게까지 고집하던 건 아니다. 그러나 이세계에 처음 왔을 때는, 설마 자신이 신의 일원이 되리라고는 조금도 생각하지 못했다.

아니. 지금도 믿을 수가 없지만, 이미 신들이 인정해 버린 이상 코스케가 부정해 봤자 의미가 없다는 건 알고 있었다. 결국 코스케의 마음 문제니까, 시간이 해결해 주리라 믿고 흘러가는 대로 놔두기로 했다.

그건 넘어가고, 지금은 탑 LV 10이 문제다. 물론 여느 때처럼 소환진과 설치물도 늘었다. 그러나, 그보다도 주목할 갱신이 있었다. 그것은 바로 [통신 기능 해방]과 [지배권 해방]이다.

[통신 기능 해방]은 다른 탑과의 통신 기능 해제다. 간단히 말하면, 메일 기능이 추가되었다고 생각하면 된다. 상대는 이 세계에

있는 모든 탑이고, 메일을 송신할 곳을 고르면 현재 이 세계에 있는 모든 탑이 표시되고, 게다가 이미 지배당하고 있는 탑을 알 수 있게 되었다.

센트럴 대륙에 있는 탑은 모두 일곱 개. 그중 하나는 당연히 천궁탑이고, 남은 여섯 개는 주변에 있는 탑으로 지배자는 없다. 다른 대륙도 각각 10개 전후의 탑이 존재하지만, 지배자가 있는 건 각각의 대륙에 두 개나 세 개 정도였다.

이 [통신 기능 해방]은 탑 LV 10이 된 천궁탑만이 모든 탑으로 보낼 수 있고, 탑 LV 10에 도달하지 못한 다른 탑은 천궁탑으로만 보낼 수 있는 기능인 모양이었다. 다른 탑의 상황은 확인할 수 없지만, 설명에는 그렇게 기재되어 있었다. 실제로 지금까지 통신 기능은 없었기에, 탑 LV 10에 도달한 것이 천궁탑이 처음인 건 틀림없으리라.

참고로 이 기능은 탑이 공략되거나, 지배자가 바뀔 때 보내는 것과는 다르다. 신규 공략이나 교대할 때의 메시지는 탑이 자동으로 보내는 것으로, 관리자가 보내는 게 아니다.

여담이지만, 이후에 다른 탑에서 천궁탑으로 메시지를 보냈다. 내용을 보니 정중한 말로 쓰여 있거나, 어째서인지 거만한 태도인 등등 다양해서 즐거웠지만, 결국 공통된 것은 탑 LV을 어떻게 올려야 하는지에 관한 질문이었다. 그런 건 알아서 찾아보라는 생각도 들었지만, 굳이 시비를 걸 필요는 없다. 정중하게, "나도 어떻게 된 건지 모르겠다."라고만 보내 뒀다. 거짓말은 하지 않았다. 그저 앞쪽에 넣어야 할, 어떻게 현인신이 되었는지에 대한 말을 빼놓았을 뿐이다. 덤으로, 딱히 탑 LV 10의 조건을 물어본 게 아닌데도 대답은 굳이 탑 LV 10에 대한 걸로만 좁혔다.

웬일로(?) 어두운 코스케가 발동했지만, 그렇게 간단히 가르쳐 주리라 생각하면 곤란하다. 아니, 애초에 가르쳐 줄 생각이 없다. 쪼잔하다고 생각한다면 그건 그것대로 상관없다. 코스케의 대답을 어떻게 받아들일지는 각 탑의 지배자들 나름이다. 코스케는 그들의 반응을 보고 대응을 정해도 늦지는 않다고 생각했다.

다음은 [지배권 해방]이다.

지금의 코스케에게는 이쪽이 더 중요했다. [지배권 해방]이란, 간단히 말해서 다른 탑을 지배할 수 있게 되었다는 뜻이다. 지배라니 참 거창한 이미지지만, 요컨대 다른 탑을 공략하면 신력이나 계층 호환이 가능해진다. 현재 그 대상이 되는 건 같은 대륙에 있는 나머지 여섯 탑뿐이다. 다른 대륙의 탑은 나중에 가능해질지, 아니면 마지막까지 불가능할지는 알 수 없었다. 아직 센트럴 대륙의 탑도 공략하지 않았으니 애초에 고민할 필요는 없으리라.

그건 넘어가고, 지금까지는 천궁탑만 운영해 왔지만, 이 기능 덕분에 다른 탑 공략도 시야에 넣을 계기가 생겼다. 계층은 아직 여유가 있지만, 향후를 고려하면 다른 탑에도 손을 대는 게 나으리라. 다른 여섯 탑이 어떤 구성인지 모르는 이상, 어떻게 관리하게 될지는 알 수 없지만 그건 공략한 뒤에 생각할 일이다. 그래서 그걸 다른 멤버와 상의하기로 했다.

저녁 식사 자리에 멤버 전원이 모이자, 코스케는 그 자리에서 다른 여섯 탑의 공략을 시작하겠다고 선언했다.

"······그렇다면, 장기간 이곳을 비우겠다는 게냐?"

의문을 입에 담은 건 슈레인이었다. 코스케는 천궁탑을 공략하고 나서 장기간 자리를 비운 적이 거의 없다. 기껏해야 2~3일 정도다. 그러나 탑을 공략한다면 그럴 수도 없다.

"응. 그렇겠지. 데려가는 건 코우히와 미츠키, 그리고 플로리아로 하려고 해. 그동안 관리층은 슈레인을 메인으로 해서 움직여 줘."

"내가?!"

"나를?"

코스케의 말에 슈레인이 놀라고, 플로리아가 고개를 갸웃했다.

"플로리아는 추격자의 눈을 속이려는 목적도 있으니까. 게다가, 여기에 계속 틀어박혀 있는 것보다는 낫겠지?"

"하긴. 확실히 그렇긴 해."

기본적으로 플로리아는 방에 틀어박혀서 뭔가를 하는 것보다는 움직이는 걸 좋아하는 타입이다.

"슈레인은 특별히 뭔가를 할 필요는 없어. 일단 무슨 일이 생겼을 때를 위해 정해 놨을 뿐이니까."

"······그래도, 말이다."

슈레인은 코스케가 없는 탑에 무슨 일이 생길지 알 수 없기에 여전히 소극적이었다.

"뭐, 무슨 일이 생기면 신력 염화로 이야기할 수 있으니까, 그렇게 걱정하지는 않아도 될걸?"

"그러고 보니 그랬구나."

슈레인은 신력 염화를 완전히 잊고 있었다. 기본적으로 용건이 있을 때는 관리층에서 이야기하면 되는 데다, 지금까지 긴급성이 필요한 일이 없어서 거의 활용할 국면이 없었으니까.

"……그렇다면 받아들여도 상관없지만, 다른 이들은 그래도 괜찮겠느냐?"

슈레인이 그렇게 말하며 주변을 돌아봤다.

그 시선을 받은 잔류조 전원이 수긍했다.

"좋아. 그럼 그렇게 정해졌네. 아무리 그래도 내일 당장 가지는 않겠지만, 며칠 안에는 출발할 거야."

뭔가를 떠올리면 바로 행동하는 게 코스케다. 바로 그렇게 선언하면서 향후 예정을 정했다.

◆쉬어가는 이야기 2 어느 모험가의 활동

"자산, 오른쪽!"

동료가 지시하자마자 바로 후방으로 점프했다. 바로 그 직후, 자신의 절반 정도 크기의 그림자가 뛰어들었다. 세일 래빗이라는 마물이다. 강한 각력을 가져서 꽤 멀리 떨어진 곳이라도 상대를 향해 뛰어들 수 있는지라 상당히 성가시다. 더욱 성가신 건, 세일 래빗은 무리로 활동한다는 점이다.

"……큭!! 이게!"

자산은 세일 래빗을 향해 검을 휘둘렀지만, 유감스럽게도 그 참격은 허공을 갈랐다. 그 개체는 몸통박치기가 실패하자 바로 동료들에게 합류했다.

"칫……. 젠장. 앞으로 세 마리인가."

처음에는 여섯 마리였으니 이미 절반이 줄어들었다. 세 마리를 쓰러뜨리는 것 자체는 문제없으리라.

지금 자산의 파티가 있는 곳은 탑의 던전 구역이다. 행정 기관이 생긴 이후 전이문 관리는 크라운에서 행정 기관으로 이관되었는데, 바로 그 행정 기관이 얼마 전 던전 구역으로 가는 단축 전이문을 운영하기 시작했다. 당연히 그걸 이용하기 위한 조건은 있지만, 그 조건은 이미 한 번이라도 던전 구역에 발을 들인 적이 있는 파티여야 한다는 것이었다.

발표되었을 때 이미 자산의 파티는 던전에 들어갔었기에, 고맙게 이용하기로 했다. 자산 일행 이외의 파티도 던전을 공략하고 있고, 그런 모험가들은 곧바로 던전 맵 교환을 하고 있다. 덕분에 던전 공략은 이미 5층 분량까지 진행되었다.

던전 계층으로 오기까지 걸린 시간을 고려하면 상당한 하이페이스지만, 이것에는 엄연한 이유가 있다. 애초에 던전까지 올 수 있는 건 중견 이상의 모험가들이다. 그리고 던전의 저계층은 좀비나 스켈레톤 같은 그리 강하지 않은 마물이 나온다. 중견 이상의 모험가들 입장에서는 숫자가 많으면 위협적이지만, 던전이라는 특성상 그리 많은 숫자가 모일 일이 없다. 그렇기에 공략이 순조롭게 진행되는 것이다. 그에 맞춰서 모험가끼리 맵을 교환한다는 점도 크다. 결과적으로 지금까지 5계층 분량까지 공략이 끝났지만, 이 계층부터 성가셔지기 시작했다.

세일 래빗을 위시한 중급 클래스 마물이 나오기 시작한 것이다. 이제는 지금까지와 같은 속도로 공략하기 어려워졌다.

"좋아. 이걸로 마지막이다!"

자산이 마지막으로 남은 세일 래빗을 어찌어찌 쓰러뜨려서 전투를 일단 끝냈다. 이후에는 주변 상황을 감시하는 것이 자산과 덩컨의 역할이다. 다른 멤버는 세일 래빗의 가죽을 벗기는 작업을 하고 있다. 어떤 마물이라도 가죽은 일정한 수요가 있다. 자산 일행에게는 중요한 수입원이다.

"다음은 어느 쪽으로 가지?"

주변을 경계하던 덩컨이 물었다. 지금 자산 일행이 전투를 벌인 곳은 약간 넓은 공간이었다. 정중하게도 들어온 입구 말고도 세 곳의 출입구가 있다. 닫힌 방인데도 경계하는 이유는, 저 출입구를 써서 마물이 뛰어들기도 하기 때문이다. 앞서 자산 일행을 덮친 세일 래빗도 출입구에서 뛰쳐나와 경계가 늦었다.

"……글쎄다……. 뭐, 순순히 똑바로 나아가자."

"알았어."

짧게 대답한 덩컨은 바로 자산이 지시한 방향을 경계했다. 덩컨은 이 파티의 척후를 담당하고 있기에 선행해서 낌새를 보러 간다.

세일 래빗의 가죽 벗기기 작업이 끝날 즈음, 마침 덩컨이 돌아왔다. 처음으로 덩컨을 발견한 자산이 그의 낌새가 이상하다는 걸 깨달았다.

"왜 그래? 무슨 일 있었어?"

"어, 어어……. 아니, 뭐……. 일단 와 보면 알아."

"뭐야, 별일이네. 확실하게 말해."

멤버 한 명이 애매한 태도를 보이는 덩컨에게 물었다. 앞길에 관한 정보는 자신들의 생사가 달렸다. 알고 싶어 하는 것도 당연했다.

"아아, 아니. 미안. 위험은 없……다고 생각해. …………지금 여기서 내가 본 걸 이야기해 봤자 믿어 준다는 보장이 없어."

덩컨이 그렇게 말하자, 다른 멤버가 얼굴을 마주 봤다.

"……위험은 없는 거지?"

"그래, 적어도 마물 부류는 아니었어. 오히려 전원이 가서 확인해 보는 게 좋아."

"……좋아. 나아가자."

자산이 결단을 내려서 나아가기로 했다. 물론 진로를 나아가는 동안에도 경계는 게을리하지 않는다. 한 번 덩컨이 확인했다지만, 무슨 일이 일어날지 모르니까.

진로를 조금 나아가자, 그것이 나타났다.

어느 정도 넓게 트인 공간에 건물 두 채가 지어져 있었다. 각각의 건물에는 간판이 달려 있다. 하나는 '아마미야 여관', 다른 하나에는 '숍 릴라아마미야'라고 적혀 있다.

모두 크라운 직영 여관과 가게의 이름이다. 그걸 보자 역시나 멤버들은 당혹스러워했다. 동시에 덩컨의 조금 전 태도도 납득했다. 확실히 사전에 이 이야기를 들었다면, 모종의 정신 공격을 받았다고 의심하는 게 고작이었으리라. 게다가 신기하게도, 이 공간에는 마물이 있는 기색이 없다. 차분히 주변을 조사했지만, 마물이 없다는 것 말고는 딱히 이변을 발견할 수 없었기에, 슬슬 건물을 조사해 보기로 했다.

여관을 먼저 조사하자, 입구로 보이는 문 옆에 주의문이 적혀 있는 걸 발견했다.

'크라운 카드를 이 앞에 대 주세요.'

그런 글과 화살표가 적혀 있고, 그 화살표 끝에는 금속판 같은 게 붙어 있었다. 자산이 경계하면서 자신의 크라운 카드를 그 금속 앞에 내밀었다. 그와 동시에 마치 문의 자물쇠가 풀리는 듯한 찰

칵 소리가 났다. 문고리를 돌려서 문을 열자……

"아마미야 여관에 어서 오세요!"

여성의 목소리가 들리자, 자산은 그대로 문을 닫았다.

"………………어떻게 생각해?"

자산은 뒤에 있는 동료들의 낌새를 엿봤다. 신뢰하는 동료들도 목소리가 없었다. 함정인가 생각해 보기도 했지만, 아무리 그래도 이렇게까지 공들인 짓을 할까 싶기도 했다. 그런 생각을 하고 있는데, 문이 멋대로 열렸다.

"실례합니다~. 당혹스러워하시는 건 이해하지만요. 함정 같은 건 아니에요. 믿어 주세요~."

조금 전의 여성이 약간 울상을 지으며 말했다. 멋대로 열린 문에 반응한 자산 일행이 무기를 들었지만, 여성은 양손을 들어서 무기가 없다는 걸 어필했다. 여성은 가벼운 차림새였기에, 일단 커다란 무기는 없으리라 여긴 자산 일행은 여성의 안내를 받아 건물 안으로 들어오기로 했다. 펠이라고 소개한 여성은 여전히 경계하고 있는 자산 일행에게 설명을 시작했다.

"탑의 관리자가 안전 구역을 설치하겠다고 발표했던 건 기억하시죠?"

"…………설마……."

"네. 당신이 상상한 그 설마랍니다. 이 주변, 아니 이 건물이 지어진 공간은 모두 안전 구역이 되었습니다."

그 설명을 듣자, 주변을 탐색했을 때 마물이 나오지 않았던 이유가 판명되었다. 물론 자산 일행도 안전 구역이 설치되었다는 건 알고 있었다. 그러나 설마 그게 던전에도 적용될 줄은 몰랐다.

"…………지금까지 세 쌍의 모험가들이 안전 구역에 찾아왔어요. 하지만 다들 경계하시는지 좀처럼 문을 열지 않으셔서……. 네 번째인 여러분이 처음으로 문을 열어 준 파티에요."

펠은 그렇게 말하며 메마른 미소를 지었다. 그걸 본 자산 일행도 뭐라 말 못 할 표정을 지었다. 다른 파티의 행동도 이해할 수 있었으니까.

"아, 아무튼, 이쪽 건물은 여관이에요. 묵고 가실래요?"

그 말을 듣자, 자산 일행은 얼굴을 마주했다. 의심이 완전히 풀린 건 아니지만, 여기서 여관에 묵는 메리트는 크다. 바로 결단을 내리고 고개를 끄덕였다.

"그래. 묵고 가기로 하지."

그 말을 듣자 펠이 미소를 지었다.

"그러신가요! 감사합니다!"

펠의 그 말을 듣자, 안에서 또 한 명의 여성이 나타났다. 이쪽도 기뻐하는 표정이다.

"그러고 보니, 옆에는 가게인 모양인데, 약 종류도 놔두고 있나?"

"물론이죠. 추가로 매매도 받고 있어요."

"그래. 그건 고맙군."

"그리고, 이따가 여러분에게 의뢰를 하고 싶은데요……. 물론 크라운이 발행하는 정식 의뢰예요."

"의뢰?"

"네. 여러분은 일단 마을로 돌아가 주셨으면 좋겠어요. 그리고, 이 일을 소문으로 퍼뜨려 주세요. 여기가 안전 구역이라는 건 본부에서도 확인했으니 상관없어요."

자산은 납득했다. 확실히 이대로 가면 쓸데없는 경계를 사서 이곳을 이용하는 사람이 거의 없어질 거다. 그걸 방지하기 위해, 실제로 이용한 자산 일행을 소문의 발신원으로 쓰고 싶은 거다.

"좋아. 그런 거라면 받아들이지."

"그러시군요! 다행이네요. 그럼 잘 부탁드립니다. 일단 오늘은 천천히 쉬세요."

펠은 그렇게 말하며 카운터로 들어가서 미소를 지었다.

"그렇다면 다시, 아마미야 여관에 어서 오세요!!"

알렉

다른 대륙에 있는 플로레스 왕국의 제3왕
자. 신의 가호를 가진 딸을 지키고자 탑으로
찾아왔다.

플로리아

알렉의 딸. 성신의 가호를 보유했으며, 신변
의 위험에서 벗어나고자 아버지와 함께 탑
으로 찾아왔다.

캐릭터 디자인 공개
Part 3

『탑을 관리해보자 ③』에서 활약하는 캐릭터를 소개!
사메가미 씨의 캐릭터 디자인도 특별 공개☆

세실

크라운에서 고용한 노예 여성. 원리가 사는
신사 관리를 담당하며, 청소 등을 하고 있
다.

알리사

세실과 마찬가지로 크라운에서 고용한 노예
여성으로, 세실과 함께 신사를 관리한다.

후기

여러분. 오랜만입니다. 소슈입니다.

'탑을 관리해 보자' 제3권. 어떠셨습니까? 탑을 공략하거나, 아이템을 만들던 코스케가 겨우(?) 앞 무대로 나와 많은 사람 앞에서 활약하는 권입니다. 지금까지 한정된 사람 앞에서만 모습을 드러내던 코스케가 최고의 활약상을 보여 주었습니다(웃음). 그 밖에도 코스케에게는 예상 밖의 전개가 기다리고 있습니다만, 자세한 건 본편을 읽어 주세요.

자, 그리고. 이번 제3권을 쓸 때는 지금까지와 다른 의미로 고생했습니다. 권마다 웹판의 어디까지를 이야기 내용으로 넣을지 정하는데, 이번에는 꼭 어떤 이야기까지는 넣고 싶었습니다. 상당한 무리를 해서 넣었기에 내용이 압축되고 말았습니다. 웹판에서 썼던 '쉬어가는 이야기' 중에는 넣고 싶어도 넣을 수 없었던 이야기도 있습니다. 어째서 이렇게나 고생해서 넣고 싶었느냐면, 이야기 내용상 어중간한 곳에서 끝내고 싶지 않았기 때문입니다. 하지만 그 고생 덕분에 이야기 내용상으로는 딱 알맞게 일단락을 지을 수 있었습니다. 이제 여러분이 즐겁게 읽어 주신다면 좋겠네요.

그럼, 짧기는 합니다만 이번에는 여기까지입니다. 본작의 제작을 위해 애써 주신 관계 각처 여러분, 그리고 무엇보다 제3권을 구입해 주신 여러분에게 최대한의 감사를 보내며 마무리하도록 하겠습니다.

소슈

탑을 관리해 보자 3

2023년 11월 15일 제1판 인쇄
2023년 11월 20일 제1판 발행

지음 소슈
일러스트 사메가미

발행 영상출판미디어(주)
등록번호 제 2002-000003호
주소 07551 서울특별시 강서구 양천로 570 NH서울타워 19층
대표전화 02-2013-5665

ISBN 979-11-380-3599-6
ISBN 979-11-380-3193-6 (세트)

"TOU NO KANRI WO SHITEMIYOU" vol.3 written by Sousyu, illustrated by Samegami
Text Copyright ⓒ Sousyu 2016
Illustration Copyright ⓒ Samegami 2016
All rights reserved.
Originally published in Japan by Shinkigensha Co Ltd, Tokyo.
This Korean edition published by arrangement with Shinkigensha Co Ltd,
Tokyo in care of Tuttle-Mori Agency, Inc., Tokyo

구매 시 파손된 도서는 구매처에서 교환하실 수 있습니다.
기타 불편사항, 문의사항이 있으신 독자님께서는 노블엔진 홈페이지
[http://novelengine.com] 에서 Q&A 게시판을 이용해 주시기 바랍니다.

이상적인 성녀?
미안, 가짜 성녀입니다!
1~2

어느 루트로 가도 메인 히로인이 죽는 게임, 『영원의 산화』.
그 끔찍함에 치를 떨고 잠들었는데…… 정신이 들어 보니,
사람들이 끔찍하게 싫어하는 게임 속 가짜 성녀가 되어 있었다!

기왕 이렇게 됐으니 레벨을 올리고 고결한 성녀로 위장하자!
그러자 게임 주인공에 학생들, 교사까지. 가짜 성녀의 숭배자가 늘어나
게임 시나리오와는 다른 형태로 상황이 전개되기 시작하는데……?

kabedondaikou, Yunohito 2022
KADOKAWA CORPORATION

카베돈다이코 지음 / 유노히토 일러스트

영상출판
미디어㈜

슬라임을 잡으면서 300년, 모르는 사이에 레벨MAX가 되었습니다
1~18

회사의 노예처럼 일하다가 죽고, 여신의 은총으로 불로불사의 마녀가 되었습니다.
이전 생을 반성하고, 새로운 생에서는 슬로 라이프를 결심해
돈에도 집착하지 않고 하루하루 슬라임만 잡으면서 느긋하게 300년을 살았더니──
레벨99 = 세계 최강이 되어 있었습니다?!
그 소문이 퍼지고, 호기심에 몰려드는 모험가, 결투하자고 덤비는 드래곤,
급기야 나를 엄마라고 부르는 딸까지 찾아오는데 말이죠──.

모리타 키세츠 지음 / 베니오 일러스트

영상출판
미디어㈜

아픈 건 싫으니까
방어력에 올인하려고 합니다
1~11

게임 지식이 부족해서 스테이터스 포인트를 모조리 VIT(방어력)에 투자한 메이플.
움직임도 굼뜨고, 마법도 못 쓰고, 급기야 토끼한테도 희롱당하는 지경.
어라? 근데 하나도 안 아프네……. 그 이전에, 대미지 제로?
스테이터스를 방어력에 올인한 탓에 입수한 스킬 【절대방어】.
추가로 일격필살의 카운터 스킬까지 터득하는데──?!
온갖 공격을 무효화하고, 치사급 맹독 스킬로 적을 유린해 나가는 『이동형 요새』 뉴비가
자신이 얼마나 이상한지도 모르고 나갑니다!

유우미칸 지음/ 코인 일러스트

영상출판
미디어㈜

국민들을 위해 최선을 다하고픈 (미래의) 최강 악역&최종 보스,
그 화끈한 국정 운영기 개막! 2023년 7월 애니메이션 방영 예정!

비극의 원흉이 되는 최강악역
최종보스 여왕은 국민을 위해 헌신합니다
1~6

"이런 최악의 쓰레기 악역인 최종보스로 환생하다니!!"
평화롭게 고등학교 3학년 방학을 즐기던 나.
그러던 어느 날 교통사고로 정신을 잃은 내 앞에 펼쳐진 것은 좋아하던 게임 시리즈
'너와 한줄기 빛을' 속 세계! 그런데 하필이면 나라를 파멸로 이끌 비극의 원흉으로 전생했다?!
남은 시간은 10년. 그 안에 내 치트인 예지 능력과 지력, 권력을 이용해 그 미래에서 벗어나겠어!
──라며 고군분투하는 사이, 어느새 주위 사람들에게 사랑받고 있습니다(?)

텐이치 지음 / 스즈노스케 일러스트